Wolfgang A. Gogolin

Sieben Todsünden

Impressum:

Teil 3 der Trilogie ›Französisch von unten‹

www.karinaverlag.at
Text: Wolfgang A. Gogolin
Lektorat: Karina Moebius
Layout und Covergestaltung: Karina Moebius
Coverbild: Pixabay/Arlouk/lilianecaliste/Glavo

Auslieferung: NOVA MD, www.novamd.de
ISBN: 978-3-96966-462-9

Wolfgang A. Gogolin

Sieben Todsünden

Kapitel 1

Wie viele Fäden hatte das Leben verwebt, um einen Moment herzustellen, der gleich beginnen sollte? Diesen Augenblick, in dem jemand besagten Faden verliert, der sich als roter Faden durch die kleine Hafenstadt Arnaud in der Normandie auf den Weg machte? Zunächst lief der Faden los. Noch hatte ihn die Person nicht verloren. Schicksal vor dem Schicksal. Direkt am Platz vor der Kirche begann das Fadenspiel. Bald sollten weitere Fäden hinzukommen.

Dämmerung lag über Arnaud und obwohl Müdigkeit den Ort überspannte, hatte das Gehör mit heftiger Lebendigkeit zu tun. Singvögel aller Couleur pfiffen das Frühlingslied des Paarungswillens; unverkennbar sahen einige Exemplare die Angelegenheit als besonders dringlich an. Eine Amsel tat sich als Extremist hervor. Der schwarze Geselle mit dem eindringlichen Blick brachte ein volltönendes Flöten aus kreischenden Variationen zustande, dass es selbst Ornithologen die Spucke verschlagen hätte. Weniger Zugetane sahen sich dem Impuls ausgesetzt, nach einer Doppelläufigen zu greifen und dem Frühlingsmorgen einen ganz anderen Ton zu schenken.

Der vor der Zeit erwachte Flecken Arnaud ahnte, dass er heute wenig zu lachen haben würde. Ein Montagmorgen und das Gefühl der beginnenden Arbeitswoche stimmten die Bewohner stets missmutig. Spätestens, wenn sie auf der Bettkante saßen, sich die Müdigkeit aus den Gliedern reckten und verzweifelt gähnten, sollte die kleine Stadt den Morgenwind durch die Straßen geleitet haben, um – geputzt und mit sonnigem Lächeln versehen – alle zu begrüßen. Das war heilige Pflicht; wenn schon Verdrießlichkeit herrschte, sollte sie in sauberer und frischer Atmosphäre gedeihen. Doch heute würde die Verdrießlichkeit möglicherweise etwas kleiner ausfallen. Immerhin war Frühling. Sogar Arnaud fühlte sich im Frühling wohler, besser als zu jeder anderen Jahreszeit. Der Kreislauf des Lebens begann. Bäume sprießten, die Tage wurden länger und Kinder spielten wieder draußen.

Der Ort spürte, wie Hormone einschossen. Flora und Fauna badeten in biochemischen Botenstoffen und selbst die Menschen würden sich heute ein Schüsselchen davon abzweigen. Die Stadt lebte auf und bekam nach der langen Winterzeit wieder Farbe ins Gesicht. Rosa und weiße Kirschblütenblätter stoben hindurch und bald würde ihnen ein Meer aus Apfelblütenblättchen folgen. Doch zuerst das große Montagmorgenritual – das Einatmen der aufkommenden Brise und das stoßartig Durch-die-Gassen-Schicken. So die Zeremonie. Nur noch eine Viertelstunde, dann streifte Arnaud das Nachtgewand zugunsten der Aurora ab. Bis dahin musste die Dämmerung Schutz bieten für ein Trauerspiel ganz besonderer Art.

Das menschliche Leben beginnt mit einem Schrei und endet mit einem Röcheln. Zwei Eckpunkte, Beginn und Ende, verschieden in ihrer Art und doch identisch in ihrer Dramatik. Ob sich Freude oder Entsetzen dazugesellen, bleibt in beiden Fällen im Ungewissen wie das gesamte Leben zwischen diesen Punkten. Mag es sich gut oder schlecht gestalten, öde oder aufregend. Freund Ungewiss schnürt ab und an ein bemerkenswertes Lebenspaket zusammen.

Für ein Lebewesen, das in diesem Moment durch die Gassen von Arnaud getragen wurde und das nur wenige Tage zuvor das Licht der Welt erblickt hatte, begann das Leben ungewöhnlich, nämlich mit Entfremdung.

»Ganz ruhig, mein Kleines«, wisperte die Frau, in deren Armen das Kind ruhte. Vorsichtig strich sie über den Kopf des Säuglings. »Du wirst es gut haben«, beschwichtigte die Trägerin und schien damit nicht nur das Kind beruhigen zu wollen. Arnaud hingegen sah die Situation differenzierter; die Stadt runzelte die Stirn und zarte Schleierwolken kräuselten sich am Firmament. »Vater und Mutter wirst du haben und sie werden dich lieben. Ganz gewiss.« Ein Kuss auf die Stirn besiegelte den einseitigen Pakt. Die Trägerin sah sich kurz um. Kein Mensch zu sehen. Vor ihr sprang der Marktplatz auf, mitsamt der Kirche Sainte Catherine. Sie wusste genau, wohin sie wollte. Die Purpuresche vor der Kirche hatte ihr grünes Frühlingskleid übergestreift, gelbgrüne Rispen lockerten den gleichmäßigen Farbton auf und eine Bank bot sich zum Verweilen an. Mutter und Säugling übergingen das Angebot. Die Zeit wurde knapp. Gleich würden die Arnauder erwachen. Die Frau hastete das letzte Stück zum Ziel. Zur Kirche.

Von Anbeginn der Christenzeit, als die ersten Häuser des Glaubens entstanden waren, immer wieder dieses Bild: Eine Frau legte ihr Neugeborenes vor der Kirchentür ab. Wie auch in diesem Augenblick.

»Ich liebe dich. Trotz allem«, murmelte sie in den aufkommenden Wind und ihre Augen bekamen einen feuchten Glanz. Warum tat eine Mutter so etwas? Frau ohne Mann, ungewollte Schwangerschaft, kein Geld, Ablehnung, Entledigung? Zur Schablone würde ein Kind im Arm der Mutter passen, das seine Verzweiflung hinausschrie. Aber das kleine Wesen schrie keineswegs. Es bewegte sich nicht einmal und gab auch keinen Protest von sich. Es schlief. Ein Madonnenlächeln huschte über das Gesicht des Träumenden. Wie konnte es in dieser Situation lächeln? »Bei allen guten Geistern. Du lächelst? Warum lächelst du mich an? Ich gebe dich fort und dir fällt nichts anderes ein, als mir Glück zu zeigen. Mach es mir doch nicht so schwer!« Die Frau trat einen Schritt vom Bündel zurück. Sie sah das abgelegte Kind an. »Warum lächelst du? Warum ausgerechnet jetzt?« Sie presste die Hand vor den Mund, schluchzte auf und ging einen zweiten Schritt zurück. »Weißt du überhaupt, dass es das Beste für dich ist, was ich hier tue?«, flüsterte sie und wagte einen dritten Schritt. Das Kind erdreistete sich, den Kopf genüsslich von rechts nach links zu drehen und abermals im Schlaf zu lächeln. »Wie kannst du nur!« Die Frau rieb sich die Stirn. Der Körper bekam Angst. Sie krümmte sich, als wäre ihr Herz getroffen. Der Moment ruhte. Was würde gleich passieren? Der Anschlag der Kirchturmuhr zernagte die Stille. Urplötzlich machte sich der gekrümmte Körper gerade. »So nicht!«, fauchte sie den Säugling an. »Das hast du von deinem Vater! Du lächelst kein normales Lächeln, es ist eines voller Verächtlichkeit! Genauso ist es. So und nicht anders.« Jetzt waren weitere Rückwärtsschritte möglich. Der Blick der Frau ließ das Kind nicht los. Das Päckchen Mensch schien einsam und keineswegs verächtlich zu sein. »Ich hasse dich!«, schrie die Mutter, die keine mehr sein wollte. Ruckartig drehte sie sich um. Rannte. Sah nicht zurück und verschwand in der Gasse, aus der sie gekommen war. Sie hatte den Faden verloren. Er dünnte aus und der rote Faden des Schicksals versuchte, der Frau hinterherzulaufen. Es gab kein Halten mehr. Die Turmuhr schlug die halbe Stunde an. Laut. Fünf Uhr und dreißig Minuten. Der Tag stieg empor und streichelte die Dächer der Stadt mit goldenem Glanz. Auroras Füllhorn. Ein Großteil der Arnauder hob die Lider.

***

Wie jeden Morgen hatten einige Stadtbewohner schon vor der üblichen Zeit ihre Arbeit aufgenommen. Oder sie schufteten nachts und beendeten sie in der Frühe, hauptsächlich Gewerbetreibende. Oder Gewerbliche. Wobei sich Erstere von Letzteren oft vom Geschlecht her unterschieden. Auf dem Marktplatz gegenüber der Kirche schwang eine Tür auf. Das Knarren hätte diskreter sein können. Bei Ortung des Geräuschs kam das Fachwerkhaus mit den zugezogenen Vorhängen ins Sichtfeld, das dicht gepresst an andere Häuser gleicher Bauart ein halbrundes Element zur nächsten Straßeneinmündung bildete. Die runde Ecke, wie sie genannt wurde, beherbergte eine Manufaktur menschlicher Gelüste. Ein ungewöhnliches Objekt mitten in einer Kleinstadt. An der Hauswand des Etablissements neben der Eingangstür, die eben ihre Öffnung kundgetan hatte, prangte keine polierte Messingplatte mit einem süffisanten Namen, und das, obwohl derlei in diesem Metier weltweit üblich war. Nur ein Holzschild direkt an der Tür, auf dem drei Buchstaben standen, bot einen Hinweis auf das Handwerk. *Bar.* Mehr nicht. Säfte alkoholischen Ursprungs gab es auch im Angebot, andere standen allerdings im Mittelpunkt: menschliche.

In dieses Lustgeschäft, gesetzlich verboten und dennoch schon vom verstorbenen Bürgermeister Laval geduldet, kam Bewegung. Ein kräftig gebauter Mann mit Glatze schlich betont unauffällig durch das Portal. Er schlug den Kragen hoch. Und wenn er auch kein Haupthaar mehr besaß, konnte ein präziser Beobachter doch bemerken, dass er nicht so alt war, wie es den ersten Anschein hatte. Mitte vierzig, keinesfalls fünfzig, jugendlicher Gang. In amerikanischen Filmen hätte sein Doppelgänger eine zerknautschte Zigarettenschachtel aus der Jacke gezogen, sie auf der Hand angeschlagen und einen Glimmstängel mit den Lippen herausgezogen. Anschließend zöge der imaginäre Amerikaner das obligatorische *Zippo* heraus und setzte die Zigarette in Brand. Langsam würde er den ersten Zug inhalieren, über den Marktplatz schauen und schließlich entspannt den Rauch ausstoßen. Der Franzose mit Glatze, der Mitte vierzig und keinesfalls fünfzig war, tat das alles nicht. Keine *Gauloises* musste dran glauben, noch nicht einmal ein *Zippo* ruhte in der Jackentasche. Stattdessen beschleunigte er seinen Schritt und blickte im Lauf immer wieder zurück. Nachts und in der Dämmerung schien es, als würde ein jeder ängstlich zurückschauen. Auch Männer, die gerade ein Happy End erlebt hatten. Die Dunkelheit als Mutter aller Furchtgedanken. Kein Mensch zu sehen. Er war beruhigt.

Hätte er die bewegte Gardine im ersten Stock des Mietshauses gegenüber der Bar bemerkt, wäre seine Erleichterung spärlicher ausgefallen. Aber ein Mann, der tagsüber Schweinehälften zerteilte und aus Rindern Gehacktes herstellte, war selten feinfühlig. Es sei denn, er bekam es mit einem Filetstückchen zu tun, das käuflich, teuer und anschmiegsam war und in einem Bordell auf ihn wartete. Dann konnte selbst ein Metzger gefühlvoll werden und sogar noch etwas anderes generieren: Vergesslichkeit. Was bedeutete schon ein Ehering? Auch unter Metzgern gab es das geflüsterte Geheimnis einer guten Ehe: Verbringe den Tag als Lamm. Achte darauf, dich nicht zum Ochsen machen zu lassen, und verzage nicht in der Nacht, auch wenn nicht das beste Stückchen Fleisch auf deinem Teller gelandet ist. Alles Weitere war käuflich, zu einer freien Stunde nach Wahl. Am besten am verschwiegenen frühen Morgen.

***

Die Tür des Bordells gab erneut einen Laut von sich. Es hatte den Anschein, dass sich in das Knarren ein leichtes Knirschen gemischt hatte. Tugendhaftes Knirschen, welches dem bunten Treiben ein Kopfschütteln hinterherwarf? Oder kündigte es nur an, dass der nächste Gast entschwinden wollte? Ein Marienkäferpaar setzte sich in Szene. In einer Ritze des Kopfsteinpflasters, direkt vor der Bartür, ließ sich das männliche Käferchen vom weiblichen herunterrollen. Auch hier schien morgendlicher Feierabend zu herrschen. Jedoch knirschte nirgendwo eine

Freiertür und das, obwohl das Liebesspiel bereits stundenlang gelodert hatte, bevor Schwarzgepunktet und Schwarzgepunktet voneinander ließen. Im Alltag ein biederes Tierchen, in der Drangzeit unersättlich. Das Käferpaar sammelte sich. Das Weibchen tat, als wäre nichts geschehen. Das Männchen hätte sich am liebsten eine Zigarette angezündet. Die Luft kochte noch, als beide getrennte Wege einschlugen. Er nahm den Weg zum nächsten Ruheort, einem dreckigen Laubhaufen, und sie krabbelte aufgeregt umher, hechelte in Gedanken schon den nächsten Liebhaber durch und legte noch etwas Rot nach. Bis zu zwanzig unterschiedliche Männchen für ein einziges Gelege. Unfassbare Ausdauer – was für ein weibliches Wonneleben!

Die russische Schönheit, die in der Bordelltür stand und ihren letzten Gast verabschiedete, hatte keinen sechzehnstündigen Marathon hinter sich. Nur einige Nachtstunden. Trotzdem sah sie müde aus. Anstatt dem Gast liebevoll hinterherzuwinken, schlug sie sich mit der Reitgerte, die sie in der einen Hand hielt, in die andere. Ein klatschendes Geräusch, unterlegt mit Ledergeruch. Alles an ihr roch nach Leder, zusammen mit dem eigenen Schweiß bildeten sich Schwaden aus Härte, Würze und Süße, die zum Hineinkriechen verleiteten. Mit an Sicherheit grenzender Wahrscheinlichkeit würde dem Nachgeben dieses Impulses ein Gertenschlag folgen. Distanz war ihre Nähe. Im Wimmern des Gastes würde sich ihr Leitspruch herauskristallisieren: Willkommen in der Welt von Erniedrigung und Schmerz. Hier, in meiner Welt, bekommst du beides direkt. Ganz anders als in der Welt da draußen, dort erwischt es dich subtiler.

Ein erster Sonnenstrahl fiel auf die Schöne der Nacht und das Licht versuchte, die negierende Farbe Schwarz zu durchdringen. Overkneestiefel, die nur ein Stückchen heller Haut sichtbar ließen, eine lederne Korsage, die ein wenig Taille preisgab und ein Slip mit dünnen Fäden, die aus dem gleichen tierischen Material bestanden, wurden vom Licht erfasst. Sogar das Halsband badete im Morgenlicht. Aber Licht war für Schwärze nicht gemacht.

Es wurde langsam Zeit. Der Mann drehte sich zu ihr um. Sie hob das Kinn. Verlangen, auch käufliches, sprang in den Augenblick. Dem Freier war anzusehen, dass er am liebsten umgekehrt wäre. Der Schlachter schluckte, zupfelte an seiner Jacke und blickte die Domina an. Das kaukasische Antlitz lächelte nicht, aber ihre Mundwinkel zuckten über das Vergnügen, die Oberhand zu besitzen.

»Geh! Soforrt!«, befahl sie mit rollendem Akzent und dachte: *Heim zu deiner Frau, den Kindern, dem Haus mit Garten und spiele den Biedermann.* Er gehorchte, drehte sich um und trottete weiter, ohne einen weiteren Blick zurück. Die Schönheit verschloss den Eingang. Kein Knirschen der Tür, kein Murren des Manns. Es hätte auch Schmerzen verursacht. Einerlei, um wen es sich gehandelt hätte.

***

Ein Schrei gellte durch den Traum des Stadtbuchhalters Juste Simon. Eben noch mitten in einer Hügellandschaft mit Schafen, Sonnenuntergang und einer nackten Schönheit mit einem Vergissmeinnichtzweig in den Händen, riss es ihn zurück in die Wirklichkeit. *Schlafzimmer, Bett, Schrei.* Sekundenschnelles Wachwerden. Der Pyjama zitterte. *Was? Wo? Wer? Hilferuf. Nicht im Schlafzimmer. Woanders. Blanche*! Die Handlung erfolgte schneller, als die Fitness hergab. Juste Simon strauchelte.

»Blanche!«, schrie er noch, bevor sein Stolpern bedenkliche Ausmaße annahm. Es war ein ›*Blanche*‹, das ein ›*Was-ist-los?*‹ beinhaltete und ein ›*?*‹.

Der Erwachte schaffte es gerade noch, unter Inanspruchnahme von Wand, Bettpfosten und Gleichgewichtssinn, sich nicht den Schädel zu spalten und auch keine Zertrümmerung des Schienbeins davonzutragen. Nur der kleine Zeh knackte bedenklich, als er das Bettgestell traf. Konnte ein Schrei mit einem Schrei beantwortet werden? Bei Kleinzehenbruch schien alles möglich. Er schrie. Der Buchhalter bewies zwischen Schmerz und Benommenheit, dass er zur Gattung Mann gehörte, die unter Aufbietung der letzten Kraft Drachen töten konnte, wenn die holde Maid in Gefahr war. »Blanche, ich komme!«, rief er und humpelte aus dem Schlafzimmer. Im Flur sah er seine Blanche, sie stand in der Badezimmertür.

»Ogottogott!«, sagte sie, aber Juste ahnte, dass sich Gott nicht im Badezimmer aufhielt.

»Was ist?«, zischte er und Blanche drehte sich um.

»Behaarte Beine.«

»Was?«

»Es hat behaarte Beine.« Mit verängstigtem Blick zeigte Blanche Martin an die Wand.

»Und es ist so groß.«

Juste war noch nicht ganz im Kaltstartmorgen mit Zehenbruch angekommen. Benommen folgte er dem Pfad der Unkenntnis.

»Welches Bein, von welchem Kerl, ist da drin?«

»Juste, mach was!«

Ganz kerniger Mann, schob er die Gefährtin beiseite. Die Geste eines Helden. Er schaute in ein leeres Bad. Rechts – links – nichts.

»Wo?«

»Ja, siehst du denn das Monster nicht?«

»Monster?« Er drehte sich zu Blanche. Nahm sie ins Visier und ahnte einen Sachverhalt, der ihn verärgern würde. Er wurde ganz ruhig. »Blanche, wovon reden wir hier überhaupt?« Kühle in den Worten stob durch den Flur und wurde nur erwärmt durch ein leicht hysterisches Verzweiflungsgrinsen seiner Liebsten.

»Die Spinne an der Wand. Siehst du sie denn nicht? Ein riesiges Biest.«

Juste sah erneut ins Bad, an die gekachelte Wand. Ein kleiner dunkler Fleck.

»Das da?« Er holte Luft und zählte innerlich bis zehn. »Deshalb wurde ich aus dem Schlaf gerissen, konnte mich kaum halten beim Aufspringen und habe mir vermutlich den Zeh gebrochen?« Er wies auf das Pünktchen. »Und fast noch den Schädel zertrümmert. Dank eines Spinnchens, das ich noch nicht einmal als lebendes Wesen erkennen kann. Das sich vor Angst ganz klein macht und vermutlich ein Vaterunser betet, weil es sein letztes Sekündchen schlagen hört? Deswegen holst du mich aus dem Bett? Mit einem Schrei, der Tote aufwecken kann?« Blanche Martin schaute zuerst kampfeslustig. Besann sich. Suchte einen Ausweg, fand ihn und sah zu Boden. Die Wutrede hielt an. »Blanche! Du bist eine Frau, die mitten im Leben steht. Oder sehe ich das falsch? Eine Frau, die ein Bistro führt. Männer auseinander bringt, die einander am liebsten töten würden. Betrunkene bemuttert und mit Zulieferern Kämpfe um den besten Preis ausficht. Die bereits einen Mann unter die Erde gebracht hat und daran arbeitet, den nächsten zu beerdigen. Einen mit gebrochenem Zehengelenk und zu viel Adrenalin in den Adern. Warum fängst du bei diesem Krümel an zu schreien? Es ist ein klimperkleines Tierchen, das sich freut, auf Erden zu krabbeln und das keinesfalls eine Wirtin zum Frühstück verspeisen will!«

»Aber ich … ich …«

»Du meine Güte, Blanche! Ich werde vermutlich nie wieder richtig laufen können. Da kann ich doch eine Antwort von dir erwarten.«

Blanche stierte mitsamt ihren Gewissensbissen den Fußboden an.

»Also … ich …«

»Herrje, was willst du mir sagen? Stotter nicht und rede in ganzen Sätzen.«

Blanche schaute hoch. Kräuselte die Stirn. Nahm Anlauf.

»Kannst du die Frage noch mal wiederholen? Bitte. Ich weiß jetzt nicht, was ich sagen soll …«

***

Nicht jeder in Arnaud kannte das Wörtchen ›Bitte‹, dem ein Zauber von Erfüllung innewohnte, so gut wie die Wirtin Blanche Martin, die es nur als seidig ummantelte Entschuldigungseinleitung benutzt hatte.

In einer Wohnung in der Rue Bartholomé erwachten in diesem Augenblick zwei Bewohner, die ebenfalls zum harten Kern der Stadt gehörten, und einer davon führte sich mehr fordernd als bittend auf.

Malo Duc und Ehefrau Bernadette bekamen in dieser Sekunde des Morgens Bewusstsein und Energie eingehaucht. Noch vor dem Klingeln des Weckers, das die Pflicht des Tages für Malo Duc verhieß: arbeiten als Stadtangestellter im Rathaus. Erst die Pflicht und dann die Kür? Hausfrau Bernadette sah das anders. Sie langte mit der fleischigen Hand ins Nachbarbett und erwischte ihren Gatten dabei, als er einen Blondinentraum beendete und zum krönenden Abschluss die Durchkostete mit einem Züngeln am Ohr zum Einschlafen brachte. Bernadette hörte das Seufzen, zog ihre Schlüsse und riss ihm die Bettdecke weg.

»Komm schon! Der Spaß ruft!«, raunte sie ins Halbdunkel und das prall gefüllte Nachtkleid kam in Wallung. Bernadette schnaubte. »Nimm mich!«, verlangte sie. Frei nach dem Motto *Bitte niemals, wo du nehmen kannst*, griff sie in die gestreifte Pyjamahose des Gatten. »Und zwar jetzt!«

Malo Ducs Augen wurden kugelrund. *So früh am Morgen?*, schoss durch sein Hirn, ohne zu berücksichtigen, dass es ihm spät am Abend auch nicht gefallen hätte.

»Bernadette. Nein. Nicht.« Was zählte schon das ›Nein‹ eines Mannes, wenn im Grunde feststand, dass alle Männer immer wollten. Jedes Nein bedeutete ein Ja. Bernadette agierte unerbittlich. Sie hielt die Männlichkeit immer noch in der Hand und robbte näher heran. Das Bett knarrte. »Mein Täubchen«, säuselte er vorsichtig, »ich glaube, ich habe Kopfschmerzen!«

»Für DAS braucht man den Kopf nicht!« Bernadettes Pranke packte kräftiger zu. Malo Duc schluckte. Die restliche Libido aus dem Blondinentraum zerfiel in wenige Zentimeter.

»Ich fühle mich furchtbar schlecht«, heulte er. Letzter Ausweg Krankheit, bevor die Fahrt begann. Kopfschmerzen wären zu durchschaubar. Es musste schwere Gebrechlichkeit her. »Ich bin so schwach und blutleer. Vermutlich ist es etwas Ernstes.«

»Blutleer?« Bernadette unterbrach den Angriff. Die blonden Locken wippten. Sie überlegte. »Das wollen wir doch mal sehen!« Die Gattin begann zu säfteln. Einen Moment später schrie der Stadtangestellte den Schrei seines Lebens. Etwas in seinem Nacken hatte sich festgebissen. Das Biest saugte und grunzte. Ihm wurde übel und – der Wecker klingelte.

Eine bemooste Eiche, die vor dem Haus in der Rue Bartholomé stand, hatte einen exklusiven Blick auf das kämpfende Paar. Der schmale Spalt im Vorhang zeigte das ganze Unglück. Blut – Verbeißen – Gefecht. Die Eiche schüttelte ihr Frühlingskleid. Es gab Handlungen, die niemand sehen sollte und Worte, die besser ungehört blieben. Wäre die Eiche ein Mensch gewesen, hätte sie resümiert: Das Leben ist ein Boot auf dem Fluss des Leidens mit vielen Löchern in den Planken, und manchmal fordert das Pech, dass es auch noch in Stromschnellen gerät.

***

Auch die Blumen und Tiere im einzigen verwunschenen Garten von Arnaud bemerkten, dass am heutigen Morgen eine Menge Seltsames in der Luft lag. Ein zimtroter Himmel hatte sich über Arnaud ausgebreitet; die Flora des Gartens trug das typische Frühlingsgrün, das nirgendwo saftiger und kräftiger wuchs als hier im Garten vor dem baufälligen Haus, welches soeben einen Gast empfing. Das Grundstück mit der wilden Blütenpracht lag für jeden gut sichtbar mitten in der Stadt, doch die meisten Passanten nahmen es nicht wahr. Der Garten wirkte einfach verwahrlost. Fast unbemerkt betrat die Gestalt das Haus. Nur wenige Blumen drehten leicht das Köpfchen, doch es lag nicht an ihnen, ein Urteil über den Neuzugang zu fällen. Gedankenverloren begann ein Reigen der Selbstinszenierung. Wilde Narzissen, Kamille und Löwenzahn bereiteten sich für den Tag vor, um alsbald in der Sonne duften zu können. Die Konkurrenz war schließlich groß. Wer wollte nicht gerne bestäubt werden? Jederzeit und so oft wie möglich? Dafür galt es, sich herauszuputzen. Nur die gewöhnliche Nachtviole hatte ihr Parfum bereits in der Dunkelheit verströmt. Ihr Betteln um Vermehrung endete in der Morgensonne. Der Nachtlockstoff roch schwer nach Veilchen. Reste davon lagen noch in der Luft. Die lilafarbene Schönheit reizte damit Nachtfalter, Bienen sowie Tagfalter, die als Grenzgänger zwischen dem endenden Tag und Finsternis unterwegs waren. Erfolgreich ruhte sie nun.

Eine Pflanze besonderer Schönheit trug auf ihren Blättern Tautropfen, die den zimtroten Himmel widerspiegelten. Neugierig inspizierte eine Hummel das Blattwerk. Das pelzbehaarte Tierchen legte eine Pause ein. Ließ sich auf dem Grün nieder und senkte es mit seinem Gewicht ab. Die Tautropfen gerieten in Bewegung, rannen in die Tiefe des Blatts und erwischten das Insekt, das völlig verwundert darüber war, nass zu werden. Nicht nur Menschen konnten Überraschungen im Leben unvorhergesehen überrollen. Das Insekt flog hoch, ließ die Pflanze mit den tückischen Blättern hinter sich, ignorierte eine duftende Kamille, sogar die wilde Narzisse und war sich zu gut für den Löwenzahn. Erst am zerbrochenen Fenster des Abbruchhauses hielt der Brummer inne. Gab es hier etwas Besonderes? Das Insekt blieb in der Luft stehen. Roch das Innere des Hauses nach Blütenstaub? Etwas, das niemanden mit Wasser erschlug? Der effiziente Bestäuber erfasste blitzartig eine balsamische

Bombe. Lavendelduft mit süßlichem Körperschweiß. Woher kam das Sonderbare? Eine Essenz aus Milch, Wärme und Lavendelparfum. Dem Insekt war die Ursachenforschung egal, egal auch, dass die Blütezeit des Lavendels noch nicht in vollem Gange war und es sich um einen künstlich hergestellten Duft handelte. Es fühlte nur Wonne! Wollte hin zur duftenden Metapher für Geborgenheit und Nahrung. Die nierenförmigen Augen der Hummel glänzten euphorisch. Hinein ins verelendete Haus, hin zur Geruchsorgie. Einerlei, worum es sich handelte. Unbedeutend, ob es wollte. Was gut roch, musste willig sein und Nektar abgeben. Das Insekt flog schneller und lauter. Es passierte das zerbrochene Fenster, durchflog den Raum und bewegte sich vor dem süßen Lavendelschweiß hin und her. Draufsetzen. Im Nektar wälzen. Die Gier ausleben. Doch es war keine Blüte, die den Geruch verbreitete. Und nach Nektar sah es auch nicht aus.

»Nein, mein Kleiner, flieg woanders hin. Ich bin keine Blume.« Den Nektarliebhaber störte die Ansprache nicht, er sondierte weiter und brummte intensiver. Irgendwo musste doch Blütenstaub sein. Bei dem Geruch. »Hey, ich will nichts von dir und du solltest nichts von mir wollen. Flieg weg!« Die Frau, die auf dem Fußboden kauerte, wand sich. »Nein!«, wiederholte sie und wedelte mit der Hand. »Verdammt! Noch nicht einmal ein Insekt versteht, wenn ich ›Nein!‹ sage.« Die Stimme der Frau klang brüchig. Das Gesicht war rotgefleckt. Weinen machte keine Menschenseele schöner. Ungeachtet dessen brummte der Brummer. Die Frau schob den Besessenen vehement beiseite. Es nützte nichts. »Warum verstehst du das ›Nein!‹ nicht? Habe ich es nicht klar und deutlich gesagt?«

Feuchte bildete sich in den Augen der Neinsagerin. »Niemand versteht mich. Und nun schau dich um. So endet man, wenn auf ›Nein!‹ nicht gehört wird.«

Der Brummer sah sich nicht um, er säuselte um den süßen Lavendelschmaus. Dabei wäre die Umgebung einen Blick wert gewesen, um Schlimmeres zu verhindern. Inneres Elend schlägt sich im äußeren Elend nieder. Essenreste auf dem Boden. Aufgerissene Lebensmitteldosen, leere Flaschen. Toilettenpapier. Essen, Trinken, Notdurft, immerhin waren die Basiselemente des Lebens bedient. Alles lag in Mörtel und Staub, verstreut über alten Tapetenresten und Mäusekot. »Genauso sieht es aus.« Die Frau zeigte auf ihr Reich. »Also, verschwinde!«

Die Hummel aber frohlockte »Lavendel, Lavendel.« Der Wurf der Jeansjacke kam unerwartet und war folgenschwer. Der Lebensraum der Hummel schrumpfte. In Dunkelheit sank sie zu Boden. Fliegen war kaum mehr möglich. Restbrummen in Stakkato zeigte Verzweiflung. Der neue Wirkungsraum beinhaltete nur wenige Kubikzentimeter zwischen Stofffalten. »Lavendel!«, schrie der Hunger ungeachtet. Eine hinabschnellende Faust wirkte effektiver als die Jeansjacke; sie erledigte die Gier ein für alle Mal.

***

Der rote Faden, der zur Frau im Abbruchhaus gehörte, hatte mit ihr schon eine beachtliche Wegstrecke durch Arnaud zurückgelegt. Immer folgend. Nie erreicht. Anfangs kauerte er vor dem Abbruchhaus. Dort tat sich nichts mehr. Nun lief er eigenmächtig vom Haus zum Anfang zurück. Der dünner gewordene Faden blieb am Kirchplatz stehen. Wollte er noch einmal genau sehen, warum er dünner geworden war? Es wirkte alles ruhig. Der Himmel veränderte seine Farbe und ließ das zimtige Morgenrot hinter sich. Hellblau war das neue Zimtrot. Der Morgenwind stellte das Fegen der Straße ein und überließ es der Sonne, ein freundliches Lächeln aufzusetzen. Das stand dem Himmel gut und verhieß einen angenehmen Tag. Was machte indes der Säugling vor der Kirchentür? Schlief er noch? Oder sah er mit wachen Augen das Himmelblau? Im Grunde genommen war Schlaf der beste Zustand, in dem das Kind verharren konnte: Wer schläft, lebt schicksalslos. Es schmerzte nicht, das Schlafen. Kannte weder Sehnen noch Verlangen und blieb angstlos, sofern kein Alb plagte. Sonnenstrahlen krochen die Kirche hinunter. Licht überschüttete das Portal. Das Bündel bewegte sich. Strampelte. Mehr nicht. Immer noch umhüllte Schlaf das feine Antlitz des Kindes. Roséfarbene Haut, lange Wimpern und feine Lippen, die auf schöne Träume hindeuteten. Ein würdiges Motiv für einen Kunstmaler als Allegorie über die kurzzeitige Erlösung von allen Zwängen. Vom Atemzug des Nichts, der Zeit verschlingt, trotzdem zeitlos ist und in der Spanne endet, in der alle Fragen beantwortet werden. Irgendwann.

Der Geruch, der sich auf dem Marktplatz sammelte, vermittelte einen ersten Anklang von Kaffee und Croissants, gemischt mit dem erdigen Grün des Frühlingsmorgens, dem keiner widerstehen konnte. Die Zirbeldrüsen der Arnauder würden heute einen kräftigen Schub bekommen. Aufbruchsstimmung. Hin zu Neuem. Den Winter endgültig abschütteln. Tatendrang. Und manch eine Bewohnerin würde heute beim Griff in den Kleiderschrank etwas Leichtes, Knappes und Buntes herausziehen. Der ultimative Tag stand bevor, an dem wie durch Zauberhand wieder Röcke angezogen wurden und niemandem klar war, dass das kollektive Bewusstsein der Frauen mit dem Blick der Männer auf ihren Winterbauch und dem Wunsch nach mehr sportlicher Betätigung zusammenhing.

Der Säugling schlug die Augen auf. Empfand er auch eine Art Aufbruchsstimmung? Oder war es nur Zeit, sich der Welt zu stellen? Er beäugte das Terrain. Genau und interessiert. Die Pigmente seiner Regenbogenhaut leuchteten in einem kräftigen Blau. Ohne Segmente von Grau oder Bernstein, auch kein Grün loderte darin. Bedeutete die Farbe, dass der Säugling später ein vertrauenswürdiger Mensch werden würde oder ein Luftikus? Gar ein Blaubart? Die Ungewissheit darüber trug die Farben des Nebulösen. Das Kind schlug einen Klageton an. Recht so: Wer mochte es schon, als Wiegenkind in eine Schublade gelegt zu werden, allein aufgrund der Augenfarbe.

Gegenüber der Kirche öffnete sich die Tür des Etablissements. Eine Frau trat hinaus. Sie atmete den Morgen ein. Es war ihre Zeit, die des Büßens. Das Klagen des Babys war zu weit entfernt, um gehört zu werden. Rowena, die dunkle Venus, war ein Unterpfand der käuflichen Liebe. Was bedeutete es in Arnaud, ein Unterpfand zu sein? Ganz einfach: Solange Abbé Noël, Vorsteher der ehrbaren Kirche Sainte Catherine, eine Chance sah, auch nur ein schwarzes Schaf der Dirnenschaft zu bekehren, solange schaute er beim Grundproblem, das ›Bordell‹ hieß, weg. Sünde und Buße waren Rowenas Spezialität. Devot sein, zwei Mal in der Woche bei Abbé Noël. Frühmorgens. Vor allen anderen schwarzen Schafen in der Stadt, die es zu reinigen galt. »Oh, Padre, ich habe gesündigt«, begann sie zumeist und legte eine gebrochene Aussprache hinzu. Demut kam immer an. In jeder Kategorie. Männer, ob sie eine Soutane trugen oder Jeans, mochten devote Frauen. Sogar der Himmel stand darauf. Nur bei der Bezahlung existierten Unterschiede – Bares oder Vergebung mitsamt Fensterplatz im Paradies. Heute früh hatte Rowena eine lachsfarbene Seidenkorsage als Oberteil gewählt. Auch ein knapper Frühlingsbote. Dazu ein langer schwarzer Rock und ein schwarzes Spitzentuch, das Kopf und Oberkörper bedeckte und durchschimmern ließ, was der Geistliche nicht sehen und trotzdem bemerken sollte: makellose Brüste. Eigentümlich, dass Gott etwas erschaffen hatte, das niemand beachten durfte, bis auf Säuglinge, Ehemänner und Gynäkologen. Kurioser kleiner Kundenstamm, der rechtens war. Rowena blinzelte in die Sonne. Ob sie heute ihre Spezialität des Kniefalls und des Lippenbebens bringen sollte? Oder wäre der Kulleraugenmodus wirkungsvoller? Vielleicht reuiges Verbergen des Gesichts in den Händen und dazu ein Schluchzen? Sie entschloss sich für eine Impulshandlung. Ihr schoss durch den Kopf, dass sie schon lange nicht mehr auf dem Boden im Staub gelegen und nach Geißelung geschrien hatte. Nicht schlecht. Der neue Tag sollte genüsslich beginnen. Das Unterpfand setzte sich in Bewegung. Quer über den Marktplatz. *Seht her, ich bin ich.* Reuig, aber selbstsicher. Devot und wissend sprach ihr Gang. Eine Werbeveranstaltung der anderen Art, allerdings ohne Zuschauer.

Sie kam dem roten Faden sehr nah. Stolzierte an ihm vorbei. Nach der halben Strecke veränderte sich die Atmosphäre. Das Mirakulum der bevorstehenden Überraschung schwieg ein beredtes Schweigen. Tauben flogen auf. Eine Krähe auf dem Kirchturm krächzte und der Morgenwind streichelte die Bäume. Die Purpuresche mochte das, am liebsten hätte sie gestöhnt. Rowena blieb stehen. Wenn sie eines gelernt hatte, dann war es, Stimmungen zu bemerken. Lauerndes lag in der Luft. Sie sah sich um. Alles schien in Ordnung zu sein. Ein paar Schritte vorwärts. Weinen. Erst leise, dann laut. Schreien. Rowena erstarrte und selbst der Morgenwind vergaß zu atmen.

***

Es war sieben Uhr geworden. Docteur Janfleur fing immer zeitig an. Zuerst die Verbände wechseln und Wundversorgung. Danach Blutabnahmen.

Zum Schluss die ersten Patienten. Alles vom Docteur selbst. Ein Luxus, den es nur noch selten gab. Die Sprechstundenhilfe war hübsch, freundlich und bewältigte lediglich Empfang und Telefonanrufe der in die Jahre gekommenen Praxis. Juste Simon saß auf dem Stuhl neben dem Schreibtisch des Arztes. Starr. Er wollte sich keine Keime irgendwelcher Patienten einfangen, die vor ihm auf dem Stuhl gesessen hatten. Von weit her hörte er das Telefon klingeln. Der Docteur war noch nicht so weit. Er schrieb etwas auf eine Karteikarte. Juste schwieg. Der Arzt schaute endlich hoch. Einsatzbereit räusperte er sich.

»Wie geht es Ihnen, Monsieur Simon?« Docteur Janfleur rückte die Goldrandbrille zurecht. Der Buchhalter schluckte. Er wusste, ohne Schmerzen würde er nicht bleiben.

»Also«, fing er mit dem besten Füllwort der Menschengeschichte an, »ich denke, ich habe mir den kleinen Zeh gebrochen.«

Docteur Janfleur quittierte brummend die Malade, schrieb etwas in seine Karte und wandte sich dem Buchhalter erneut zu.

»Na, dann zeigen Sie doch mal.« Juste zog den Schuh aus, ließ ihn fallen und stellte die Ferse auf dem Stuhlrand ab. Seine hagere Gestalt kam ihm dabei zugute. Kein Gramm Fett, nur der Schnurrbart üppig. Juste zog an der Socke. Schmerzgepeinigt verzog er das Gesicht. Die Socke streckte sich, wurde lang und länger. Gab schlussendlich nach. Docteur Janfleur sah auf den blau angelaufenen Winzling und beugte sich hinunter. »Wie haben Sie denn das angestellt?«

»Meine Lebensgefährtin hat geschrien.«

Der Blick des Arztes ging von unten nach oben.

»Wieso schreit sie?«

»Es ist nicht, wie sie denken.«

»Wie denke ich denn?«

»Auf jeden Fall ist es ganz anders. Spinnen. Es sind Spinnen.«

»Spinnen?«

»Kleine Spinnen.«

»Ah, ich verstehe. Sie schreit bei kleinen Spinnen.« Docteur Janfleur rieb sich die Denkerstirn. »Nicht schwer zu diagnostizieren, worunter Ihre Freundin leidet. Sie ist eine Frau und da gibt es diese Gliederfüßer. Große und kleine. Behaarte und unbehaarte – das passt nicht zusammen. Niemals. Sie reagieren hysterisch, die Frauen. Nahezu alle«, stellte der

Arzt in sachlichem Tonfall fest. »Verehrter Monsieur Simon, nun zu Ihnen. Wenn ich mir jedes Mal den Zeh brechen würde, wenn meine Frau schreit, dann hätte ich keine Zehen mehr. Gehen Sie etwas gelassener mit den Ansprüchen ihrer Partnerin um, und wenn die Spinnenphobie schlimmer wird, dann schicken Sie Ihre Holde zu mir.« Docteur Janfleur nahm den Zeh in die Finger. Juste schrie auf. »Na, na, na. Wir wollen es den Frauen doch nicht gleichtun und wegen eines kleinen Zehs die Welt zusammenschreien.«

»O Gott!« Juste fand es überhaupt nicht komisch, dass der Arzt den kleinsten der Kleinen immer noch in den Fingern hielt. Er rutsche den Sitz hoch.

»O Jesusss!«

»Glauben Sie mir, der ist nicht hier. Steht nicht in meiner Patientenkartei. Tote generell nicht. Bringt nichts. Würde die Kartei nur aufblähen.« Der Docteur ließ vom Zeh ab. »Übrigens, Ihr Digitus minimus ist nicht gebrochen. Nur eine Stauchung. Kann aber auch sehr schmerzhaft sein, wenn nicht sogar schmerzhafter als ein Bruch. Ich schreibe Sie für ein paar Tage krank, bandagiere den Kleinen und gebe Ihnen Schmerztabletten mit. Und als Tipp: Ziehen Sie sich bequemeres Schuhwerk an.« Juste nickte brav. »Und daran denken: Nicht gleich springen, wenn das Weib schreit. Spinne am Morgen bringt Kummer und Sorgen.« Juste Simon überlegte, wie Docteur Janfleurs anschließendes Lächeln zu deuten war. War es ein süffisantes Lächeln? Überlegen? Oder großväterlich? Jedenfalls stand der Mann im weißen Kittel auf, ging zum Medikamentenschrank und Juste Simon nutzte den Moment, um durchzuatmen.

Als der Arzt mit der Bandage zurückkam, entwickelte Juste Fluchtgedanken. Das Grinsen des Docteur empfand der Buchhalter diesmal als eindeutig diabolisch. Alle Ärzte dieser Welt wollten einem Böses, wenn man sie ließ. Schmerzen. Pein. Ein Strudel an gebündelter Tortur würde folgen. Die Helligkeit der Bandage leuchtete im Licht der Schreibtischlampe.

»Aber, aber, Monsieur Simon, wir wollen doch nicht schon wieder ein Mädchen sein.«

***

Vier Frauen saßen im Lichte des Morgens an einem Tisch. Das Möbelstück stand in der Küche des Bordells. An der Kopfseite Rowena. Vor ihr auf dem Tisch ein Menschenbündel, das alle vier Frauen wie einen Alien beäugten. Rowena hatte das Tuch mit dem durchbrochenen Muster abgenommen und ihre schwarzen Haare ergossen sich über die Schultern. Herausfordernd stachen einige Spitzen in die Brüste. Rowena warf die Haare nach hinten, ordnete die Pracht mit den Fingern. Sie formte einen Knoten und versachlichte das Haar. Ihr Dekolleté hingegen lag unsachlich frei.

»Was für ein hübsches Kind. Wer legt so etwas Niedliches vor der Kirche ab?« Ninette, die Schmolllippige, grübelte sich an die Krux heran. »Ist es ein Junge oder ein Mädchen? Und wo ist die Mutter? Wieso schreit es? Hat es Hunger?«

Lady Olga mit den schwarzen Overkneestiefeln und der Reitgerte schaute verächtlich auf das Paket.

»Ist das wichtig? Es stinkt und schrreit! Ich werrde es schlagen müssen!« Das rollende »R« war ein unveränderlicher Teil ihrer russischen Muttersprache geblieben. Sie ließ die Gerte in die Hand sausen. Das Klatschen hatte etwas von der Endgültigkeit an sich, die auch so gemeint war.

»Olga! Was soll das? Es ist ein Baby und kein Kunde!«, empörte sich die Vierte im Bunde, Madeleine, das blondeste und drallste Wesen des Hauses. Ninette kiekste auf. Sie hatte das Kind zu sich gedreht und entfernte vorsichtig die Windel. Rowena hielt die Hand schützend neben das Kind, damit es nicht vom Tisch fiel.

»Schaut nur«, rief Ninette, »es ist ein Junge und ER ist sooo winzig.« Die Schmolllippige zeigte mit Daumen und Zeigefinger eine kaum zu erwähnende Distanz und kicherte.

»Ein Junge! Gut. Irrgendwann schlage ich ihn ohnehin, dann kann ich auch jetzt damit anfangen. Err stinkt errbärrmlich.«

»Lass das, Olga! Er ist doch noch so klein!« Ninette, die Arbeitszimmer Nummer eins bespielte, das mit dem Türknauf, der einen geöffneten Mund darstellte und damit das ausdrückte, was sie zu bieten hatte, lächelte glückstrunken vor sich hin. »Wir müssen dem kleinen Mann etwas zu essen geben.« Der kleine Mann sah das ähnlich und schrie lauter.

»Ich koche errstmal Kaffee. Zuerrst wirr Frrauen, dann err. Das soll sich frrüh einbrrennen.« Ninette steckte dem Säugling ihren kleinen Finger in den Mund. Das Baby saugte daran und wurde ruhig.

»Ach, schaut doch mal. Wie süß!« Lady Olga klackte mit den Absätzen ihrer Overkneestiefel auf dem Küchenfußboden. Sie ging zur Küchenzeile und befüllte eine Kanne mit Wasser. Die Damen am Tisch sahen dem Genuckel zu. Es stimmte friedfertig und hatte etwas Beruhigendes an sich. Lady Olga knallte vier Becher auf den Tisch. Die Frauen zuckten zusammen.

»Wirr legen ihn zurrück. Vorr die Kirrche. Ansonsten wirrd err Ärrgerr machen.«

»Erst einmal braucht er etwas zu essen und eine frische Windel«, sagte Madeleine und zog ihre Beine an sich. Im Seidenbody war selbst die gut geheizte Küche kühl. Zwei wohlgenährte Schenkel dagegen versprachen ausreichende Wärmespender zu sein.

»Ihrr müsst einkaufen gehen und euch kümmerrn. Ich sage ja: Kerrle machen immerr Ärrgerr. Egal, wie alt sie sind«, raunte Lady Olga. Schmolllippchen sprang ein.

»Ich mach' das. Ich gehe einkaufen. Babymilch und Windeln. Und was brauche ich noch?«

»Hirrn!«

Die Kaffeemaschine sprötzte dazu. Der Säugling wand sich und spuckte ungnädig den Finger aus. Finte bemerkt. Einsetzendes Schreien.

»Klarr und eindeutig. Wirr legen das Scheißerrle zurrück.«

»Nein!«, kam unisono im Dreiklang.

»Ihrr dummen Hühnerr, Babys brrauchen: Milch, Fläschchen, Saugerr, Windeln, Puderr, Öl, Wundcrreme, Seife, Schnullerr, Strramplerr, Handtuch, Waschlappen. Und eine Rrund-um-die-Uhr-Betrreuung. Noch Frragen?« Es blieb still. »Seht Ihrr. Ärrgerr!«

Schmolllippchen traute sich als Erste.

»Und er braucht ein Kuscheltierchen. In Hellblau. Vielleicht ein Häschen. Wir hatten doch gerade Ostern. Ich mag es geringelt, aber mit Punkten wäre es auch in Ordnung. Und es muss puschelplüschig sein.«

Lady Olga verdrehte die Augen. Fehler waren Bausteine der Weisheit, aber mit dem Baumaterial, das hier zur Verfügung stand, ließ sich keine Kerze entzünden.

***

Wirtin Blanche Martin stand hinter der Theke des ›Le Ciel‹ und hatte, wie immer um diese Zeit, die ersten Vorbereitungen für den Tag getroffen. Baguettes waren beschmiert, die Kaffeemaschine befüllt, Kartons mit neuen Flaschen aus dem Keller geholt und Leergut in Kisten verstaut. Heute Morgen hoffte sie auf einen guten Fang von Lucien Forest, dem Fischer, der besser aussah als jeder andere Fischer in Arnaud und den man gelegentlich Engländer nannte, obwohl er das hasste und nur sein Urgroßvater von der Insel stammte. Blanche hatte sich vorgenommen, eine Bouillabaisse zu kochen. Juste war beim Arzt und sie vermutete, dass er ihr vielleicht im Bistro helfen könnte, Krankschreibung hin oder her. Auch mit angeschlagenem Zeh sollte es möglich sein, ein paar Kleinigkeiten hinter der Theke zu erledigen. Es würde heute voll werden. Die Gäste liebten ihre raffinierte Fischsuppe. Die Wirtin würzte die Brühe mit Safran, Paprika und einer Zutat, die nicht hineingehörte – ein Schuss *Lea & Perrins* Worcestershiresauce. Jeder Franzose, der davon gewusst hätte, würde sie dafür vierteilen, rädern und federn. Wobei das noch die angenehme Reihenfolge wäre. Doch die Wirtin hatte ihren eigenen Kopf. Die englische Sauce rundete ab. Englisch oder nicht – sie nahm nur wenige Spritzer, beging mithin keinen Vaterlandsverrat. Nur so viel, dass das Ganze vollmundiger schmeckte und nicht aufflog. Ihr Zauberfläschchen blieb, immer gut verborgen, ganz hinten im Küchenschrank. Ohne Etikett, in einer Pappschachtel, in der einstmals ein Badezusatz gelebt hatte. Dunkelbraune Magie mit Diskretion. Blanche Martin prüfte, was sie brauchte: Fischfond war genügend vorhanden. Zwiebeln lagen bereit. Pastis und Weißwein standen ohnehin greifbar, Gewürze auch. Nur die Fische fehlten. Vielleicht brachte Lucien Wolfsbarsch mit, Meeraal, möglicherweise Muscheln oder Garnelen. Vier bis fünf unterschiedliche Fische sowie Meeresfrüchte, und es würde etwas Feines entstehen. Die Wirtin erahnte schon die Würze und der Speichel rann zusammen.

»Bonjour, Blanche!« Malo Duc riss die Bouillabaisseträumerin aus ihren Gedanken.

»Salut, Malo«, antwortete sie zerstreut und verfiel dennoch flugs in den Routinemodus. »Einen Grande?«

»Nein, keinen Kaffee. Heute nicht.«

»Ein Wasser?«

»Nein.« Der kleine Stadtangestellte hüpfte auf den Barhocker.

»Was dann?«

»Bernadette hat mich gebissen.«

Die Wirtin seufzte. Montagmorgen. Beginn der Woche. Ein leeres Blatt Papier. Eines, das jungfräulich war und nur mit zartfarbiger Tinte beschrieben werden sollte. Diese Woche sollte ausnahmsweise keine Schwierigkeiten mitbringen. Bernadette. Beißen. Warum war das Schicksal so grausam, gleich in den ersten Stunden ein Fass mit fetter schwarzer Farbe über die Jungfrau zu gießen? Blanche zog ihr Shirt zurecht und signalisierte damit Bereitschaft, sich der Herausforderung zu stellen. Das Leben war eben, wie es war. Sie senkte den Kopf, es hatte etwas Verschwörerisches an sich.

»Wieso hat Bernadette dich gebissen?«

»In den Nacken. Genau da hin.« Malo beugte sich über die Theke, neigte den Kopf, die Kringellocken verwuschelten. Er zeigte einen eindeutigen Biss. Blutunterlaufen. Knallrot. Blanches Dekolleté schwappte in Malos Richtung. Sie beäugte den Biss. Er sah in der Tat besorgniserregend aus. Die Wirtin wiederholte ihre Frage.

»Wieso hat Bernadette dich gebissen?«

»Sieht es schlimm aus?«

»Du solltest damit zum Arzt gehen, mein Lieber.«

»Sie hat dabei gesaugt und gegrunzt.«

Blanche Martin zog die Stirn kraus. Es gibt Dinge in einer Partnerschaft, die für keine fremden Ohren bestimmt waren. Und diese Ohren, die nichts hören sollten, wollten es auch nicht. Ganz und gar nicht. Die Wirtin nahm einen neuen Anlauf zur Klärung der Sachlage.

»WIESO hat dich Bernadette gebissen?« Malo fiepte.

»Ich glaube, sie ist zum Vampir geworden. Eine Vampirette? Hilf mir! Bald kann ich nur noch in der Nacht leben und muss andere beißen, damit ich überlebe. Ich muss dann auch saugen und grunzen. Und ich will das nicht. So etwas wollte ich noch nie. Was mache ich jetzt?«

Die Frau, die im Grunde nichts mehr hören wollte, drehte die Augen nach oben.

»Vampir? Malo! Was für ein Unsinn! Es gibt keine Vampire und du wirst auch keiner werden. Du reimst dir etwas Unmögliches zusammen.«

»Ganz bestimmt werde ich Blut saugen müssen. Wenn eine Vampirette zubeißt wie Bernadette, wirst du auch so was, das beißen muss.«

»Soll ich dir jetzt eine Bloody Mary mixen, damit du über die Runden kommst?«

Malo Duc sah hoch.

»Du nimmst mich nicht ernst, Blanche. Dabei habe ich ein Problem, das nach Unkraut auf Särgen riecht und du hilfst mir nicht! Oh, Blanche! Wie kannst du nur? Ich dachte, wir wären Freunde und Freunde helfen Freunden. Immer. Jederzeit. Überall. Auch bei Blutangst.«

»So kommen wir nicht weiter, mein Lieber. Ich werde jetzt erst einmal die Wunde desinfizieren. Das scheint mir sinnvoller zu sein, als vergeblich zum Kern der Sache kommen zu wollen.« Die Wirtin griff unter die Theke. Hervor kamen ein kleines braunes Fläschchen mit reinem Alkohol und ein Einmaltuch aus Papier.

»Komm her mit dem Nacken.« Malo Duc ahnte Schmerz.

»Tut das weh?«

»Nein!«, beschied Blanche Martin. Wenngleich, bei näherer Betrachtung, ein minimales Lächeln die Mundwinkel der Wirtin umzog. Ein süffisantes Lächeln? Überlegen? Oder gar ein mütterliches? Malo jedenfalls ahnte: Alle Wirtinnen dieser Welt wollten Böses, wenn sie mit so einem Fläschchen herumfuchtelten. Schmerzen. Pein. Ein Strudel gebündelter Tortur würde folgen. Das braune Fläschchen funkelte im Licht der hereinfallenden Morgensonne.

***

Ninette hatte für eine Stunde das Bordell verlassen und eingekauft. Die Kunststofftüte lag auf dem Tisch, der Inhalt ergoss sich über die Platte. Eine Windelpackung als Zugabe neben den Anschaffungen. Das Kind lag dazwischen, mittig auf dem Küchentisch.

»Ich habe keinen Plüschhasen bekommen. Die waren alle weg«, sagte das Schmolllippchen schmollend. »Aber einen rosa Elefanten.«

»Hätte ich nicht genommen«, brummte Lady Olga.

»Wieso? Er ist doch auch süß. Und der nach oben gebogene Rüssel ist so puschelig. Was hast du gegen rosa Elefanten. Sieh doch!« Ninette hielt das Rüsseltier in Richtung Lady Olga.

»Rrüssel und Babys machen Ärrgerr!« Ninette nahm eine weißblonde Haarsträhne in den Mund und knabberte daran. So gedankenverloren, wie sie es tat, schien sie selbst nicht zu wissen, warum sie ihre Haare durchkaute. Wollte sie damit Probleme lösen? Oder konnte ein Mensch den Geschmack von Haaren mögen? War es der Wunsch, etwas Körpernahes im Mund zu haben? Gar eine Berufskrankheit? Ninette durchkaute nicht nur die Haare, sondern besabberte sie auch.

»Wie kann ein Plüschtier Ärger machen? Es ist doch nur was zum Kuscheln«, kam zwischen dem Knabbern an das Tageslicht.

»Es ist ein rrosa Rüssel! Keine weiterre Diskussion!« Lady Olga zog an der Korsage. »Wirr machen es ganz einfach, wirr geben die Brrut mit dem rrosa Ding in derr Kirrche ab. Sagen die nicht immerr: Ihrr Kinderrlein kommet? Na also, dann kommt es eben.« Ninette hatte den Mund voll. Mehr Haarsträhnen passten nicht hinein, ohne einen haarigen Vollschaden zu erleiden und Brechreiz auszulösen.

»Was ist so schlimm an einem rosa Rüssel?«, beharrte sie mampfend. Der Knoten musste gelöst werden, egal ob Lady Olga wollte oder nicht.

»Du dummes Huhn, err ist ein Junge. Die haben ihrre eigene belämmerrte Farrbe oder ist es eine Jungschwuchtel? Kannst du nicht denken? Rrosa Rrüssel sind eklig fürr Jungs.« Die drei anderen Damen sahen einander an. Ninette ließ alle angesabschten Strähnen fallen. Rowena schüttelte den Kopf und alle fokussierten Lady Olga.

»Olga, du bist unmöglich! Jeder nach seinem Geschmack. Wenn er Rosa mag und auf Rüssel steht, dann darf er das«, meinte Rowena.

»Rrosa ist schlecht fürs Geschäft. Alles was Rrosa ist, kann ich nicht verprrügeln. Rrosa ist absolut merrde! Hellblau ist gut. Brringt Barres. Hellblau ist eine gute Investiton in die Zukunft.« Madeleine holte tief Luft, bevor sie antwortete.

»Irgendwie hast du gelitten!«

Ninette bekuschelte währenddessen das Baby, hielt ihm das Plüschtier vor die Augen und brachte ein ›Gutzigutt‹ hervor.

»Du musst keine Angst haben. Die schwarze Lady meint es nicht so.« Der Säugling grinste selig den rosa Elefanten an. Lady Olga sah es und aus ihrem tiefstem Inneren röhrte ein:

»Würrg!« Die kleinen Fingerchen des Knaben krallten sich am rosa Fell fest. Er schaute ohne festes Ziel in die Welt und Speichel lief aus dem

Mund. Mit einem Mal versiegte das Lächeln. Das Gesicht düsterte ein. Wurde gar verdrießlich. Quaken fing an und zog sich zu einem Schreien hoch. Das rosa Plüschtier fiel.

»So ist es gut, mein Stinkerrchen. Wirr werrden alle irrgendwann zu dem, was wirr sind. Und du bist ein schrreiendes Hellblau. Irrgendwann werrden wirr viel Spaß haben.« Lady Olga rekelte sich und stellte einen Overkneestiefel auf dem Nebenstuhl ab. Ihre Hände glitten am Stiefelleder hinunter. Zogen die Schnüre fester und strafften den Schaft hoch. Gemeiner Sieg lag in ihrem Blick.

»Ich werde erst einmal Fläschchen und Sauger säubern, die Milch anmischen und aufwärmen. Niemand sollte über eine Farbe streiten, wenn ein Baby Hunger hat. Auch du nicht, Olga.« Rowena stemmte sich hoch. Sie nahm die Utensilien vom Tisch und drehte sich dem Herd zu. »Wie heißt er eigentlich?«, fragte sie und hantierte mit Topf und Wasser. »Wir sollten ihm einen Namen geben. Jeder Mensch auf Erden hat einen Namen verdient.« Die Aufforderung ging in Babygeschrei unter. Ninette begann, die Windel zu entfernen.

»Nerrvkeks oder Scheißerrle!«, brummte die Domina und die lederne Korsage knarrte.

»Du bist blöde, Olga. Wie wäre es mit Benny?«, warf Ninette ein.

»Benny«, schnaubte Lady Olga verächtlich »Jungs nennt man Igorrr oder Alexej. Allerrdings apportiert ein Benny besser. Ein Benny dürrfte mir sogarr die Stiefel lecken.«

»Kylian!«, meinte Madeleine. »Das ist hübsch und der leckt auch nicht.« Rowena schaltete sich ein.

»Wie wäre es mit ›Mathis‹ oder ›Lucas‹? Ich habe ihn vor der Kirche gefunden, also sollte er einen kirchlichen Namen bekommen. Was meint ihr?«

»Wie wärre es mit Scheiß-Gott?« Drei Augenpaare bösten Lady Olga an. Ninette gönnte sich ein Strähnchen und säuberte den kleinen Kerl. Final gab es eine frische Windel. Es entstand eine grüblerische Stille.

»Mathis finde ich nicht schlecht und das mit dem kirchlichen Namen finde ich auch toll,« spuckte das Schmolllippchen aus. Die nasse Strähne fiel. Madeleine nickte dazu.

»Ja, Mathis ist in Ordnung. Den Namen mag ich auch.« Rowena quittierte es wohlwollend und zeigte auf den Säugling.

»Darf ich euch vorstellen: Das ist Mathis!« Ninette nahm das gesäuberte Kind hoch und drapierte es in ihren Armen. Es schrie.

»Ach, Mathis. Du musst nicht schreien. Gleich gibt es was Feines zu Essen und wir haben dich alle lieb.« Sie wiegte das Kind. Lady Olga stellte das zweite Bein auf den Stuhl. Gleiches Prozedere. Schnüren und straffen. Sie lächelte gequält.

»Gebt mirr achtzehn Jahre«, brummte sie »und er wimmerrt nicht mehr um das Essen. Err ist dann in meinen Fingerrn und nicht in eurren Arrmen.« Allseitiges Ignorieren. Rowena spülte Milchfläschchen und Sauger im kochenden Wasser aus und entschied, dass es noch mindestens zehn Minuten kochen sollte, als plötzlich ein anderer Geruch in die Küche drang. Einer, der nicht zu Milch und Säuglingsexkrementen passte. Zuerst erfassten winzige Vorläufer der Duftwolke die Küche, so zart in der Berührung, dass keiner den blumigen Duft wahrnahm. Iris, Jasmin und Rose. Zu weit entfernt. Nur eine Nuance. Die farblos schimmernde Leichtigkeit kam näher und erwärmte sich. Formvollendete Zurücknahme drang durch die Spalten der Küchentür, verteilte sich und schritt göttlich voran. Maiglöckchen verabschiedeten sich und Amber trat hervor. Kenner schlossen an dieser Stelle die Lider, stellten die Nase in die balsamischen Partikel und genossen. Lady Olga erfasste es zuerst.

»Sie kommt«, flüsterte die Domina und alle zusammen hatten eine Vorahnung von ihrer Welt, die gleich anders werden würde. Ninette legte Mathis auf den Tisch, entfernte Resthärchen aus ihrem Mund, Madeleine setzte sich aufrecht hin und sogar die Milch verharrte im Pulver. *Chanel N°5* verursachte an diesem Ort eine seltsame Verhaltensweise. Hinter dem Ohrläppchen, im Pulsbereich der Handgelenke und wenige Zentimeter über dem Bauchnabel, jeweils nur einen Tropfen, und die Welt stand still, sofern die Trägerin zu dem Parfum passte und es wollte. Madame Lazar, die Mutter des Geschäfts, bildete eine Einheit mit den Tröpfchen an ihrem Körper. In einer Welt, in der Schnelllebigkeit sich jedweder Auseinandersetzung tieferer Natur verweigerte, war die Dame des Hauses bereit, sich sämtlichen Situationen in dem Tempo zu nähern, das allein sie bestimmte. Und genau das spürten die Damen am Tisch.

***

Jeder Keim drängt zur Frucht. Ob Apfelkern, Blumensaat oder das Wollen, das zur Tat wird. Im verwunschenen Garten mit dem abbruchreifen Haus schickte sich ein Pflänzchen an, dem Licht der Welt entgegenzustreben. Der Geburtshelfer Frühling schenkte dem Garten Sonne, in voller Gewissheit darüber, dass jedweder Keim alles an Erbgut enthielt, was einstmals war und baldigst sein würde. Dem Frühling war auch bekannt, dass die Frucht, die bald entstünde, sei sie gut oder schlecht, irgendwann nach dem Lauf ihres Lebens zurückkehren würde zur Erde. Nicht zuletzt, um für die zukünftige Saat Humus zu bilden. Die Schöpfung erschöpfte sich nie und der Frühling tat das, was er tun musste – dem Leben einen sonnigen Empfang bereiten.

Noch vor Kurzem lag der Keim, der nun Aufbegehrte, tief im Schoß des Erdreichs. Ruhte unbemerkt unter dem weißen Leichentuch aus Schnee. Und nun drängte er. Die Kruste der Erde war noch unversehrt, bäumte sich jedoch schon auf. Wollte sie den Emporkömmling gefangen halten? Wie viel Aufwand benötigte die Krume, um zu halten? Die Antwort zeigte sich. Da war es! Winziges Grün durchstach den Boden. Ein kleines Spitzchen. Sonst nichts. Bald würde mehr ans Tageslicht kommen. Emporwachsen und Ausbreiten, ein alljährliches Wunder. Obendrein ein Gleichnis über das Kuriosum, welches besagt: Nichts im Leben bleibt verborgen? Kein Geheimnis bleibt ewig gewahrt? Wer weiß das schon? Vielleicht der Frühling?

***

»Blanche, das tut immer noch weh!« Malo Duc rieb seinen Hals. Den Biss umrandete ein roter Entzündungsherd. »Was hast du da nur für ein Zeug reingetan? O Mann, das ist schlimmer, als wenn Bernadette noch mal zugebissen hätte.« Blanche Martin öffnete in aller Ruhe Weinkartons und verstaute Flaschen. Sämtliche Rotweinflaschen in das Holzregal, Weißweinflaschen in die Kühlschublade unter der Theke. Die Flaschen in der Schublade klirrten beim Herausziehen.

»Stell dich nicht so an. Es war reiner Alkohol. Das, was du dir in verdünnter Form in allen Variationen einverleibst. Und denk dran: Das ist nur eine Ersthilfe. Du musst heute noch zu Docteur Janfleur, die Stelle ist mächtig entzündet.«

Malo fluchte. »Herrje, es fühlt sich an, als hättest du mit einem Flammenschwert mein Fleisch weggebrannt.« Die Wirtin schob einen vollen Karton unter den Tresen.

»Bring mich nicht auf Ideen.« Blanche Martin zog sich hoch und sah ihren Gast mit intensivem Blick an. Dass sie einige Jahre älter war als Juste, dem sie am heutigen Morgen quasi den Zeh gebrochen hatte, sah man ihr nicht an. Glatte Gesichtshaut, wenige Augenfältchen und Haar, das zwar angegraut, aber kraftvoll war. Diese Attribute machten aus ihr nicht die Frau, die im nächsten Jahr einen runden Geburtstag mit einer Sechs davor feiern würde. Blanche Martin war das lebende Beispiel dafür, dass Altern sehr individuell ablief und keinesfalls in einer Jahreszahl gemessen werden konnte. »Malo, hast du das verstanden? Du musst zu Docteur Janfleur. Am besten gleich!« Die Glastür schwang auf und Frühlingsluft sauste durch den Raum.

»Contra vim mortis non est medicamen in hortis!« – Gegen den Tod ist kein Kraut gewachsen. Juste Simon humpelte in Birkenstocksandalen ins Bistro. »Salut, allerseits!« Der Buchhalter fokussierte Malo. Gönnte sich noch einen zweiten Blick. »Wie ich sehe, hat Blanche dich auch schon in den Fingern gehabt. Du bist knallrot am Hals. Immerhin hat sie dir den Hals nicht gebrochen. Fast hätte sie es bei meinem Zeh geschafft. Ich bin jedenfalls vom Docteur krankgeschrieben worden. Besser gesagt, mein Zeh ist krankgeschrieben. Erzähle, warum hat Blanche dich gerichtet? Bei mir war es eine Krümelspinne. Was war es bei dir? Eine Mikrobe aus der Küche?«

»Gerichtet? Mikrobe?« Malo sah Juste mit großen Augen an.

»Bevor ihr zwei Gestalten weiter redet: Stopp! Ganz entschieden: Stopp! Was hast du eben gesagt, Juste? Du weißt, ich hasse das lateinische Zeug. Es war bestimmt wieder etwas Unverschämtes. Sag mir sofort, was das heißt, oder ich schiebe heute Nacht einen Hinkelstein vor das Schlafzimmer.« Die hagere Gestalt in Sakko, Oberhemd, schwarzer Anzughose und Gesundheitslatschen hatte den Barhocker neben Malo erreicht und zog sich mit schmerzverzerrtem Gesicht auf den Stuhl.

»Ich habe nur gesagt, wenn du dir vorgenommen hast, die gesamte männliche Bevölkerung Arnauds auszurotten, dann wird es dir auch gelingen und kein Kraut des Erdenkreises wird etwas dagegen tun können.« Unwillkürlich zuckelte der Schnurrbart des Redners. Die Wirtin stemmte ihre Arme in die Hüften.

»Kraut? Was für ein Kraut? Das stimmt doch nicht? Oder? Das Latein-Ding war kurz und du hast einen langen Satz daraus gemacht. Du schwindelst mich an. Überlege es dir gut. Ich kann mit Hinkelsteinen besser umgehen als du mit Spinnen.«

»So wahr, wie ich hier sitze, ist das die freie Übersetzung dessen, was ich sagte. Buchhalter und Katholiken lügen nicht.«

»Aber sie biegen die Wahrheit, mein Lieber. Nur so als Tipp: Treib es am frühen Morgen nicht auf die Spitze. Ich wollte Malo nur helfen und habe seine Wunde versorgt, die Bernadette ihm zugefügt hat. Und das mit deinem gebrochenen Zeh tut mir leid. Ehrlich und aufrichtig.«

»Blanche, er ist nicht gebrochen. Er ist gestaucht. Das ist noch viel schlimmer, als wenn er zertrümmert wäre. Er tut höllisch weh. Ich erkläre es dir gerne: Genauso, wie das Leben schlimmer ist als der Tod, ist ein gestauchter Zeh die Hölle schlechthin. *Poenam no sentio mortis. Poena vita est.* – Ich spüre nicht die Strafe des Todes. Die Strafe ist das Leben. Besser wäre gewesen, wenn du nicht infernalisch geschrien hättest, dann hätte ich meine körperliche Unversehrtheit behalten. Was ergibt das in Summe? Richtig: Es wäre sinnvoll, nie wieder so zu schreien, wenn du einen lebendigen und lebensfrohen Mann an deiner Seite haben willst.«

»Hinkelstein?«

Juste indignierte. Das bot Stoff für eine griechische Tragödie. Er liebte griechische Tragödien und überflog im Geiste, dass es eine hellenische Göttin für Fruchtbarkeit gab, eine für die Ehe und eine weitere für die Liebe. Aber keine, die schreiende Partnerinnen vom Leibe hielt. Griechischer Götterglaube war mithin unvollkommen. Tragödien auch. Trotzdem hatten sie etwas Erbauliches. Er war froh, darüber nachgedacht zu haben. Die Wirtin hingegen sah den Disput aus einem völlig anderen Blickwinkel. Weiblich und pragmatisch. Sie sinnierte nicht über griechische Tragödien, sondern über Verhaltenstherapeuten, Strafkolonien und Blutbäder.

Malo schaute dem schweigenden Paar fasziniert zu. Hätte er Kraft zum Denken gehabt, so wäre er möglicherweise darauf gekommen, dass beim Sprung in eine Beziehung schon so manchem Mann das Rückgrat gebrochen und Zähne gezogen worden waren. Was bedeutete dagegen schon ein verstauchter Zeh? Mithin alles ganz natürlich. Wobei es schon an ein Wunder grenzte, dass die Menschheit bis dato überlebt hatte, aber selbst darüber dachte der kleine Stadtangestellte nicht nach. Malo beendete das Beäugen der beiden.

»Könnt ihr mal aufhören, nichts zu sagen. Das mag ich nicht, weil ich auch noch da bin. Ihr müsst mit mir reden und mit euch auch, dann ist es richtig und ich fühle mich wohl. So ist es. Das finde ich besser. Ja. Genau. Das finde ich besser!«

»Was hast du eigentlich mit Malo gemacht?«, fragte Juste, ohne Malo zu beachten.

»Ich? Gar nichts habe ich mit ihm gemacht. Bernadette hat ihn gebissen.«

»Warum hat Bernadette ihn gebissen?«

»Weil … weil … das weiß ich auch nicht genau.«

Malo Duc fand es merkwürdig, dass sich die zwei nur miteinander unterhielten. Diesmal sogar über ihn, obwohl er dabei saß. Und das ungeachtet dessen, dass er sich bereits eingebracht und dies bemängelt hatte. Er wollte mitreden.

»Ich bin auch noch da!«, fiepte er.

»Ma puce, Bernadette beißt doch nicht grundlos ihren Mann. Das macht doch keine Frau, einfach so. Da muss doch etwas vorgefallen sein?« Die Wirtin zuckte mit den Schultern.

»Ich glaube, sie ist ein Vampir geworden.« Juste Simon filetierte den Satz. Übrig blieb ein Wort:

»Vampir?«

»Genau genommen eine Vampirette.« Blanche nickte sich selbst anerkennend zu. Immerhin hatte sie verstanden, was Malo ihr erklärt hatte: Frauen wurden zu Vampiretten. Männer blieben Vampire.

»Das ist nicht dein Ernst?«

»Doch!«, gellte es durch den Raum. »Das meint Blanche so!« Der kleine Stadtangestellte schlug mit der Faust auf die Theke, sie erzitterte und diesmal bekam er die gewünschte Aufmerksamkeit. Juste Simon und die Zehenbrecherin zuckten zusammen.

»Malo! Was soll das? Du bist genauso laut wie ein Weib, das ein Spinnchen sieht«, sagte der Buchhalter. Die Wirtin stöhnte. »Und überhaupt, dass du es weißt: Es gibt keine Vampire. Auch keine Vampiretten. Nirgends.

Auf der ganzen Welt nicht. Und es hat sie auch noch nie gegeben.« Buchhalterworte in Eis geschrieben, die nun der Sonne ausgesetzt wurden. Wie viel taugten sie? Jedenfalls setzte eine Pause ein.

»Salut! Ist es heute nicht ein netter Morgen?« Lucien Forest, der Fischer, stand in der Tür und schickte sich an, in das Kriegsgebiet einzutauchen. Die kräftige Figur zeichnete sich vor dem Sonneneinfall ab. Er kam näher und zuerst wurden Muskeln, Sehnen und ein gebräunter Teint sichtbar. »Es gab heute einen Sonnenaufgang auf dem Meer, den hättet ihr erleben müssen.« Der Fischer hatte eine dunkelblaue Jacke am Finger festgehakt und sie über die Schulter drapiert. Das gestreifte Shirt spannte. Hätte die Damenschaft Arnauds diesen Anblick gehabt, wäre für sie jedweder Sonnenaufgang dagegen Dunkelheit gewesen. »Und die Fische sind fast freiwillig ins Netz gesprungen. Blanche, ich habe für dich einen fetten Wolfsbarsch, Seezunge, Scholle und sogar noch ein paar graue Garnelen. Was das Herz begehrt.« Selten kam es vor, dass Lucien Forest ausgesprochen gute Laune hatte. Noch seltener am Morgen. Es musste wohl tatsächlich Frühling in der Luft liegen. Aufbruchstimmung, Neues und kein Zurückschauen. Es stand ihm gut, vom frischen Wind der aufkeimenden Lebenslust erfasst zu werden. Hätte er zurückgeblickt, wären ihm möglicherweise viele Dinge aufgefallen, mit denen er sich noch nicht versöhnt hatte. Doch darauf lag die Aufmerksamkeit nicht. Nicht in diesem Augenblick.

»Wie schön, Lucien. Ich will heute eine Bouillabaisse kochen. Bring mir einfach das Beste von deinem Fang und ich lade dich sogar noch zu einem Tellerchen ein. Natürlich unter der Voraussetzung, dass du mir einen guten Preis machst.«

»Ich mache dir doch immer einen guten Preis.« Der Fischer schaute sich um. Zwei Gestalten saßen am Tresen.

»Was ist mit den traurigen Figuren los?« Er zeigte auf die beiden.

Blanche holte tief Luft, bevor sie leise antwortete.

»Der große Dünne hat einen gestauchten Zeh, was noch schlimmer ist, als ein gebrochener. Meint er jedenfalls. Und der andere hat eine Bisswunde am Hals von einer Vampirette. Glaubt er zumindest.« Der Seemann schüttelte den Kopf, lachte in sich hinein und die halblangen dunklen Haare zerzausten noch mehr, als sie ohnehin schon zerzaust waren.

»Gib mir erst mal einen netten Erfrischer, bevor ich in die Abgründe der Männer blicke.«

»Was möchtest du?«

»Einen *Bénédictine*.«

»Das ist ungewöhnlich.«

»Kräuter entspannen, wirken gegen Dämonen und schenken dem Geist Freiheit«, sagte der Seemann und Blanche lächelte dazu.

»Das mit der Entspannung und der Freiheit glaube ich dir gern. Aber bei Dämonen mache ich halt.« Die Wirtin nahm ein Glas, legte einen Eiswürfel hinein und ließ den *Bénédictine* darüberlaufen. Die Flüssigkeit gluckste im Flaschenhals. »Hier, Seemann, auf alle entspannten Freigeister dieser Erde!« Die Wirtin schob ihm den Likör zu. Der Engländer nahm das Kräutergebräu, trank und schaute über den Glasrand hinweg zu den Invaliden. Er setzte das Glas ab.

»Hey, lebt ihr noch?« Es regte sich etwas. Immerhin. Malo Duc plapperte zuerst los.

»Juste hat gesagt, dass es keine Vampire gibt. Auch keine Vampiretten. Niemals und nirgends. Das ist Quatsch, weil Bernadette mich gebissen und gesaugt hat. Und dabei hat sie gegrunzt. Das ist doch der Beweis. Vampiretten saugen und grunzen. Juste hat unrecht. Warum erzählt er nur so was?« Der Seemann lachte.

»Ja, Juste, sag uns, warum du immer so viel Unsinn redest?« Ein Blick aus der finstersten Ecke einer Seele erfasste Lucien Forest.

»Seit wann haben Fremde ein Rederecht in der größten Nation aller Nationen? *Noli turbare circulos meos, anglicus.* Ich übersetzte es dir gerne: Störe meine Kreise nicht, Engländer!« Lucien Forest schmunzelte, die Provokation hinsichtlich seines britischen Großvaters mütterlicherseits verpuffte heute. Die Lateinische auch. Was Frühling so alles bewirkte.

»Lucien, muss ich jetzt auch in der Nacht leben und andere beißen und saugen?«

Dem Seemann standen Tränen in den Augen, er versuchte, sie zurückzuhalten. Er schaffte es nicht.

»Hör auf, zu lachen. Ich habe ein Problem!«

»Ah ja«, brachte der Engländer noch hervor. Die Lachfältchen wurden zu einem tiefen Sonnengeflecht. Es war schön anzusehen, wie sein Gesicht sich milde entspannte, doch unvermittelt stoppte der Seemann. Der

Raum tauchte in Stille. Zwei violette Augen bannten den kleinen Stadtangestellten.

»Malo«, fragte der Seemann ernst. »Woran hast du erkannt, dass Bernadette eine Vampirette ist?« Verwirrt schaute Malo den Frager an.

»Also, ich … Ich denke … also …«

»Siehst du, sie ist keine Vampirette, sonst wäre es dir sofort eingefallen.«

»Sag ich doch!«, meldete sich Juste Simon aus dem Hintergrund. Malo schwieg einen Moment.

»Wie vernichtet man eigentlich eine Vampirette?«, schob der kleine Stadtangestellte tonlos nach. Stille dehnte sich aus. Juste Simon zog die Schultern hoch, ließ sie wieder fallen und machte eine Miene dazu, welche verriet, dass für Probleme, die keine Probleme waren, niemals Lösungen parat lagen, weil es ihrer nicht bedurfte.

»Das ist nicht wichtig«, sagte die Wirtin und wischte ebenfalls jedwedes Patentrezept weg.

»Du musst sie in Knoblauch und Weihwasser baden. Vampire – und natürlich auch Vampiretten –, die noch nicht lange Blutsauger sind, kann man vernichten, indem man ihnen die linke Socke auszieht, diese mit Graberde füllt und in einen Fluss außerhalb der Stadt wirft. Ansonsten bleibt dir nichts anderes übrig, als …«

»Nein! Nicht!« Blanche und Juste schrien gemeinsam den Seemann an. Malo zuckte zusammen und sah zwischen den dreien hin und her. Er ließ sich auf die Worte des Seemanns ein. Hinter der Schicht aus Wolle und Polyester brodelte es. Nach einem kurzen Moment rief Malo:

»Jaaa. Das ist es! Socke! Ich fühle das Ende aller Sauger. Genial!« Mit einer Genauigkeit, die jedem Buchhalter, auch Juste Simon, gerecht geworden wäre, erklärte er dem Engländer: »Lucien, ich glaube, dass Bernadette eine Vampirette ist, weil sie nicht mehr in den Spiegel schaut, seitdem sie dicker geworden ist. Sie geht tagsüber kaum noch aus dem Haus. Ich muss immer alles einkaufen und sie sitzt auf dem Sofa. Sie ist blass geworden und hat schlechten Atem. Sie beißt und grunzt. Tagsüber kann sie schlecht sehen und muss neuerdings eine Lesebrille tragen und sie schläft in einem Sarg. Jedenfalls ist unser Ehebett so etwas Ähnliches.«

***

Fünf Frauen hielten sich im Küchenraum des Bordells auf, zwei davon Ladys. Die eine, weil sie ihn als Arbeitsnamen trug, die andere von der Präsenz her – Madame Lazar, die Mutter des Bordells. Perlenohrringe, weißes Kleid aus Crêpe de Chine und ein Körper, der die schmale Schnittführung des Kleides repräsentativ in den Mittelpunkt einer jeden Gesellschaft stellte. Die Herrin über die Frauen ging auf ihre Damen zu und ihr Duft überfiel nicht nur den Spürsinn, sondern drang auch in die Seele einer jeden ein: sanft, warm und manipulativ. Ein Hauch von Gewissheit erreichte das Herz und mündete in dem verstörenden Bewusstsein, dass sich jederzeit eine Schlinge um den Hals zuziehen konnte. Madame Lazar blieb nur kurz vor dem Küchentisch stehen, musterte die Flaschenmilch, Windeln und den Säugling. Sie zog eine Augenbraue kaum merklich hoch und umrundete währenddessen zur Hälfte den Bauerntisch. Unnahbarkeit lag in der Luft. Sie blieb stehen. Die Frisur, als nussbraune Fülle zu einem Knoten gebändigt, eine nahezu aristokratische Haltung und sondierende Augen bewerteten eine ganz offensichtlich missliche Angelegenheit. *Chanel N°5* umwehte in stiller Duldung die Lage.

»Wann wird der Gast uns wieder verlassen?«, fragte sie mit einem Timbre, das den Anschein von Freundlichkeit erweckte.

***

Kapitel 2

Man findet allerorten entweder ichbezogene Kreaturen, Du-Anhänger, die sich nur nach dem Gegenüber ausrichten, oder Gruppenwesen, sogenannte Wir-Spezies.

Arnaud erwartete das Vergnügen, in Bälde auf einen Ichling der besonderen Art zu treffen. Der Ort rüstete sich. Was machte eigentlich einen personifizierten Egomanen aus? Leichte Antwort: Der Betreffende verfügte in erster Linie über eine tiefe Selbstbezogenheit. Diese Weise sich zu sehen, war dabei so tief verankert, dass andere ausschließlich zu Statisten im eigenen Kosmos taugten. Vertreter hiervon waren zu finden bei Mensch, Tier und Gewürm; bei Femininum, Maskulinum und was es außerdem geben mochte. Für einen Ichling männlichen Geschlechts mit starker Extremismustendenz hatte die Menschheit sogar einen Namen gefunden: Macho. Eine Überbetonung von Potenz und Genialität, gepaart mit Imponiergehabe und Narzissmus. Sein Credo: Alle Weiber waren dazu erschaffen, der Bestätigung der eigenen Unwiderstehlichkeit zu dienen. Sie sollten nicht erobert werden, sondern gleich zu Füßen liegen. Ein klar abgegrenztes Weltbild.

Doch war solch ein Verhalten noch zeitgemäß? In der Epoche von Feminismus, Gleichheit und Rollenveränderungen? Hatten Machos sich nicht längst überlebt? Mitnichten. Wie das Meer auf die Gestade traf, das Licht den Tag erhellte und Dunkelheit die Nacht umspannte, so lebte diese Spezies auf Erden. Jedes Wesen besaß natürlicherweise den Wert und die Anlagen, die ihm in die Wiege gelegt wurden. Veränderungsmöglichkeiten? Bestimmt. Wie das Meer auf die Gestade traf, das Licht den Tag erhellte und Dunkelheit die Nacht umspannte, so gab es auch Hoffnung.

***

Kater Merlin kam von oben. Von ganz weit oben. Von dort, wo der Allerhöchste residierte. Woher sollte er auch sonst kommen? Vor ein paar Monaten war er frisch verstorben und buchstäblich im letzten Moment konvertiert. Das brachte ihn zum Menschengott. Nun hatte er Liebe, Licht und Bekehrung hinter sich. Außerdem lagen die zehn Gebote, die sieben Todsünden und die Grundlagen des Christentums in seinem Gepäck. All das hatte er in himmlischer Höhe erlernt. Gutes Rüstzeug für das irdische Dasein, auch wenn ihn immer noch die Frage quälte, warum sich sämtliche Köter Arnauds zu einem Rudel zusammengerottet, die Jagd eröffnet und ihn anschließend verfuttert hatten. Nur, weil er ein wenig, wirklich ein klitzekleines bisschen, auf Kätzinnen stand und das der Katzengöttin Isis nicht gefiel? Er liebte die holde Weiblichkeit und sie liebte ihn. Das war auch richtig, schon wegen seiner generellen Überlegenheit als Kater. Wenn Weiber liebten, sollten sie nach oben schauen. Eine ganz natürliche Haltung. Hatte Isis ihm deswegen die Viehpest in Form von Hunden geschickt? Weil er die Ordnung zwischen Kater und Kätzin kannte? Das Oben und das Unten? Dieser Streitpunkt lag zwischen ihnen und jedes Mal reagierte sie ungehaltener. Mehr war bisher nicht geschehen. SIE böse, ER ganz Kater. Und nun? Wozu hatte das Weib gegriffen? Mord aus niederen Beweggründen – so weit war Isis vorher noch nie gegangen. Sie hatte ihn den Hunden zum Fraß vorgeworfen. Tat man so etwas?

Ärgerte sich Isis vielleicht darüber, dass er sich schon seit Längerem zum Menschengott hingezogen gefühlt hatte? Isis war im Grunde immer böse auf ihn gewesen. Der Menschengott nie. Da war es ihm nur logisch vorgekommen, sich umzuschauen; außerdem schien der Gott der Menschen ein Maskulinum zu sein. Genauso etwas Großartiges wie er selbst – und alle Christen fanden das gut. Keiner wollte eine Kätzin an der Spitze der Weltordnung sehen. Verständlich. Isis war ganz Frau. Und Göttin. Feministin. Sie sah sich doch tatsächlich als einzigartig an. Das war sie auch – einzigartig zickig. Was am Ende dazu geführt hatte, dass die Köterpest über ihn gekommen war. Ehrlichkeit funktionierte selten gut. Gehetzt, gestellt und zerkaut. Unfassbar. Der Boxer hatte schlussendlich sogar das Blut aufgeleckt. War das nötig gewesen, um den Standpunkt zu vertreten? Frauen sollten sich öfter fragen, ob Liebreiz sie nicht weiter bringen würde. Auch Göttinnen. Es war einfach nur schauderhaft gewesen. Immer noch fühlte er die Lefzen des Boxers, der sein Fleisch zwischen den Zähnen zerrieb und dabei Schleim absonderte. Bevor ihm die Sinne schwanden, hörte er sich in letzter Sekunde nach dem Menschengott schreien. Konnte ein Religionswechsel dramatischer ablaufen? Endlich ein Gott, der ebenfalls aus der männlichen Herrscherkaste stammte, da durfte der Erstkontakt unbeherrscht ausfallen.

Merlin schwebte hernach über den Wolken. Hier oben wirkte alles rein und schön. Eine himmelblaue Erdkugel mitsamt Mensch und Tier als Pünktchen darauf. Einfach wundervoll. Überall Gottes Geist und Liebe. Obwohl er ihn gerne gesehen hätte, fühlte er ihn nur, aber dafür wurde er wohlwollend betrachtet und für die Vergangenheit als Kater ließ er sich läutern. *Ich-will-ein-lieber-Kater-sein*, murmelte er dann. Offensichtlich mochte der Himmelsmann das, denn die Verzeihung verlief großzügig. Ihm wurde eine Auferstehung zuteil. Nicht als rot getigerter Kater, das war unmöglich, schließlich war sein Körper zerkaut im Schlund des Boxers gelandet, um anschließend von den Darmsäften des Abscheulichen vermixt zu werden und vor dem Polizeirevier als Haufen zu enden. Er bekam einen neuen Körper. Merlin wünschte sich etwas Granatenmäßiges. Bestimmt hatte der Menschengott einen Adonisleib mit der Anziehungskraft eines Panthers für ihn gemacht. Männer wussten, was Frauen begehrten. Vollkommenheit, Intelligenz und Stehvermögen. Der zukünftige Ladykiller wurde zum Regenbogen geschoben. *An alle Kätzinnen: Ich komme! Adonis ist gleich bei euch!*

Gottes Fingerzeig wies ihm die Bahn. Ein grell leuchtender Strahl in bunten Farben zog sich vom Himmel hinab, direkt in den normannischen Fischerort Arnaud. Die arme Stadt ahnte nicht, was ihr blühte. Mit einem Regenbogen, als Symbol der Verbundenheit von Gott und den Menschen, schenkte der himmlische Vater den Bewohnern einen neuen Merlin. Ganz gleich, ob sie ihn haben wollten oder nicht. Was Merlin beim Gleiten auf dem Farbstrahl noch nicht wusste, war der Umstand, dass Ärger zumeist aus unsauber formulierten Wünschen entsprang und dass nicht alles Gold war, was glänzte.

***

Malo Duc hatte den Großteil der letzten Stunden auf einer Bank im Wäldchen hinter der Polizeistation zugebracht. Trotz ordnungsgemäßer Krankmeldung im Rathaus war er dann allerdings nicht zu Docteur Janfleur gegangen. Er brauchte Zeit für sich. Der Stadtangestellte malte mit der Fußspitze Kreise in den Sand; eine Lieblingsbeschäftigung. Kreise malen. Er atmete frische Luft ein, hörte dem Bach zu und sann über Vampire nach. Bernadette war eine Beißerin, daran gab es nichts zu rütteln. Auch wenn andere mutmaßten, dass es nur ein sinnfreies Dahingebeiße wäre. Das war es nicht. Malo schüttelte immer wieder das Haupt. Sie war eine Vampirette. Eindeutig! Er dachte an sein Eheleid. Bernadette war nicht mehr die Bernadette, die er einmal geheiratet hatte. Zänkisch war sie geworden und hartherzig. Die Gedanken flogen zu Madeleine, dem Mädchen, das er verehrte, obwohl sie einschlägigem Gewerbe nachging. Auch Huren konnte man anhimmeln und sich wünschen, sie zu heiraten. Madeleine war so saftig. Blond und lieb. Sogar begehrenswerter als Bernadette früher und völlig anders als Bernadette heute. Warum musste Madeleine nur einen so unanständigen Beruf ausüben? Würde sie als Friseurin arbeiten, wäre er vermutlich schon geschieden. Sogar, wenn sie Bestatterin gewesen wäre, hätte der Amtsrichter längst das Hämmerchen gehoben. Aber sich in eine Professionelle zu verlieben war heikel. Er hatte bisher noch nicht einmal ermitteln können, ob auch sie ihn liebte. In seinen Träumen war Madeleine jedenfalls unsterblich in ihn verliebt. Hielt dies der Wirklichkeit stand? Wenn er sich mit ihr unterhielt, schien sie an ihm interessiert. Lächelte und scherzte. Warf das blonde Haar nach hinten. Es war ernüchternd: Er hatte sie noch nicht ein einziges Mal gebucht. Es genügte ihm, die Luft einzuatmen, die sie ausgeatmet hatte. Sie als Gewerbliche zu benutzen, bedeutete nichts anderes, als die Mutter seiner späteren Kinder zu schänden. Das ging nicht. Mindestens zwei Kinder wollte er. Bernadette hatte ihm den Wunsch nie erfüllt. Sie wollte nicht. Zu keinem Zeitpunkt ihrer langen Ehe. Mit Madeleine sah er seine Zukunft plötzlich wieder. Zwar war er mittlerweile knapp über fünfzig Jahre alt, aber Männer konnten immer und Madeleine sah fruchtbar aus. Malos Schuhspitze drang tief in den Sand. Warum war alles nur so kompliziert? Konnte ihm das Glück nicht einfach vor die Füße fallen?

Die kleine Figur des Stadtangestellten auf der Parkbank fühlte sich plötzlich beatmet. Er sprang auf. Griff sich an die Stirn. Sah auf die

Kreise. Der Trommelwirbel des Tages setzte ein. Er betrachtete den einen Kreis, den er in den Sand gemalt hatte, dann den anderen. Durch den ersten zog er ein Kreuz. Ja! Das war es! Vampire mussten vernichtet werden und danach konnte der andere Kreis zu dem Ehering werden, den er Madeleine aufstecken wollte. *Ja. Ja. Ja,* hämmerte es im Hirn des Stadtangestellten. Es war alles so einfach, wenn man es sich einfach machte. Was hatte der Engländer noch gesagt? Vampire, die noch nicht lange Vampire waren, konnte man vernichten, indem man ihnen die linke Socke auszog, diese mit Graberde befüllte und in einen Fluss außerhalb der Stadt warf. Würde Bernadette dann verpuffen? O ja, verpuffen wäre gut. Das würde sie bestimmt. Sein Herz machte einen Freudensprung. Malo dachte weiter. *Ich bin nicht geschieden, meine Frau ist verpufft?* Malo atmete aus. Er blickte auf die Kreise. Ernüchterung. Wenn man genauer nachdachte, funktionierte die ganze Angelegenheit doch nicht so einfach. Und was geschah, wenn sie nicht komplett verpuffte, sondern nur wieder zur altbekannten Bernadette ohne Vampirette wurde? Bernadette in normal konnte sich ebenso bösartig aufführen wie die Beißerin Bernadette. Gänzliche Verpuffung wäre einfach besser. Bernadette völlig aufgelöst. Vampirette und Bernadette weg. Das wünschte er sich, wenn er schon zu ihrer Socke greifen musste. Gleichwohl: Was wurde aus dem Familienstand? Konnte ein Mensch für tot erklärt werden, wenn er einfach nicht wieder auftauchte? Puff, tot und fort. *O ja!* Das war möglich. Ein weiteres elementares Problem schloss sich an, eines praktischer Art: Wie zog man einer tonnenschweren Kampfmaschine den linken Socken aus? Malo rannte auf und ab. Bernadette war gewichtig, trotzdem flink. Sie dachte verlangsamt, roch jedoch jeden Braten. Und sie war heimtückisch. Wie sollte ein aufrechter Mann zu einem linken Socken kommen? Malo hatte bereits eine Spur in den Sand gelaufen. Ebenfalls einen Kreis. Die Stirn des Denkers kräuselte sich. *Es muss gut gehen.* Er – als Ritter in weißer Rüstung. Das Gute auf seiner Seite. Die Socke gehörte quasi schon ihm. Bei solch einer Ansage hätte der Körper aufrecht und gestählt im Sonnenlicht stehen müssen. Das geschah jedoch nicht. Die Knie des Denkers gaben nach, er sackte auf die Parkbank und eine dunkle Wolke schob sich vor die Sonne.

***

Merlins Regenbogenfahrt endete. Wie beim letzten Mal, als Isis ihm noch einigermaßen hold gewesen war und ihm ein Leben geschenkt hatte, schien er im Fischerkörbchen an der Kaimauer, direkt vor dem Bistro mit den leckeren Hühnereiern und dem Dosenfisch, zu landen. Jedoch schien es nur auf den ersten Blick so. Je tiefer er sank, desto mehr fühlte er, dass die Richtung diesmal eine andere wurde. Ein neuer Gott, ein neues Zielgebiet. Jeder hat seine eigene Handschrift. Eines wusste Merlin allerdings schon: Der Menschengott bot in Reinkarnationssachen das bessere Programm. Bei Isis gab es keinen Regenbogen und bunt glitzernde Partikel, auf denen er auf die Erde hinabgeglitten war. Die rasante Fahrt machte einfach glitzerigen Spaß. Bevor er weitere Vergleiche ziehen konnte, leitete der Strahl ihn um. Die Wende wurde sacht eingeleitet. Seine Perspektive auf Arnaud änderte sich. Er sah den verwunschenen Garten und konnte erste Bäume und Sträucher erkennen. Wie durch eine Lupe sah er ein Buschwindröschen. Es trug weiße Blüten, einen gelben Staubbeutel in der Mitte und markierte damit die Landebahn. Nichts mit Hafen und Eidottern. Kein Fisch. Und die Sardinen des Engländers waren auch nicht in der Nähe. Mitten an Land, direkt in die Botanik, auf der zugleich noch ein marodes Haus stand. Das gab einen Minuspunkt für den Menschengott. *Hierher*, lockte das Buschwindröschen, welches sich auch Hexenblume nannte und mit schönen Blüten lockte. Es wisperte den Namen des Neuankömmlings: *Meerrlinnnnnnn, hieerrherr.* Merlins Nackenhaare stellten sich auf. Die Barthaare brausten nach hinten. *Merrllinnnn. Komm zu mir* … hauchte die weiße Blume. Der Kater sah schon den Sandboden. Gleich würde er landen. Der Regenbogen krümmte sich. Die Farben wurden intensiver. Der Leitstrahl zog eine Schleife über dem Zielgebiet und verringerte die Geschwindigkeit. Kurz darauf fühlte Merlin, wie er losgelassen wurde. Das Dach des maroden Hauses näherte sich. Löcher. Scharfe Kanten. Pfeifen in den Ohren. Plötzlich krachte es infernalisch. Schmerz und Höllenpein. Er zappelte. Fazit: Er war mäßig gut ins Dach eingebrochen und der Gefühlssinn funktionierte wieder. Das lag nicht in seinem Sinne und es wäre ihm lieber gewesen, wenn man ihn vorher gefragt hätte: Wer will schon mit dem eigenen Körper ein schon vorhandenes Dachloch vergrößern? Das Positive lag im Wahrnehmungsbereich. Er fühlte wieder das Leben. Temperaturen, Geschwindigkeit, Lärm, Gerüche, bedauerlicherweise auch Schmerz – er war wieder da. Sekunden später schlug er auf dem Boden im Erdgeschoss auf. Mörtel, Staub, Tapetenreste und Spinnweben stoben hoch. Was für eine Landung. Er rollte aus. Auch für dieses Spektakel hätte er sich eine vorherige Absprache gewünscht. So viel Leben auf einmal war einfach zu viel. Er jaulte. Dann stellte sich Ruhe ein. Der Geist des Ankömmlings schaffte Ordnung. Durch den Sturzkanal sah Merlin blauen Himmel. Der Regenbogen löste sich auf. Die Farben glitzerten in alle Richtungen auseinander. Ein Rabe kreiste über dem Loch. Es bewirkte eine beruhigende, nahezu meditative Stimmung, mit eingeschränktem Blickwinkel den kreisenden Vogel zu beobachten. Hin und her flog der schwarze Vogel. Her und hin. Merlins Augenlider wurden schwer. Vielleicht noch ein kleines Nickerchen, bevor er sich der Weiberwelt stellte?

»Wer bist du denn?«, schmeichelte sich eine Frage in Merlins schläfrigen Verstand. Sie waberte durch den Kopf. Wer wollte etwas von ihm? Kaum hier und schon gefragt. Beim nächsten Lidheben war die Schläfrigkeit vorbei. Abrupt jaulte er auf. Die Glieder streckten sich, er drehte sich, der Schwanz vibrierte. Über ihm hing ein riesiges Gesicht. Dicht. Zu dicht. Nur ein paar Zentimeter entfernt. Rote abstehende Haare, blasse Hautfarbe, große Augen mit gerötetem Rand und ein Atem, den der Menschengott auf dieser Welt besser nicht zulassen sollte. Merlins Herz pochte. Warum wurde keiner je gefragt, ob er das Erlebte auch erleben wollte? Warum nicht? Ganz einfach: Die Welt war ungerecht und nicht für Weicheier gemacht.

***

»So, nun ziehen Sie mal die Hose aus.«

»Aber, aber … es geht doch sicherlich auch ohne.«

»Nein, ohne geht es nicht. Hose runter.«

»Ich mag das nicht.«

»Monsieur Duc, wenn Sie es mögen würden, sich die Hose vom Leib zu reißen, dann hätten wir ein noch größeres Problem. Psychisch gesehen, meine ich. Für Männer, die gerne ihre Hose runterlassen, immer und überall, gibt es sogar einen medizinischen Fachausdruck. Also seien Sie besser froh darüber, dass Sie es nicht mögen. Es ist doch nur eine Spritze und keine Herzoperation«, sagte Docteur Janfleur freundlich.

»Herzoperation?« Der Stadtangestellte konnte sämtliche Ängste des bedrohten Lebens in einem einzigen Wort modulieren.

»Vielleicht ein schlechtes Beispiel. Herzoperation würde über Ihren Hintern ohnehin nicht funktionieren. Was soll's, ich kann Sie sowieso nicht beruhigen. Also, kurz und gut: Es wird grausam werden und ich fordere Sie auf, ein ganzer Kerl zu sein.« Feinsinnige würden an dieser Stelle bemerken, dass hinter der Fassade des Allgemeinmediziners die ehemalige Zugehörigkeit zur Armée française lauerte.

»Ganzer Kerl? Kann ich nicht ohne Spritze ein ganzer Kerl sein und krankgeschrieben werden?«

Docteur Janfleur seufzte.

»Natürlich kann ich Sie ohne Spritze krankschreiben, aber dann müssten Sie mit Husten zu mir kommen oder mit einem Frauenleiden, aber nicht mit einem entzündeten Biss. Eine Tetanusauffrischung ist erforderlich. Also, runter mit der Hose.«

Widerwillig nestele Malo Duc an dem Teil, das der Arzt fallen sehen wollte.

»Gibt es das Mittel nicht in Tablettenform?«

»Nein. Und ich kann es auch nicht schriftlich erledigen. Wer hat Sie eigentlich gebissen?«

»Eine Vampirette.«

Die Goldrandbrille des Mediziners sackte ein Stückchen hinunter. Kein guter Tag für einen Mediziner. Er räusperte sich.

»Eine Vampirette hat Sie gebissen? Soso.« Docteur Janfleur sah die Spritze an, dann den Patienten, und seine Miene sprach aus, was Worte niemals getan hätten: *Lohnte sich Tetanol überhaupt?*

»Ja, es war eine Vampirette. Meine Frau ist zu einer Vampirette geworden. Da bin ich mir ganz sicher. Es gibt dafür eindeutige Anzeichen.« Docteur Janfleur zog das Kinn hoch. Das Faltenschlachtfeld seines Gesichts bekam neue Gräben. Malo krähte los. »Sie hat mich ausgesaugt. Einfach so.«

»Ausgesaugt?«, murmelte der Mann im weißen Kittel.

»Ja. Genau.«

Docteur Janfleur überprüfte das Wort ›ausgesaugt‹ auf den Inhalt. Hatte er es nicht schon einmal, in einem anderen Zusammenhang, gehört? In einem etwas weniger irrsinnigen Zusammenhang? War das nicht ein Zündungswort für männliche Solidarität? Ein Synonym für die gleiche Kriegsverletzung, die fast jeder Mann einmal davontrug?

»Ah, jetzt verstehe ich!« Der Docteur lachte erleichtert auf. »Ja, meine beiden Ex-Frauen sind auch Vampiretten. Sie haben mich bis auf die Knochen ausgesaugt und tun es immer noch. Eigentlich müsste ich inzwischen eine leere Hülle sein. Aber selbst das genügt ihnen nicht. Mit dem Finanzamt ist es das Gleiche. Alles Blutsauger.«

Malo Duc bekam große Augen.

»Was!? Im Finanzamt gibt es auch Vampiretten?« Die Hose sank zu Boden.

»O ja. Viele. Und ich habe das Gefühl, die Biester wachsen sogar nach. Immer nur saugen, saugen und saugen.« Der Arzt griff sich die Feinrippbespannung und stach zu. Malo Duc schrie. Docteur Janfleur sah in die Ferne. Beblickte das Leben. »Genauso reagiere ich auch immer«, sagte er langsam, »wenn ich auf meine Kontoauszüge sehe. Gleichsam null und nichts. Im Prinzip lebe ich von Wasser und Brot. Sie haben recht: Es ist schon eine widerlich vampiristische Welt, in der wir leben müssen.«

»U… un… und?«, stotterte der Gestochene mit Schweiß auf der Stirn und Schlottern in den Knien. »Haben Sie es schon mit einer linken Socke probiert?«

***

Der rote Faden des Lebens hatte seit dem frühen Morgen einiges an Länge durch den Ort gezogen. Die meiste Zeit der Mutter, die keine Mutter sein wollte, hinterher. Auch bei dem Kind hatte er verweilt. Das Knäuel schien ausreichend Faden zu haben. Nun harrte es aus, direkt vor dem Haus mit dem verwunschenen Garten. Dreizehn Uhr, die Turmuhr schlug an. Keine dreizehn Schläge. Nur einer. Die Zeit wurde lang. Der Faden lauerte, das Rot glühte. Gab es etwa nichts, was den Lauf endlich fortsetzen konnte? Plötzlicher Stillstand? Kein Drama? Wann nahm die Frau den Faden wieder auf? Schließlich verlor ein Mensch ihn nicht grundlos und ließ ihn einfach liegen. Der Faden empfand Mitleid mit der Frau, die ein Kind hatte und doch keines. Bald würde der Faden zur Ansicht gelangen, dass jeder seines Glückes Schmied war und dass es von Dummheit zeugte, den Hammer nicht zu schwingen. Am Ende würde nur Unverständnis über die Lebensunfähigkeit bleiben.

Ein Blaukissen schäumte über eine Mauer am Haus. Ein hübsches Pflänzchen ohne Meinung zur Fadenbredouille. Wieso auch? Es blieb absolut parteilos. Die heißesten Winde in der Hölle waren für jene reserviert, die die Fahne der Neutralität in den Wind hängten. Ob das Blaukissen davon wusste? Eine Mimose dagegen empfand Mitleid und hätte am liebsten geheult. Und der Dornenbusch sonnte sich im Leid der Bewohnerin des Hauses. Warum band ihn niemand zu einem Kranz und krönte die Frau damit? Plötzlich ein leiser Gesang. Er rührte von der Frau her, über die alle nachdachten. Er durchströmte den Garten. Ein Wiegenlied. Und wenn es nicht so gruselig gewesen wäre, dann hätten die Blumen, Büsche und der Faden weiter sinniert. So aber legte sich Windstille über das Land. Luftanhalten, ein beliebter Kleinkindertrick, um Unausweichlichem auszuweichen. Er hatte nur einen Fehler – er funktionierte nicht. Der Singsang zog magisch an. Auf dem Boden saß die Frau ohne Kind. Inmitten von Unrat, Staub und Resten, die dem Haus langsam aus dem Leib bröselten. Sie summte die Harmonie inmitten toter Materie. *Au claire de la lune*. Allein dem Refrain schenkte sie Worte. Die Melodie zog durch die Mauern, hinweg über die Blumen und verlor sich hinter dem Gartenzaun. Die Frau wiegte ein neues Leben im Arm. Der Faden freute sich über das Drama und die Mimose klappte sich blattweise ein. Sie hatte sich vorgenommen, sich nicht wieder zu öffnen, bevor der Spuk zu Ende war. Merlin lag im Arm der Rothaarigen. *Au claire de la lune.* Mit großen Augen und noch benommen vom Sturz ließ er das Treiben über sich ergehen. Wie tief konnte ein Kater eigentlich sinken? Nun schaukelte ihn schon eine Bekloppte. Vor allen Dingen: Er kannte sie. Erinnerungsfetzen setzten sich zusammen. Hatte sie ihm nicht in einem früheren Dasein nach dem Leben getrachtet? Die Erkenntnis sickerte durch. Ertränken und erstechen. Das war es. Sie hatte ihn unter Wasser gedrückt, mit einem Messer in der Hand. Schlachtbank. Mehr schaffte er nicht, aus dem Gedächtnis zu holen. Es reichte, um die innere Paniktaste zu betätigen. Merlin zog sich hoch.

»Na, na, na, mein Kleiner. Die Mutti tut dir doch nichts.«

Die Mimose im Garten zog ihre Blätter noch fester zusammen. Was für ein Grusel.

Merlin schluckte. *Mutti tut dir nichts?* Sie packte zu und zog ihn wieder zurück. Für so ein Kaliber von Weib brauchte er mehr Kraft. Fest umklammert blieb er im Arm liegen. Hörte dem zu, was sie sang. *Au claire de la lune.* Die Rothaarige wiegte Merlin weiter. »Deine Mami ist immer für dich da«, unterbrach sie und wisperte Merlin ins Ohr: »Immer.« Zärtlich strich sie über das Fell. Bizarres in Balsam getaucht. Irrsinn als Eintrittspreis der Illusion. Die Frau bekam langsam wieder Farbe ins Gesicht. Das Wiegenlied des Grauens zog sich hin. Je länger es dauerte, desto ruhiger wurde ihr Herzschlag. Schließlich summte sie nur noch die Melodie. Ein gutes Zeichen? Merlin versuchte, ihre Mimik zu deuten. *Was war los mit ihr?* Er kramte weiter im Gedächtnis. Wie ein Baby lag er im Arm. *Hatte sie ein Kind? Wo war es? Damals hatte sie noch keines, als sie ihn ertränken und erstechen wollte. Die Frau war allein.* »Ich nenne dich: Thibaud. Nach deinem Urgroßvater. Thibaud hört sich elegant und männlich an. Findest du nicht auch, mein Kleiner?«

Merlin mauzte. Thibaud? Wieso hieß sein Urgroßvater Thibaud? Urgroßkater hatte als Streuner gelebt und wurde damals ›Hau-ab-du-blödes-Vieh‹ gerufen. Nicht schön, aber er war ein ehrenhafter Kater gewesen. Stolz und mit mächtiger Manneskraft. Angesichts der vielen Nachkommen hätte mindestens der Seitenflügel einer Bibliothek mit Katzensexbüchern nach ihm benannt werden müssen. Nur für Erwachsene. Das wäre schön gewesen. Aber Thibaud? Wer wollte schon ›Thibaud‹ genannt werden? Merlin klang gut. Ein schöner Name. Und der sollte auch bleiben. Er wollte nicht von irren Roten umbenamselt werden. Langsam wurde es zu bunt. So konnte es nicht weitergehen. Merlin wand sich abermals hoch.

»Thibaud. Was ist denn los? Gefällt es dir bei Mami nicht?«

Er arbeitete weiter an der Freiheit. »Bleib bei mir!«, rief sie. Doch Merlin schraubte sich in die Höhe. *Nur noch die Hinterläufe herausziehen und dann laufen, was das Zeug hielt. Weg von der Irren. Hin zum Freisein. Streunen. Zu den Kätzinnen, die nicht bekloppt waren.* Die Hinterläufe ploppten sich frei. Ein

Sprung. Geschmeidig setzte er auf. Davonrasen. Nicht zurückschauen. Wer zurückschaute, konnte nicht sehen, was Sensationelles auf ihn zukam, und er hatte noch eine Menge im Leben vor. Merlin lief den ersten Lauf seines jungen Daseins. Raus aus dem Irrenhaus, durch den Garten, hin zum Hafen. Der neue Körper funktionierte gut. Verdammt gut. Ein echtes Sprintmodell. Gott sei Dank!

Leere Arme. Leeres Nest. Die Nicht-Mutter kauerte sich zusammen. Ihre Schuhe kratzten auf dem Dielenboden. Staub verwirbelte. Der Geruch von Trockenheit. Thibaud war weg. Zwei Mal an einem Tag. Das Wirrwarr im Kopf ließ sich nicht entwirren. Daneben noch ein Gefühl, düster und schwarz. Im Gegensatz zum Schwarz wurde ihr Gesicht wieder weiß. Sie weinte. *Was habe ich nur falsch gemacht? Hätte Thibaud gar nicht erst zur Welt kommen dürfen? In eine Welt, in der ein Bürgermeister namens Laval seiner Sekretärin alles antun konnte? Und als Resultat: gekündigt – haltlos – schwanger – heimatlos.*

»Warum ich?«, rief sie in den Raum. Die beste aller Fragen, wenn ein Mensch etwas nicht hinnehmen konnte. Warum ich? Schicksal oder Zufall. Auch, wenn es keine Zufälle gab, da jedes Geschehen am Ende einer Kette von Ereignissen stand. Weshalb also nach dem ›Warum‹ fragen. Alles ist, wie es ist. »Ohne Laval wäre alles anders gewesen«, klagte sie. Noch eine Unglücksplattitüde. Den Anders-wäre-es-besser-gewesen-Wunsch gab es ebenfalls immer und überall. Seit Menschengedenken. Warum schrie niemand: »Ich will gleichmütig sein!« Womöglich, weil es einfacher schien, ein Geschenk entgegenzunehmen, als an der Persönlichkeit zu arbeiten. Derlei dachte die Frau auf dem Boden nicht. ›Anders‹ bedeutete für sie: besser.

Der Rotschopf hob den Kopf. In der Anmutung fast widerborstig. Sie verstand den Film, der um sie herum ablief, schon lange nicht mehr.

»Du solltest leben, Thibaud. Das ist mir wichtig.« Gewaltlosigkeit gegen Gewalt. Zumindest für das Kind. Ihre glasigen Augen richteten sich in die Höhe. Ihr Anblick ließ vermuten, dass sie noch einen weiten Weg gehen musste, bis sie gelernt hatte, sich selbst zu vergeben.

Durch das Loch im Dach fiel Sonne. Dunkle Gedanken von Sonnenlicht überschüttet. Ein Hoffnungsschimmer: Die Bindung zwischen

Mutter und Kind konnte nicht einfach gekappt werden. Ein Teil würde immer Teil des anderen bleiben.

***

Macht ist am schwächsten, wenn jemand gezwungen wird, etwas zu tun, was er nicht will. Der Widerstand ist dann am größten und die Wahrscheinlichkeit einer Gegenwehr hoch. Das Gegenteil, also jemanden zu einem Handeln zu bringen, ebenfalls ungewollt, aber ohne dass der geringste Widerstand geleistet wird und im günstigsten Falle mit maximalem Engagement, ist die stärkste Form der Machtausübung. Ein Fach, in dem Frauen ihre Meisterschaft erlangt haben, und das ganz ohne Frauenförderung; ein Talent oder eine genetische Prädisposition. Möglicherweise eine in den Schoß gefallene Cleverness. Nicht selten werden Leckerlis jeglicher Art dazu verwendet, den Betroffenen gefügig zu stimmen. Wenn also ein Mann den Müll hinunterbringt und anschließend in Dessous empfangen wird, dann ist dies ein gezielter Akt barbarischer Machtausübung wider die männliche Zivilbevölkerung. Alles, wogegen ein braver Mann sich nicht wehren kann.

Juste Simon hatte im Mittagsgeschäft des Bistros für ein kleineres Leckerli mitgeholfen. Keine Dessous. Er bekam eine Umarmung, lächelnde Augen und ein geschnurrtes Dankeschön von seiner Blanche. Trotz schmerzendem Zeh hatte er den Gästen am Tresen ihre Bouillabaisse jeweils in zwei Gängen serviert. Blanche brachte die Köstlichkeit an die anderen Tische. Zunächst als Suppe, die trübe daherkam und die trotz des unspektakulären Auftritts ein enormes Geschmacksvolumen mitbrachte. Dazu Röstbrot und Aioli. Im zweiten Gang folgten die Fische mit Kartoffeln angereichert, dazu ein Schöpf Suppe. *Et voilà!* Blanche, die Göttin der Bouillabaisse. Das Bistro war gut besucht. Sogar enorm gut. Kein Wunder, denn sogar einen Häuserblock weiter war der Duft der Meerestieressenz zu erschnuppern. Wie konnte man mit einem gefüllten Teller dem Olymp nahe sein? Ganz einfach: Darauf musste sich nur Götterspeise befinden – eine Fischsuppe der traditionellen

Art. Das Destillat, an dem sich einst Fischer und Arbeiter labten. Derb und aromatisch. Jede Körperzelle forderte mehr von dem Nass und das Gehirn signalisierte Gier. Die Nase kam dabei nicht zu kurz; sie orderte viel angereicherte Luft. Würzige Dunstschleier stiegen im Bistro hoch und wurden eingesogen. Die Nasenhärchen dankten es und krümmten sich vor Lust. Das Ganze war eindeutig mehr als die Summe seiner Teile. Nebst dem Fisch und anderen Ingredienzien duftete es nach Herzenswärme, Geborgenheit und Umarmung. Es dauerte, bis sämtliche Töpfe geleert waren, wieder Ruhe ins Bistro einzog und die Mittagsgäste in alle Richtungen verflogen. Sodann erlöste Blanche ihren Herzensmann. Er humpelte des Wegs und freute sich auf das heimische Sofa.

Ein Schritt nach dem anderen. Juste schlurfte nach Hause. Menschen, bekannte und unbekannte, die Delikatessenhändlerin Madame Galabru und ein rennender Kater, der bei seinem Anblick erschrak, zogen an ihm vorbei. Dann die Gartentür und das eigene Heim. Nach einiger Zeit hatte er sein Ziel erreicht: das Sofa. Mit geschlossenen Augen lag er da, tief versunken in Gedanken an den Tag und an Blanche. Umarmung und Schnurren. Das Leben war am schönsten, wenn zwei es sich gegenseitig leicht machten. Juste fühlte dieser Leichtigkeit nach. Er liebte Blanche. Vor seinen Augen erschien ihr Bild: Heute hatte sie die Haare zunächst zu einem Zopf gebunden und dann zu einer Schnecke festgesteckt. Er mochte es, ihr dabei zuzusehen. Schneckendrehen war sein Lieblingsvoyeurismus. Einige graue Strähnen lugten aus der Frisur heraus. Genau genommen geschah dies bei fast jeder ihrer Frisuren, nur beim Schneckendrehen waren es besonders viele. Ein Chaos, das Buchhalter eigentlich nicht vertrugen. Er hingegen schätze es und war selbst darüber verwundert, dass er nicht dem Impuls folgte, die Unordnung zu ordnen; ihr sanft über das Haar zu streichen, um Strähne für Strähne das Haar zurück in die Natur der Vollkommenheit zu bringen. Bei Blanche wirkte alles besonders. Sie war besonders und daraus resultierte etwas Merkwürdiges; auch er wurde bei ihr zu einem neuen Menschen. Juste dachte häufig darüber nach. Warum liebte man einen bestimmten Menschen? Warum liebte er Blanche? Es hätte aus unglücklichem Versehen auch Madame Galabru mit dem graublauen Kittel und der Betonfrisur sein können. Er entwickelte eine vage Erkenntnis, dass Blanches Haarsträhnen den Humus für Kreativität darstellten und sie vermutlich deswegen so gut zu ihm passte, weil sie nicht zu ihm passte und ihn damit in die Menschheit integrierte. Blanches amorphe Gedankengebilde versuchten ständig, seine klaren Denkstrukturen zu durchbrechen, und er musste sich fortdauernd um Balance bemühen. Selbst Gott schuf Ordnung aus dem Chaos heraus, inspirierte sich an der Wildnis und schuf Wunderbares. Warum sollte er sich dann nicht an Blanche erfreuen? Auch, wenn es zuweilen anstrengend war, mit einer Chaotin an der Seite zu leben. Juste Simon versuchte sich am Gegensatz: Konnte umgekehrt auch er Blanche in irgendetwas integrieren? Vielleicht in Logik oder analytischen Verstand? Möglicherweise in kühles Agieren? Sehnte sich nicht das Chaos selbst nach Ordnung? Eine klare Antwort darauf hätte Charme, doch trotz aller Sofapsychologie trudelte Justes Geist in den Frieden des Nichts hinab und verblieb dort, nicht, ohne dies mit einem Schnarchen zu verkünden.

Der Raum an sich verharrte. Lediglich der Krach des vibrierenden Gaumensegels hielt dagegen. Stillleben mit Schnarcher. Das Wohnzimmer bildete eine eindrucksvolle Fusion aus Blanche und Justes neuem Leben. Blanches modernes Fernsehgerät spiegelte die Silhouette des Lärmenden wider. Funktionalität und Ästhetik gebündelt in kühlem Understatement; eigentlich passte es nicht zu ihr. Wählte man den Rösselsprung im Schach als Vergleich, war der Springer einfach über Juste hinweggesprungen. Blanches Einrichtungsgeschmack wirkte gradlinig. Nicht nur mit dem Fernseher hatte Blanche eine höhere Liga erklommen, alles hinterließ einen funktionalen Eindruck. Es gab eine Kluft zwischen konfusem Geist und trocken definierten Möbelstücken.

Der Rest hielt mit aus der Zeit gefallenem Interieur dagegen. Das meiste noch von Mamie, Justes Großmutter. Einst aus solider Qualität gefertigt, stagnierte es nun seit gefühlten hundert Jahren vor sich hin. Eine merkwürdige Irritation. Wärme und Kälte zugleich. Juste Simon störte es nicht. Er bemerkte keine Stilbrüche. Die Möbelstücke waren aus massivem Holz gebaut worden und taugten etwas. Das genügte. Ein tiefer Schnarcher mit anschließendem Röhren folgte. Das Sofa, auf dem er lag, nahm es hin. Es war mit dunkelblauem Stoff bezogen, auf dem sich gelbe Bauernrosen tummelten, umrankt von rosa Tupfen. So ein Design wiederum konnte Blanche nicht hinnehmen. Das unschuldige

Sofa war damals, beim Einzug, ein heftiger Streitpunkt gewesen. Blanches Synapsen waren wegen des Umzuges, der Sorge um ihre Nichte und dem Stress im Bistro überladen. Sie lenkte am Ende ein, weil ein Mehrfrontenkrieg kaum zu gewinnen war. Blanche betrachtete das Sofa fortan als geschmacksbefreite Zone, die nur deshalb ein Anrecht auf Existenz hatte, weil sie eine Erinnerung an Mamie bot. Überhaupt kam es einem Wunder gleich, dass sie zu ihm zog. Unter dem Weihnachtsbaum hatte Blanche ihn völlig unvermittelt gefragt, ob er immer noch mit ihr zusammen sein wollte. Bei Gott: Er wollte! Innerlich frohlockte sein Sinn und lang gehegte Wünsche wirbelten umher. Er hoffte eigentlich, dass Blanche ihm das Ja-Wort geben wollte. Zu oft hatte er sie gefragt. Zu oft hatte sie ›Nein‹ gesagt. Am Ende konnte er ein ›Vielleicht‹ herausschlagen. War er nun am Ziel? Klassische Verlobung unter dem Weihnachtsbaum? Dann Hochzeit? Der Traum löste sich binnen Minuten auf. Blanche wollte lediglich zu ihm ziehen und im darauffolgenden Jahr ihre Wohnung endgültig aufgeben. Probezeit. Keine Heirat, dafür zwölf Monate Prüfung. Obwohl sie schon geprobt hatten, denn Blanche lebte mehr bei ihm zuhause als er in ihrer Wohnung. *Inter folia fructus* – das hatte er ihr geschworen, als sie ihm aufgrund seines heftigen Drängens zu entgleiten drohte. Zwischen den Blättern hängen die Früchte. Eine langsame Annäherung, in Ruhe und mit Weisheit. Kein Streit. Keine Vorhaltungen und auch keine Hinweise darauf, dass er katholisch war und an ihrem gemeinsamen Verhalten Sünde klebte. Simple Ruhe und Zeit. Der Rest würde sich schon richten.

Der Schnarcher setzte mit dem Schnarchen aus. Er öffnete das rechte Auge. Nur einen minimalen Spalt zur Außenwelt. Alles in Ordnung? Es schien so. Der Spalt schloss sich wieder. Erdkröten werden enthaltsam und flüchten, wenn Erdbeben bevorstehen. Vögel nehmen Reißaus in Erahnung eines Megasturms und Elefanten spüren Tsunamis. Wenn der Mensch nichts sieht, bedeutet das nicht, dass nichts ist. Juste Simon, Buchhalter und Prinzipienreiter mit großem Latinum, hätte bei vollem Bewusstsein Horaz zitiert: *Nil martalibus arduum est* – Das Nichts ist dem Sterblichen zu schwer. Und Horaz hatte damit sogar Recht. Jede Bewegung erfolgt mit der Absicht, etwas zu bewirken. Der Mann auf dem Sofa öffnete abermals die Augen. *Was war los?* Sein Oberkörper richtete sich auf. Ohren auf Empfang. Gefahrensuchlauf. Er horchte in die Stille. Tatsächlich: nichts. Plötzlich setzte ein flaues Gefühl im Magen ein.

Ein winziger Käfer störte sich nicht an der unheimlichen Stimmung und krabbelte über den Couchtisch. Die Wanduhr tickte. Eine Holzdiele knarrte. Immer noch nichts. Wenigstens nichts, was einen Alarmzustand rechtfertigte. Juste schüttelte den Kopf. *Was sollte auch sein?* Absoluter Unfug, einer Ahnung hinterherzuspüren und ihr Raum für Unbehagen zu geben. *Einfach nicht darüber nachdenken*, befahl er sich. Es hätte besser klappen können. Die Gedanken flogen zurück an den Zeitpunkt, an dem er das letzte Mal so etwas gefühlt hatte. Damals im Urlaub mit Flora, seiner Tochter und mit Ehefrau Nummer eins. Extremadura, einsame Weite, Wohnmobil, knallhartes Mondlicht, halb zwei Uhr nachts in den Bergen. Auf den Gipfeln Schnee und im Hintergrund das Grollen eines Gewitters. Er stand auf einer Anhöhe knöcheltief im Matsch, Blitze rissen den Nachthimmel auf. Das Pieseln in den Schlamm machte beklommen ob der Weite, der elektrischen Leitfähigkeit von feuchtigkeitsgeschwängerter Erde und der steinernen Regentschaft rundum. Das dumme Gefühl verließ ihn auch nicht, als er zwischen dem Grollen ein Zischen hörte, das er als bösartiges Fauchen einer Schlange mit unbekannter Bestimmung spezifizierte. Dann bäumte sich das Biest auf. Passiert war nichts. Er konnte rennen. Gottlob. Doch es gab eine posttraumatische Belastungsstörung: Er weigerte sich fortan, im Urlaub die Landesgrenzen zu überqueren, und die Erwähnung des Wortes ›Wohnmobil‹ löste in ihm reizbare Zustände aus.

Ein dummes Gefühl ist meistens nur ein dummes Gefühl, beschwichtigte sich der Gefahrensucher auf dem Sofa. *Aber es könnte auch anders sein,* hielt der Bauchraum dagegen. Juste rief sich zur Vernunft. Bauchgefühle waren etwas für alte Frauen, Kinder, Schwangere und Männer mit einem lang anhaltenden Strahl mitten in Naturgewalten.

Der Minikäfer hatte die Tischkante fast erreicht, vermutlich, ohne sich Gedanken darüber zu machen, dass dies das Ende des eigenen Kosmos war. Juste sah ihn rennen, direkt auf die Kante zu. Es hatte etwas Wahnsinniges an sich. Käfer krabbeln normalerweise nicht zum Abgrund und springen. Dieser war anders. Zielstrebig rannte er weiter. Erreichte das Ende und stürzte hinunter. Gab es Lemminge unter den Käfern? Oder war eine neue Spezies geboren, der suizidale Rennkäfer? Juste schüttelte den Kopf: *Niemand sollte sich nach einem Mittagsschlummer Gedanken über Käfer, Extremadura und dumme Ahnungen machen*, befand er und rieb sich die Augen. Etwas mehr Schlaf hätte gut getan. Nur noch ein Viertelstündchen. Der Zeh schmerzte. Ein ganzes Stündchen wäre sogar noch besser. Augen zu. Explosionsartiger Krach riss ihn aus den Gedanken. Es kreischte förmlich. Bewegter Kunststoff, in dem sich die Moleküle rieben. Ausgesprochen unangenehm. Justes Herz raste. Er griff sich an die Brust. Kein Kreischen, nur das Klingeln des Telefons. *Wer wagte es, ihn brutal zu stören? Und wer in Gottes Namen hatte den Rufton lauter eingestellt?* Juste grummelte. So viele Bewohner gab es hier nicht und er war es nicht gewesen. Das ließ den Täterkreis schrumpfen. Zusammenleben hatte eben auch Nachteile. Er wankte zum Apparat.

»Ja«, bellte er in den Hörer. Sekundenschnell wurde er blass. Die Bissigkeit zerbröselte. *Madame Lazar! Meine Güte, es war Madame Lazar!* Unzählige Erinnerungssplitter durchzogen sein Hirn. Er verband die Vergangenheit mit der Gegenwart und kam zu dem Schnellergebnis, dass ihre Stimme zwar reizvoll klang, aber immer mit Komplikationen verbunden war und dass es ihm lieber gewesen wäre, wenn er sie nie wieder gehört hätte. In Notfällen dachte er rasant. Er stellte sogar noch fest, dass er soeben einen Plusquamperfektsatz im Konjunktiv gebildet hatte, in dem er alles, was jetzt folgen würde, konsequent und für immerdar ablehnen würde. Vehement. Das fühlte sich gut an. Leider setzte er die gewonnene Erkenntnis nicht in Sprache um. Seine Stimmbänder versagten. Abrupte Lähmung. Normalerweise konnte er aus dem Ärmel eine Rede in Spielfilmlänge über falsch gerundete Nachkommastellen halten, aber dieses Minutenfragment des Tages machte ihn hilflos.

Salut, du hohle Nuss, jetzt hast du den Salat. Wenn ein Mann eine Situation nicht sofort im Ganzen klärt, dann hat er mit den unerledigten Teilen immer wieder Mist an den Hacken. Sag was! Juste Simon bekam eine schweißlackierte Stirn. Auch das noch: Der innere Tyrann, das bösartige Geplapper, der Saboteur seines Lebens – da war er wieder. Er hatte gehofft, dass er die innere Stimme losgeworden wäre. Seit dem letzten Herbst war sie versiegt und nun DAS!

Hohlnuss. Reden. Antworten. Die heißeste Nummer des Bordells wartet auf Antwort. Sie hat nicht ewig Zeit. Schließlich müssen noch die Fingernägelchen lackiert und die Beinchen gespreizt werden.

»Al…al…so. Ich … Ich … Ich …«

Die innere Stimme prustete. *Oh Boy, du stammelst. Bist du völlig allein auf den abgefahrenen Satz gekommen? »Al…al…so. Ich … Ich … Ich …«. Oder hattest du Hilfe aus der Irrenanstalt?* Juste Simon hatte das Gestammel von nichts und von niemandem gelernt, es war einfach da. Eben eine kleine situations- und adressatenbezogene Unzulänglichkeit namens Schockzustand. Für die er nichts konnte, rein gar nichts. Er räusperte sich, der Schnauzer zuckelte, dann folgte ein durchgehend deutlich vernehmbares:

»Ja. Bitte.«

Na also, geht doch. Sogar, ohne die gesamte männliche Spezies bloßzustellen. Ein ›Ja‹ funktioniert immer, wenn eine Hure fragt und das ›Bitte‹ dazu bildet die devote Krönung für einen läufigen Dackel.

Juste Simon stierte in einen emotionalen Abgrund. Er hatte es mit zwei Katastrophen gleichzeitig zu tun. Zum einen wollte er Alleinherrscher im schädelgroßen Königreich sein und zum anderen wünschte er sich, nicht zwischen zwei gegensätzlichen Welten wandeln zu müssen. Der Bordellunterwelt und der normalen Welt, die für einfache Buchhalter mit wertkonservativer Haltung und Normalbürger reserviert war.

»Gleich? Das geht nicht. Ich bin noch nicht so weit.«

Oh, mein Dackelchen, ein Kerl, der erst einmal eine Befragung unter seinen Spermien machen muss, bevor er sie in den Orbit bläst … Unfassbar! Wird's bald! Du hast die männliche Erdenbevölkerung hinter dir. Sie feuern dich an: Die Lady ist heiß und lecker. Ran da!

»Ja, ich komme. Bald. Nach Einbruch der Dunkelheit.«

Na, das hört sich aber nicht nach Enthusiasmus an, sondern eher nach einem Mann, der müssen muss. Kannst du etwa nur, wenn das Licht aus ist? Was ist denn? Ladehemmung oder Schiss? Juste Simon legte den Hörer auf. Die Stille des Raums umarmte ihn. Die Wanduhr tickte. Die innere Stimme störte die Stille erbarmungslos: *Ich habe verstanden. Also: Schiss. Mein Lieber, das hätte ich auch nicht anders erwartet!* In Juste Simon begannen nach und nach die Sicherungen durchzubrennen. Als die letzte Sicherung den Geist aufgab, brüllte er aus dem Stand:

»UND DU, DU HÖRST SOFORT AUF!« Der Satz peitschte durch den Raum. Das Geschrei wirkte selbst auf ihn verwunderlich. Sogar die Schlagader am Hals erschreckte sich und bekam eine Ausstülpung. Plötzlich herrschte Silentium im Schädelkönigreich. Im Wohnzimmer auch. Doch das Schweigen, das er sich gewünscht hatte, klang unangenehm und machte seine Situation nicht besser.

***

Kater Merlin lief schnell durch den verschachtelten Ort. Bewegung beherrschte ihn völlig und ein einziger Gedanke: weit weg von der irren Rothaarigen. Sehr weit weg. Er hörte die klagenden Schreie der Möwen und sah, wie Wind den Ort kämmte, schmeckte salztragende Seeluft. Häuser flogen an ihm vorbei. Kleine Einzelhäuser, mehrstöckige Reihenhausschnitten aus großen Steinen und altem Gesicht. Kopfsteinpflaster. Balkone mit Terrakottakübeln, die frisch bepflanzt dastanden, und Brüstungen, die schon bessere Zeiten gesehen hatten. Dann brach die Stadt auf und das Hafenbecken lag hingebreitet vor ihm. Hier sah er nur drei Schichten: Arnaud, Meer und Himmel. Farben, die immerzu eine neue Tönung zeigten. Ein Bild, das nie stillstand. Monet hatte genau diese Farben aus der Normandie verwendet, über seine Bilder verstreut und sie damit unsterblich gemacht. Zwischen den Farben, mitten im Hafen, wäre die geeignete Heimat für einen Streuner. Dort wähnte er sich dem Himmel aus Sardinen am nächsten. Hinter den säuberlich gestapelten Hummerkörben machte Merlin Rast. Sein Körper war gehetzt, aber leichtgängig. Offensichtlich hatte er ein belastungsfähiges Sprintermodell geschenkt bekommen. *Formidable!* Ein Punkt für den Schöpfer. Zunächst sah Merlin sich um. Rechts-links-rechts. Keine durchgeknallte Rothaarige zu sehen. Vorsichtig lugte er hinter dem Korb hervor. Umsichtig sein. Die Luft war rein. Er sah das Bistro, in dem er früher Eidotter und Thunfisch geschnorrt hatte. Und er entdeckte seinen persönlichen Lieblingsfischer. Ein großer, mächtiger Fischbesitzer. Merlin würde niemals verstehen, wie ein einziger Mensch so viele Fische besitzen konnte. In tausend Leben nicht. Mehr Fische, als er an einem Tag essen konnte. Noch dazu frisch, aus dem großen Wasser. Er roch den Fischer sogar. Der Duft nach Meersalz und Sardinen war unvergleichlich. Merlins Magen knurrte. Am liebsten hätte er sich am Bein des Fischers festgeklettet. Betteln mit großen Augen war nicht unwürdig, wenn der Hungertod nahte. Es musste doch möglich sein, gleich ein Häppchen abzubekommen. Ein schabendes Geräusch unterbrach den Sardinenschmachter. Eine Krabbe lief aus dem Hummerkorb. Krabben! Automatisch zog die kleine rosa Zunge des Neuankömmlings auf Erden über das Mäulchen. Krabben waren Futter auf vier Beinen, das noch in der Geschenkverpackung lag. Die Krabbe lief. Ohne weiter nachzudenken, rannte er hinterher. Das Essen lief schneller. Merlin auch. Er übersprang die Krabbe und stellte sich ihr in den Weg. Auge in Auge. Mannhaft. Die Kontrahenten verharrten. Er streckte die Pfote aus. Erst spielen, dann schmausen. Die Krabbe stellte sich auf und hob die Scheren. Es klapperte hohl und deutete an: *Spielen ist nicht. Kneifen jederzeit.*

Im Grunde war die Welt immer die Summe aller Akteure und nichts bedeutete der Einzelne. Wenn sich zwei als Fressen und Fressfeind gegenübersahen, dann war die Summe sehr klein geworden. Erweiterung würde Vielfalt bedeuten. Am besten mit einen Dritten im Bunde. Ein jämmerliches Wehklagen sprang in den Akt des nahenden Todesduells. Merlins Gehör war genauso scharf wie der Hungerreflex. Die Ohren stellten sich auf. Diesen Ton kannte er. Welcher Kater kannte ihn nicht? Er war mit Rollen, lecken und Sex verbunden. Es kamen gedehnte Sekunden angeflogen und die Schlussfolgerung stand fest: *Ein Weib! Potzblitz! Eine liebeshungrige Kätzin.* Der Hunger verflog schlagartig. Günstling der Sekunde sollte die Krabbe sein. Das Krustentier schnappte zu. Kneifen war spaßig. Merlin kreischte entkatert los. Die Krabbe umfasste seine Nase mit gemeinen Scherenhänden und spielte sich damit in den Mittelpunkt. Ausgerechnet die Nase, das fellumpuschelte Knubbelchen – war sie doch, nebst einem anderen bemerkenswerten Teil, eine äußerst empfindliche Region. Merlin drehte sich um die eigene Achse und versuchte, den Feind abzuschütteln. Er heulte ununterbrochen. Kaum war die göttliche Nabelschnur durchtrennt, schon wurde er zum Problemfall. Der Kreis, den er zog, hatte etwas Skurriles an sich. Die Bestie mit den Scherenhänden ließ nicht locker. So klein und so viel mieser als er. Der Kreis nahm taumelige Form an. Die letzte Umdrehung hob ihn aus dem Kreis heraus. Merlin flog gegen die gestapelten Hummerkörbe. Die Wucht des Aufpralls überstand der Anker, der zur Beschwerung der Körbe diente, nicht. Das Metallteil fiel krachend auf den Boden. Körbe folgten. Merlin wurde verschüttet. Und was geschah mit dem Krustentier? Es wurde von einer Korbkante erwischt, ließ los und hangelte sich durch das Korblabyrinth ins Freie. Spielzeitende. Merlins Körper drehte sich nicht mehr. Dafür drehten sich seine Sinne. Eines war sicher: Von Leckereien in Geschenkverpackungen würde er künftig die Pfoten lassen. *Mann, waren die böse!* Zwischen Drehen und Übelkeitsgefühl hörte er die Kätzin wieder schreien. *Halt ein, mein bedürftiges Kind! Für den Moment ist das Pulver nicht geladen.* Irgendwann war selbst für den härtesten Macho Schluss. *Meine Güte! Warum drehte sich alles?* Das räudige Rufen kam näher. Ausgerechnet jetzt. Was für ein Willkommen auf Erden. Von einer Bekloppten gefangen gehalten, einem Monster gebissen und einer Läufigen bedrängt. Das Rad des Schicksals lief verdammt schnell. Der Rufton der Begierde umrundete die Körbe. Merlin merkte, dass alles, was sich im Kreis bewegte, momentan nicht bekömmlich für ihn war. Das Maunzen der Liebeshungrigen hörte nicht auf. Es rüttelte an den Körben. *Auch das noch! Sie ist hartnäckig und selbstbewusst!* Rütteln war auch nicht gut. Blitzartig drang ein schwarzes Köpfchen durch die Streben. *Eine heiße Schönheit!* Grüngelbe Augen, Pantherfell und ein verschlagener Blick. Wenn ihm wohl gewesen wäre, hätte er sich über das Präsent gefreut und sein Bestes gegeben. Die Mieze glitt mit den Augen über seinen Alabasterkörper. Trotz Unwohlsein tat das gut. *So ist es recht, mein Kind.* Wissen im Blick und Gier im Körper. Reflexartig antworteten Merlins Gedanken: S*chau genau hin. Ein Adonis, nicht wahr? Warte nur ein Weilchen, wenn es mir besser geht, darfst du wieder angekrochen kommen.* Die Schönheit machte halt. Auge in Auge starrten sich beide an. Sie zuckte. Ein überirdischer Schein erhellte ihr Antlitz. Das war eigenartig. Warum erhellte sich ihr Gesicht? Warum bekam sie so große Augen? Und was bedeuteten die grell leuchtenden Ohren? Sie zappelte und wollte sich offensichtlich auf die Schnelle aus dem Staub machen. Dabei verkantete das Köpfchen im Korb. Mit den Läufen stemmte sich die Schwarzfellige gegen die Außenwand. *Warum so eilig, meine Schönheit?* Völlig rappelig, kratzte, miaute und wehrte sich die Kätzin gegen ihr Schicksal. Merlin starrte sie nur erstaunt an. Die *Kätzin hat eine Vollmeise!* Die Pantherin fluppte aus dem Korb und rannte los. Sie lief megaschnell. *Herrje! Was war das denn?* Er konnte es nicht genau greifen, nicht sehen und auch nicht hören. Ein Geruch von Unheil irritierte ihn. Der Schwindel schwand langsam und Hunger meldete sich wieder. Der beißende Geselle in der Magengegend ließ verlauten, dass Sexsucht niemals Hunger besiegen kann. Merlin richtete sich auf. *Beute machen. Jetzt!*, herrschte ihn sein Magen an. Er holte tief Luft, besah sich das Gefängnis und schlängelte den Körper durch einen Spalt zwischen zwei Körben. Freiheit für einen Streuner schmeckte süßer als Sahne und besser als Hühnchen. Nur an Sardinen reichte sie nicht heran. Merlin holte Atem und sichtete das Terrain. Keine Pantherin mehr zu sehen. Schade. Wo ging es zu den Sardinen? Am besten beim Fischer. Zu den Booten. Sein Bauchgefühl riet ihm, stehen zu bleiben. Es raunte ihm zu: *Erst die eine Sache klären, bevor die nächste Angelegenheit in Angriff genommen wird.* Aber was sollte er klären? Er hatte Hunger. War das nicht genug? Magisch wurde er von dem Anker angezogen. Obwohl die Gedärme krakeelten, tapste er ein paar Schritte darauf zu. Merlin blieb vor dem Anker stehen und betrachtete das Ding. Licht. Helles Licht. Es hatte den gleichen Widerschein wie die Pantherin vorhin. In der Tat bemerkenswert. Er berührte den Anker. Bepfotete ihn. Nichts. Barthaare tasteten sich vorsichtig heran. Schnuppern. Was jetzt? Er traute sich, schlich ganz dicht heran und blickte vorsichtig in das Metall. Das Unglück erfasste ihn jäh. *Oh-mein-Gott! Oh-mein-Gott! Oh-mein-Gott!* Fast hätte es ihn hingestreckt. Den Hauch aus dem jungen Leben gesogen. Er sah: sich. Bisher hatte er noch keinen Blick auf seinen Körper werfen können. Zu sehr war er in die Ereignisse verwickelt. Er nahm den Anblick auseinander: schmaler Körper. Weißes Fell. Scheußlich. Schwarz-weiß und feuerrot war er in früheren Leben gewesen. Diese Farben waren in jedem Fall männlich gewesen. Jungfräuliches Weiß wirkte nur bei Kätzinnen scharf. Weiße Perlen – superb. Weiße Streuner – unmöglich. Es folgte ein süßer Blick. Unmöglich. Süß waren Weiber und Bekloppte, aber sicher kein Kater, wie er einer war. Dazu kamen noch unschuldig blaue Augen. Was sollte das? Er war ein Straßenkater, ein Streuner, Held und Kerl und kein Lämmchen. Aber die Krönung: Über dem Kopf kreiste ein Etwas. Hell und knallweiß. Merlin fiepte. Er hatte es sofort erkannt. Die da oben trugen alle so etwas. Es war fast unaussprechlich. Nur unter Flüstern möglich: *ein Heiligenschein!*

***

Erneut stöhnte der Mann aus Zimmer sechs. Er hatte auch allen Grund dazu. Der Stöhner hing an einem Andreaskreuz, das an der Studiowand des Bordells befestigt war und zur Triebabfuhr der besonderen Art diente. Eine Latexkopfmaske verhüllte sein Gesicht. Eine Windel die Genitalien. Madame Rigal, die greiseste Seniorin der Stadt, würde bei diesem Anblick ihr schlohweißes Haar schütteln und ein Ave Maria gen Himmel senden. Für Abgebrühte kam noch ein perverserer Umstand hinzu, der die Linie zur Gestörtheit streifte: Um das Andreaskreuz gebunden hingen Girlanden aus Seidenblumen mit Schmetterlingen. Die Seidenblumen waren bunt gemischt. Die Schmetterlinge lila. Die schwarze Welt der Perversion schillerte und Lady Olgas Kunde verdrehte genussvoll die Augen. Seine Herrin hatte in der vergangenen Nacht nur fünf Stunden lang geschlafen. Dementsprechend ruppig massierte sie das beste Stück durch die Windel und steuerte auf den schnellen Schlusserfolg zu. So konnte es enden. Seidenblumen und Schmetterlinge. Jeder Fehler lag im Ursprung. In der Kindererziehung. Warum sollte man einem Jungen die tiefere Schönheit von Fauna und Flora nahe bringen? Auch Feenstaub und Nagellack waren nicht für jeden Wildfang geeignet. Frühkindlich wurden Jungs zu Empathen herangezogen. Im wahren Leben dagegen bevorzugt: Männer, die echte Männer waren. Ein Spagat mit unabsehbaren Folgen. Einmal einen Falter als wunderschön bezeichnet, und schon hing der Kerl später am Kreuz mit einer Schmetterlingsgirlande in einem Raum, der nach Spermien roch und sich Bordell nannte. Welche Mutter wollte das schon?

Die Session zog sich hin. Die Windel knisterte. Roh und reduziert massierte Lady Olga Lust in den Andreaskreuzler. Die Mischung aus Adult-Baby, Latex und Strafe am Kreuz wirkte ungewöhnlich. Es passten eher Babypuder, Schnuller und Gitterbettchen. Andererseits – was war hier in ihrem Studio nicht ungewöhnlich? Lady Olgas geschultes Gefühl sagte ihr, dass es gleich so weit sei. Happy End erfüllt. Zahltag. Feierabend. Danke. Das maskierte Gesicht hob sich. Hin zur Zimmerdecke. Wie schön. Er schrie: *»Mami!«*. Das Ende schien nah. Gleich. Wie bald war gleich? Lady Olgas Finger krampften. Selbst die Dienstleisterin begann nun zu keuchen. Und das nicht vor Lust. Ein russisches Sprichwort sagte: Alle sind nur bis zum Gürtel Menschen. Lady Olga interpretierte es direkter: *Verrdammt! Das Tierr will nicht kommen.* Unvermitteltes

Geschrei von irgendwo setzte ein. Zuerst drang es in das Ohr der Dienstleisterin. Dumpf. Jämmerlich. Hilfesuchend. Dann traf es den Kunden. Ein Baby! Es ließ sich nicht viel daran rütteln. Eindeutig: ein echtes Baby. Lady Olga erstarrte, der Andreaskreuzler senkte den Blick zur Gebieterin. Natürliche Babys als Konkurrenz in einem Bordell waren selten und sie passten auch nicht hierher. Zwei helle Augen hinter der schwarzen Latexmaske fixierten die Dienstleisterin und stellten Fragen.

Verrdammt!, durchrauschte es Lady Olga. Das Kopfkino war unterbrochen. Die geile Gier entschwand auf Flügeln des Grübelns. Da half nur, das Unmögliche zu wagen und den Fehler mit der Rolle zu verknubbeln.

»Mein Süßerr! Dein Gewisterrchen schreit um Strafe. Ich werrde euch wohl beide zurr Brrust nehmen müssen.« Sie zog die Hand von der Windel ab und knöpfte ihre Korsage auf. Freigelegte Brüste, umrahmt von schwarzem Leder, ein scharfer Kontrast. Sie strich über die Brustwarze. Langsame, kreisende Bewegungen. Ein Muttiblick folgte. »Errst die Strrafe für den anderen Schrreihals, dann ein bisschen lutschen an den Nippel und zuletzt komme ich zu dirr. Und wage es nicht, vorrherr die Windel einzunässen. Mutti mag das nicht.« Die Flügel der Vernunft gaben auf, sie drehten ab und nahmen den Kurs wieder auf, die geile Gier kam mit mächtigen Schwingen angeflogen. Der Kreuzhänger keuchte. »Sieh genau hin, darran darrfst du bald säugen.« Die Lady kniff sich in die Warzen. Zapfen stellten sich auf. Das Baby sah genau hin. »Sie sind spitz und saftig. Also warrte! Mutti ist gleich zurrück.« Das Es wimmerte.

»Verrdammt! Verrdammt! Verrdammt! Warrum kümmerrt sich keinerr um den Balg?« Lady Olga stürmte auf das Nebenzimmer zu. Die Absätze ihrer Overknees hämmerten auf den Fußboden. Das schwarze Leder der Korsage baumelte diabolisch am Leib. Sie riss die Tür auf. Dramatischer hätte ein Auftritt kaum sein können. Ein feuriger Windhauch zog durch das Zimmer. Saharaluft in der Normandie. Es wäre schön gewesen, wenn das Schauspiel Zuschauer gehabt hätte. Malerisch böse. Wie vermutet lag Mathis auf einem Deckchen, platziert auf dem Diwan und schrie sich die Seele aus dem Leib. Er war allein. »Merrde! Wo sind die bescheuerrten Nutten, die dich lieben? Immerr alles haben wollen, aberr sich um nichts kümmerrn.« Lady Olga schimpfte weiter. »Les salpes!« Aber keine Schlampe hörte darauf. Mathis fand das beschreiungswürdig. »Das ist unglaublich! Wo ist dein schwuligerr Plüschdumbo?« Lady

Olga suchte hinter den Kissen, auf dem Fußboden. Mathis antwortete nicht. Er setzte dagegen: duratives Endzeitschreien. »Unfassbarrr. Muss ich mirr das anhörren? Bin ich etwa deine Mutti? Deine Amme? Dein Papi? Hörr auf so zu brrüllen!« Die durchgepumpte Nicht-Mutti, Nicht-Amme und Nicht-Papi suchte weiter nach dem Dumbo. »Womit habe ich das verrdient? Nichts Schwuliges. Wie könnte es auch anderrrs sein. Merrde. Merrde. Merrde …« Nebenan keuchte es. Auch das noch! Für das Riesenbaby unüberhörbar schien eine Party im Gange.

»Ich werrde dich jetzt verprügeln!«, schrie Lady Olga extrem laut und mischte noch etwas Speed darunter. Das war zu viel. Auch kleine Kinder haben schon eine Seele. Mathis ruhte abrupt, er ahnte wohl, dass er nicht weit entfernt von seiner ersten Session war. Kein Laut kam mehr aus dem Säugling. Es fühlte sich unangenehm abgerissen an. Wasserblaue Augen starrten Lady Olga an. Verprügeln und Schreien passten zusammen. Prügeln und Stille nicht. Wenigstens nicht ohne Knebel. Das wars! Die Stille wäre nur plausibel, wenn das Kind geknebelt wurde. Imaginär geknebelt. »Ich knebel dich jetzt, du bestialisches Balg!«, schrie sie. Der Mithörer sollte mithören. Es stellte sich ein Moment der Andacht ein. Hatte das Nachbarbaby verstanden? Mathis schien verwirrt zu sein und grummelte zaghaft. Speichelblubberblasen stiegen aus dem Mund auf. »Hast du gehörrt! Ich knebel dich jetzt!«, schrie sie und wisperte ihm zu: »Vorr dem Knebeln musst schrreien.« Mathis sah das anders: Stillsein sicherte das Überleben. Süßsein auch. Sogar ein Madonnenlächeln war drin. Nebenan wurde es ruhig. »Willst du wohl schrreien, du blödes Kind«, zischte Lady Olga den Süßlächler an. »Wenigstens so lange, bis das Timing mit den Knebeln stimmt. Du verrsaust mir die Session! Errst schrreien wie am Spieß, wenn es nicht passt und dann still sein, wenn es auch nicht passt. Egal, wie alt sie sind, sie sind immmerr dämlich!« Sie machte aus der Not eine Tugend: »Knebeln ohne Schreien!«, brüllte sie. »Mutti mag das, wenn du gefügig bist. Derr Knebel sitzt. Jetzt bekommst du Brrust!«

»Wer will hier wen knebeln?« Ninette, das Weißblondchen stand im Türrahmen. Etwas müde und ein wenig verwuschelt. Außer einem Fadenslip hatte sie nichts an, sofern der tätowierte Pandabär am Beckenrand nicht mitzählte. Sie war zur Stelle, da sie in einem kleinen Zimmer im Dachgeschoss wohnte. Ninette logierte erst seit Kurzem im Haus, Lady Olga von Anfang an und Madeleine immer mal wieder.

»Wenn du weiter so einen Mist mit Knebeln erzählst, dann sage ich das nachher Rowena,« grollte Ninette.

»Was?! Du willst mich denunzierrren! Ich arrbeite gerrade.« Lady Olga stemmte die Hände in die Hüften. Mathis begann wieder zu schreien. Ninette brütete noch über dem Ausdruck ›denunzieren‹.

»Jetzt schrreit das dumme Ding! Ist derr Blöde. Er kann jetzt nicht schrreien. Err ist geknebelt!« Ein Blick mit Liquidierungstendenzen schoss zum Blondchen und zu dem Kind. »Du unnützerr Blasebalg: Wirrst Du wohl das Kind berruhigen. Es ist schließlich deines und das deiner unsäglichen Kolleginnen. Sonst mache ich es still.« Der unnütze Blasebalg starrte die Arbeitskollegin an und sortierte die Anweisung. Dann ging sie zu Mathis und hob ihn hoch.

»Guck mal, mein Kleiner, da ist ein Pandabärchen.« Sie zeigte auf ihren Beckenrand. Noch war Mathis in einem Alter, wo ihn das nicht zu schwerem Atem brachte. Ninette streichelte über Mathis' Köpfchen und intonierte ein Wiegenlied. Erst leise, dann etwas lauter. Mathis wurde ruhig. Sanft und anschmiegsam drang das Gesumme durchs Haus. Töne huschten über die Gänge, schlenderten in die Räume und drangen durch Wände. Viele Kunden gab es nicht. Vermutlich nahm sogar Madame Lazar das Wiegenlied wahr, am Schreibtisch, mit einem Wimpernzucken. Lady Olga brummte. Sie drehte auf dem Absatz um und ging zu ihrem Riesenbaby, dem Nippel-Warter.

Mit Schwung öffnete sie die Tür. Immer einen guten Auftritt hinlegen, das war wichtig. In Sekundenbruchteilen nahm sie die Stimmung auf. Eine Berufskrankheit. Was sie sah, ließ sie erstarren. Es war abnormal. Nicht mehr und nicht weniger als einfach krank.

»Was ist das denn?«, donnerte sie entsetzt. So etwas war ihr bisher noch nie passiert. In ihrer gesamten Laufbahn nicht. Ihr Adult-Baby hing schlaff am Kreuz und schnarchte. »Was fürr eine unglaubliche Schweinerrei«, brummte Lady Olga.

***

Rue Bartholomé. Sechzehn Uhr. Gleicher Tag. Immer noch Frühling. Mietshaus. Knarrende Stufen. Bohnerwachsgeruch. Es gab immer den einen Zahnpastamoment im Leben. Den Augenblick, in dem man feststellte, dass eine Angelegenheit unwiederbringlich in Gang gesetzt war und nicht wieder in die Tube zurückgedrückt werden konnte.

Malo Duc befand sich im Stadium des nahenden Herauspressens. Noch war nichts geschehen. Er schlich die Stufen zu seiner Wohnung hinauf, dabei hätte er nicht schleichen müssen. Es war *seine* Mietwohnung. Sein Zuhause. Vor der Wohnungstür blieb er stehen. Die für Angst zuständigen Gehirnareale krallten sich in Malo Ducs Nacken fest. Er fragte sich: Wenn nicht jetzt, wann dann? Fast geräuschlos steckte er den Schlüssel ins Schloss. War es wirklich schon an der Zeit für Bernadettes Verpuffung? Am liebsten wäre er hier stehen geblieben; für ein bis zwei Jahre. Besser noch: bis zum letzten Tag auf Erden.

»Guten Morgen, Monsieur Duc. Warum stehen sie immer noch hier? Letzte Woche waren sie doch auch schon da? Und die Woche davor auch. Geht es ihnen nicht gut? Wollen sie hier etwa ewig weiterstehen?« Er sah förmlich die angestaubte Nachbarin von nebenan. Das beschleunigte seinen Handlungstrieb. Das Unterfangen, bisher harmlos, änderte den Charakter. Aus der Zahnpastatube lugte das Köpfchen der Creme hervor. Streifen auf weißem Grund. Schwitzende Hände gab es gratis dazu. Perlchenbildung auf der Stirn auch. Gleich war die Zahnpasta draußen. Unwiderruflich. Und dann? Er beantwortete sich die Frage nicht, stattdessen schubberte er den Hals am Kragen. Irgendwie schien er enger geworden zu sein. Der städtische Angestellte bekam das Gefühl, dass die Haut spannte, das Haar sich sträubte und sein Kinn kantiger wurde. Auf geht's! Kurzes Klingeln. Malo Duc hörte Bernadettes Schritte. Er schluckte. JETZT! Malo drehte den Schlüssel um. Riss die Tür auf. Ehefrau im Bademantel. Er schrie. Sie zuckte. Er rannte. Warf sich auf sie. Nicht jeder David benötigte für den Sieg einen Goliath. Zuweilen reichte auch eine Bernadette. Noch im Fall riss sie die Augen auf. Mehr war in der Kürze an Emotion nicht herauszuholen. Als sie den Boden erreichte, gab es ein unschönes Geräusch von aufprallendem Kopf an Flurkommode. Knackig, dumpf und verheißend. Malo fiel weich. Rutschte vom Berg hinunter, riss die linke Frotteesocke vom Fuß der paralysierten Gattin und legte einen Sprint durch das Treppenhaus ein. Bald würde Bernadette verpuffen. Puff – weg und

für tot erklärt. Das Treppenhaus war lang gezogen und er frohlockte: *Puff. Puff. Puff.* Was wohl die angestaubte Nachbarin dazu sagen würde? Auf der letzten Stufe stieß er ein markerschütterndes Siegesgebrüll aus. Hände hoch erhoben. Die Statur Malos erzitterte. Nur noch in frischer Graberde wühlen, die Socke befüllen, im Fluss versenken und schon war er frei. Sein Herz schlug schneller. Ein letzter Hüpfer und er hatte die Eingangstür erreicht.

»Salut, Malo!« Juste Simon stand hoch aufgerichtet vor ihm und schien ein wenig erstaunt über die Begegnung. Malo keuchte.

»Juste! Oh, Juste … bald … bald … bin … ich … frei!«, japste er. Der Sieger des Treppenlaufs bückte sich und stemmte die Hände auf seine Knie. Zur Sicherheit lehnte er sich an die Hauswand.

»Frei?«

»Ja … Hier!« Er hielt die Socke hoch. Ein weißes Retromodell mit Geruchshintergrund.

Juste Simon starrte das Unding an. In Ruhe erwog er Einwände.

»Eine Socke unbekannter Herkunft macht dich frei?« Malo hob den Kopf und nickte. Die Kringellocken wippten dazu. »Ach herrje«, fasste Juste Simon zusammen. Jeden Morgen stand irgendwo auf der Welt ein Trottel auf, man musste ihn nur finden. Malo zog sich wieder hoch. Sein Atem verflachte. Immer noch stand Juste Simon kerzengerade da.

»Du warst doch dabei. Lucien hat gesagt, wenn ich Bernadette loswerden will, dann muss ich ihre linke Socke mit Graberde füllen und sie im Fluss außerhalb der Stadt versenken. Genau das hat Lucien gesagt. Bernadette wird sich nie und nimmer scheiden lassen, also muss ich sie verpuffen. So leid es mir tut. Ich würde es auch lieber anders sehen. Aber es geht nicht. Kannst du mir folgen? Das ist doch logisch, oder? Bernadette ist zu einer Vampirette geworden und bei neuen Blutsaugern funktioniert es noch mit der Socke, sagt Lucien. Deshalb musste ich es bald machen, ansonsten ist sie nicht mehr neu. Das verstehst du sicher? Es ist doch nicht zu schwer!« Wer nicht hart genug war, dem Leben die eigenen Bedingungen aufzuprägen, musste die Bedingungen der anderen hinnehmen, die ihm vor die Füße geworfen wurden. War es die eigene Schwäche oder die Malos, die Juste Simon verärgerte?

»Malo, ich weiß, es ist schwer begreiflich. Hör gut zu: Es gibt keine Vampire. Bernadette ist kein Vampir. Sie kann keiner sein, weil es so etwas nicht gibt.« Stille und Schweigen kopulierten. Nach einer Weile hörte das Gerangel auf.

»Ach, Juste«, brachte Malo unheilvoll hervor. Die Luft zitterte. »Natürlich ist sie KEIN Vampir. Das weiß ich auch.« Malo zog ein verknautsch-tes Gesicht. »O nein«, er schnalzte mehrfach mit der Zunge und wog das Haupt. Juste Simon schöpfte Hoffnung. »Juste, das ist einfach dumm von dir. Bernadette ist eine Frau. Also kann sie gar kein Vampir sein. Sie ist eine Vampirette! Wie kommst du darauf, dass sie ein Vampir sein könnte?« An dieser Stelle schloss der Mann, der eigentlich den Plan verfolgte, seinen Freund zu bitten, nach Einbruch der Dunkelheit mit ihm ins Bordell zu gehen, die Augen. Als Schutz. Um eine Gemeinschaft gegen das Böse zu bilden. Zur seelischen Unterstützung. Vielleicht sogar als Bollwerk. Juste seufzte. Warum setzte er immer so hohe Maßstäbe an? Es reichte doch, wenn Malo einfach nur anwesend war. *Amicus certus in re incerta cernitur!*, sinnierte er. – Einen wahren Freund erkennt man erst in unsicherer Lage. Juste öffnete wieder die Augen.

»Malo. Ich brauche dich. Madame Lazar hat mich einberufen.« Kurz, klar und verständlich mussten die weiteren Anweisungen sein. Er konnte keine nervtötende Diskussion führen. »Wir treffen uns um einundzwanzig Uhr in der schmalen Seitengasse neben der Kirche. Dort ist es besonders dunkel und dann gehen wir in das Bordell.« Malo stand angewurzelt da.

»Ich? Ins Bordell? Nein!«

»Wieso nicht?«

»Nein!«

»Malo, ich kann jetzt keine Diskussion gebrauchen.«

»Nein!«

»Wieso nicht? Ich dachte, du willst Bernadette entsocken und gegen Madeleine eintauschen.«

»Ja.«

»Malo, ich habe dir schon erklärt, dass eine echte Beziehung zu Lebedamen quasi unmöglich ist. Madeleine ist aus beruflichen Erwägungen heraus nett zu dir, aber privat ist das eine andere Sache. Aber du willst ja nicht hören. Dann wäre es vielleicht an der Zeit, sich mit deiner neuen Favorita zu treffen. Damit die Fronten geklärt werden. So oder so.«

»Nein.«

»Malo. Ich verstehe dich nicht. Du willst eine Beziehung, die de facto im Bereich des Unmöglichen liegt, hast aber Angst, der Frau zu begegnen. Du willst sie, aber du hast noch nicht mit ihr. Nur so, als allgemeine Erklärung: Sie ist käuflich, sie wird dich nicht ablehnen. Es ist ihr Beruf, das zu tun, woran du dich erfreust. Einfach so. Gegen Geld.«

»Juste, ich kann sie nicht kaufen. Sie wird die Mutter unserer Kinder, da kann ich sie doch nicht entehren. Madeleine ist so wundervoll. Voller Leben. Süß und saftig. Anständig. Schnödes Geld wäre eine Beleidigung.«

Ich habe dir immer gesagt, dass er ein Idiot ist. Warum redest du vernünftig mit ihm? Es reichen Piktogramme oder Flaggensignale. Schieb ihm einfach einen Zettel rüber. Mehr muss nicht sein. Auch das noch, der innere Tyrann belästigte.

»JETZT nicht!«, befahl Juste Simon und hoffte auf die wirkungsvolle Vertreibung des bösartigen Geplappers.

Ups. Trommeln versteht er bestimmt auch. Eine Nutte, die Geld als Beleidigung ansieht. Hat er getrunken? Gekifft? Engelsstaub eingeworfen? Jungle Juice gezogen?

Malo mischte sich ein.

»Wieso schreist du mich denn an? JETZT kann ich sowieso nicht. Ich muss erst die Socke mit Graberde befüllen und danach zum Fluss gehen. Du kannst mitkommen, wenn du willst.«

»Nein! O nein!«, erwiderte Juste und sog die frische Frühlingsluft tief ein. Meine Güte, war das Leben manchmal schwer. Buchhalter hatten Grundsätze. Eine Grundhaltung. Stur, genau, geradeaus. Juste überfiel eine vage Erkenntnis: Galten die eigenen Grundsätze nicht auch für ihn? In erster Linie sogar für ihn selbst? *Amicus certus in re incerta cernitur!* – Einen wahren Freund erkennt man erst in unsicherer Lage. Damit war er selbst der schlechtere Freund. Keinesfalls würde er Malo auf den Friedhof begleiten, dennoch erwartete er von ihm, dass er ins Freudenhaus mitkam. Als Entschuldigung zog er hinzu, dass der Bordellbesuch hilfreich für Malo sein würde. Er könnte Madeleine sehen und zum Kern des Problems vordringen. Graberde in eine müffelige Socke zu schaufeln wäre dagegen eine törichte Aktion, eines Buchhalters absolut unwürdig. Also etwas völlig anderes.

»Einundzwanzig Uhr. Neben der Kirche. Keine Widerrede!«, befahl Juste Simon mit klarer Stimme. Zur Bekräftigung erhob er den Zeigefinger und klopfte auf die Armbanduhr: »Einundzwanzig Uhr! Vergiss das nicht!« Ohne weitere Erörterung drehte der Buchhalter sich um. Nahm die Zweifel, das Unverständnis sowie den inneren Tyrannen mit. Ebenso den immer noch schmerzenden Zeh. Malo blieb allein stehen. Mit dem Socken in der Hand. Verwunderung im Blick. Und einer gehörigen Portion bordellischen Unwillens.

***

Kapitel 3

Für alles im Leben gab es einen Preis – Arnaud hatte den Tag als prächtigen Frühlingsauftakt erlebt und nun schien die Natur zu sagen, dass der Frühling gerade erst begann und dass sie genügend Kraft besaß, für ungemütliches Wetter zu sorgen. Nieselregen. Der Preis für das schöne Wetter am Vormittag. Wolken verdunkelten Arnaud und die Laternen sprangen an. Ihr schwacher Schein spiegelte sich auf den feuchten Wegen. Die Luft wirkte reiner und die Lungen der Bewohner füllten sich mit kaltklarer Feuchtigkeit. Wer dazu noch einen Mentholbonbon lutschte, bekam das Gefühl, er würde Sauerstoff bis in den Beckenboden inhalieren. Der Feierabendverkehr erstickte die engen Straßen der Stadt und ein Hupkonzert lag über der Ortschaft. Jeder wollte schnell nach Hause. Die meisten Menschen spannten Regenschirme auf, andere nicht. Nieselregen zeigte menschliche Vielfalt: Für den einen war es Regen, für den anderen nur feuchte Luft und manche hatten noch nicht einmal einen Regenschirm dabei. Malo saß wieder auf seiner Parkbank im Wäldchen, gleich hinter der Polizeistation. Seine Lieblingsbank diente zum Denken, Entspannen und Träumen. Dort saß er geschützt unter dem Baldachin aus Eichenbäumen – ein Regenschirm der natürlichen Art. An dieser Stelle hatte sich der Bach in den Hang gefressen und das Plätschern des Gewässers wurde zu einem Gurgeln. Malo mochte Gurgeln. Es klang unheimlich und gleichzeitig umarmend. Im Moment eher unheimlich. Niemand außer ihm hielt sich im Wäldchen auf. Allein wirkten alle Geräusche groß und mächtig. Er hörte der Unheimlichkeit zu. Die Atmosphäre passte zu seinem Vorhaben: Hier wollte er die gefüllte Socke versenken. Doch zunächst musste er den Friedhof aufsuchen. Die Socke brannte in der Jackentasche. Er überlegte und kratzte sich im Nacken; die Bisswunde juckte, das Pflaster auch. Genau genommen war dies kein richtiger Fluss, mehr ein Bächlein. Reichte das für die Vampirvernichtung? Die Socke sollte eigentlich in einem Fluss versenkt werden. Außerdem sollte es ein Fluss außerhalb der Stadt sein. Der Bach gehörte jedoch noch zu Arnaud, wenngleich er sich am Rande des Orts befand. Damit bog er die Vorgaben. Sollte er das Ganze lieber lassen? Das Wasser gurgelte zustimmend. Welcher anständige Bach wurde schon gerne mit einer stinkenden erdbefüllten Socke beworfen? Malo schloss die Augen. Der Geruch nach nassen Blättern, bemoosten Bäumen und abkühlender Abendstimmung fusionierte mit den Wassergeräuschen. Seine Gedanken reduzierten sich. Nur ein Aspekt des Hirninhalts verharrte bei ihm: Ohne aufgeräumte Vergangenheit keine Zukunft.

»Ja, so ist es«, wisperte er. Malos Kopf fühlte sich wohlig an. Er wusste, was zu tun war. Kannte seinen Weg. Der Stadtangestellte schaute auf den Bach, fühlte der Socke nach und es folgte ein Satz, der auch ein Preisschild trug, hingesprochen zu dem Strom des Gewässers: »Wir schaffen das!« – der Bach, der kein Fluss war, und er. Ein dicker Tropfen gesammelten Regens fiel herunter und plockte lautstark auf die Denkerstirn, um dann seitlich auf die juckende Wunde samt Bepflasterung zuzulaufen. Ein Omen?

***

Die Frau im verfallenen Haus regte sich und der rote Lebensfaden vor dem Haus begann ebenfalls, sich zu bewegen. Das rote Knäuel schaukelte hin und her. Würde es gleich losgehen? Die Frau ohne Faden hatte das Haus den ganzen Tag über nicht verlassen. Durch das Loch im Dach erreichte der Nieselregen das Zimmer im Erdgeschoss. Der Unrat, die gebrochenen Dielen, Mörtel und Putz sowie ihr Schlafplatz wurden mit Feuchte überzogen. Nur eine Kerze erhellte die Dunkelheit. Die Frau hatte sich in eine Ecke gekauert und strich durch die Haare, als wollte sie damit kundtun, dass sich zumindest einer um sie kümmerte. Die letzten Stunden hatte sie zwischen Weinen, Schlafen und Suchen verbracht. In erster Linie versuchte die Rothaarige, den Schuldigen an ihrer Lage zu ermitteln. Schuldfragen waren wichtig. Insbesondere für diejenigen, die nicht um die Unwichtigkeit wussten, wer Schuld trug, da sie nur nach hinten gerichtetes Analysieren darstellten. Mehr nicht. Rechenschaftskommunikation fügte Ohnmacht und Schwäche dem Ungelösten hinzu und hinterließ immer ein Opfer; und zwar ausgerechnet denjenigen, der nach Schuld fragte. Ein Kreislauf, der nur durchbrochen werden konnte, wenn der Suchende bereit war, sein Leben wieder in die Hand zu nehmen. Sehr weit war die Frau damit noch nicht gekommen. Ohne Sinn starrte sie vor sich hin und kämmte mit den Fingern weiter ihr Haar. Sie summte. Langsam schaute die Frau auf ihren Bauch. Ein kleiner Hügel. Leere als Erinnerung. Obwohl die Geburt nur kurze Zeit zurücklag, sah sie kaum mehr Bauchansatz. Hunger, gute Gene und ein noch besseres Bindegewebe hielten den Körper in Form. Beneidenswert, wenn die anderen Umstände nicht wären. Der Hügel, in dem das Kind sein Zuhause gehabt hatte, verflachte zusehends. Sie strich darüber. Ihr fehlte die Bewegung der Leibesfrucht. Es war schön gewesen, Leben zu fühlen. Doch Thibaud war fort. Für immer. Bald würde der kleine Bauchansatz verschwunden sein. Die Erinnerung auch? Der Unwille über das Vergessen riss die Rothaarige hoch.

»Ich heiße Nadine Pascal. Bin Sekretärin. Habe Unrecht erfahren und Unrecht ausgeübt. Ich habe ein Kind bekommen von einem Mann, den ich nicht wollte, der mich nur nahm; und ich empfinde Liebe zu einem Mann, der mich nicht will. Ich bin am Leben.« Der Status quo, einfach und klar. Keine Klagen. Nur Basisinformationen. Gab es auch noch einen Wunsch? Nadine Pascal, Sekretärin und am Leben, setzte an: »Ich will wieder eine Zukunft haben«, sagte sie leise. »Lieben. Lachen. Schlimmes vergessen. Gutes erinnern. Mehr nicht. Ich möchte doch nicht viel.« Der Faden vor dem Haus freute sich. Gleichwohl wirkte die Sekretärin mitten im Unrat verloren. Sie zog die Jeansjacke enger an sich. Als Schutz taugte sie nicht. Unwillkürlich füllten sich die Augen mit Feuchte. Am Nieselregen lag es weniger. »Bitte, lieber Gott«, schluchzte sie, »lass mich weiterleben ohne Schmerz.« Poesie des Paradoxen. Gab es Leben ohne Schmerz?

***

Gequälte Seelen existierten in Arnaud genug. Bei Mensch und Tier gleichermaßen. Sogar Würmer konnten leiden. Mitten auf dem Friedhof hatte ein Exemplar der Gattung *Lumbricidae*, aus dem Stamm der Ringelwürmer, das Ungeschick auf seiner Seite. Zuerst hatten Regentropfen dermaßen auf die Erde getrommelt, dass er fürchtete, ein Maulwurf würde sich zu ihm hindurchgraben, um ihn anschließend zu verspeisen. Daraufhin hatte er den Fluchtweg nach oben angetreten und nun zerrte ein braungrauer Kleinstvogel an ihm und schien das Gleiche vorzuhaben wie der irrtümlich vermutete Maulwurf. Mit der Hälfte des Körpers noch im Erdreich, die andere bereits herausgezogen, war seine Überlebenswahrscheinlichkeit rechnerisch bei fünfzig-fünfzig angekommen. Der Wurm kämpfte, der Vogel ebenfalls. Beide quälten sich sichtlich, nur hatte der Wurm mehr zu verlieren. Der kleine Federling überschätzte sich offensichtlich. Viel Wurm für wenig Kraft. Hunger saß dem kleinen Kerl im Nacken. Von Moral keine Spur. Er gab alles.

»Ach, was solls«, depressierte der Wurm und ließ locker. Lumbricidae aus der Gattung Ringelwürmer schoss empor. Erschrecken lag in der Luft. Beidseitig. Der Wurm traf das Federvieh. Mitten ins Auge. Der Vogel kippte um. Dünne Beinchen in die Höhe. Zucken. Monsieur Wurm dagegen war angetan und tat das einzig Richtige. Flucht nach unten. Er bohrte sich zurück in die Sicherheit, ohne Mitleid für den Vogel, der immer noch ekstatisch zuckte. Wind fuhr durch die Federn des Verlierers auf dem Boden. Eine Collage aus Luftströmung entstand. Es würde noch eine Weile dauern, bis der Piepmatz das Leben wieder aufnehmen konnte. In diesem Punkt ging es Mensch und Tier gleich: immer eine Pause bis zum nächsten Unglück.

Kater Merlin hatte ebenfalls einen üblen Tag hinter sich. Er bog in diesem Moment auf den Friedhofsweg ein. Das Kernproblem ›Heiligenschein‹ war dramatisch und ungelöst. Zweitproblem weißes Fell und blaue Augen desgleichen. Er verweilte noch in der Entwicklungsstufe des Nichtwahrhabenwollens. Merlin grummelte vor sich hin. *Ich will das nicht. Ich bin ein anständiger Streuner. Warum ich? So ein blöder Heiligenschein! Da laufen ja die schärfsten Weiber davon. Und was nützt mir das Ding? Nichts! Und dann dieses Fellweiß! Bei den Mädels hübsch. Aber ein echter Kater trägt doch kein Muschiweiß.* Merlin lief an einem auf dem Boden liegenden Vogel vorbei. Keine Sardine, kein Thunfisch, somit nichts zu Futtern. Das Alarmsystem des Vogels sah das anders. Katze – Hunger – Tod. Er tat einen letzten Tschülper und schloss die Augen.

»Ich-will-ein-lieber-Kater-sein!«, grummelte Merlin das Merlinmantra und blieb direkt vor einer grünen Statue stehen, die aussah wie Gottes Sohn. Nur etwas jünger und etwas schlanker, aber vom Kern her schon ähnlich. Hier war er richtig. Merlin wurzelte an. Der grüne Gottsohn hielt seine Hände über ein Grab. Wieso war die Statue grün? Gottsohn war nicht grün. Mehr menschfarben und er hatte auch kein Gesicht voller Taubendreck. So kamen Tauben ganz bestimmt nicht ins Paradies. Aber dafür trugen sie auch keinen Heiligenschein und hatten freie Fahrt bei den Weibern. Vielleicht sollte er auch …? Nein, das klappte bestimmt nur bei Tauben und nicht bei Katern, die höher in der Rangordnung der Evolution standen. Wer dumm war, durfte auch scheißen. Tauben waren eben dumm. Kater nicht, die wurden für alles verantwortlich gemacht. Merlin stand ratlos da. Wohin hatte ihn die Ehre des Heiligenscheins nur gebracht? Er fühlte ein Kreisen aller Gemütsbewegungen und bekam waidwunde Augen. Dazu gesellte sich ein zerknautschtes Gesicht mitsamt einem gesenkten Kopf. Mehr Demut ging nicht.

»Ich will das Ding auf meinem Kopf nicht mehr haben. Hörst du mich, Gottsohn? Bitte!« Er beblickte das vollgeschissene Gesicht. *»Er ist zu weiß und zu hell. Damit schaut mich keine Kätzin mehr an.«* In den Worten lag ehrliche Traurigkeit. Gefühlte Ohnmacht. Was sollte er auf Erden ohne ein kuscheliges Weibchen? Ohne Liebe. Ohne Verlangen. Einsam. Geschlagen vom Schicksal des gleißenden Weißes? *»Liebe ist doch göttlich«*, jaulte Merlin. *»Warum muss ich heilig sein, aber ohne Liebe? Nie wieder ein süßes Versprechen in den Augen einer Kätzin sehen? Nie wieder?«* Jetzt war er so weit. Er heulte. Tiefe Gefühle von Trauer und Einsamkeit erfassten ihn und gruben sich in jede Zelle. *»Das Ding ist zu weiß und zu hell. Es erschreckt doch jede!«*, schniefte er.

Die grüne Statue sah scheinbar unbeeindruckt auf den weinenden Kater. Was sollte sie auch sonst tun? Doch die Lage änderte sich. Nicht Merlins, sondern die des Grünlings. Die Hände begannen zu beben. Merlin schaute empor. Was bedeutete das? Er sah die Hände. Sah ein Beben und Zittern. Zischen. Gruseliges Zischen. Er ging zwei Schritte rückwärts. Die Hände verformten und senkten sich nieder. Jetzt war der Punkt erreicht, an dem ein vernünftiger Kater über das Feld rasen sollte, ohne einen Blick zurück. Merlin tat etwas anderes, er ließ die Ohren fallen. Das hatte ihm gerade noch gefehlt. Ein unheimliches Wunder. Die

Hände sendeten ein Licht. Merlins Barthaare elektrisierten. Wunscherfüllung war kein Kindergeburtstag. Vielleicht hätte ihm jemand sagen sollen, dass es durchaus leichter sein konnte, sich Wünsche zu verkneifen, als alle anderen auch noch zu befriedigen, die aus dem Wunsch entsprangen. Außerdem fehlte der Hinweis, dass Wünsche immer korrekt ausformuliert, überprüft und erst dann kundgetan werden sollten. Zu hell und zu weiß – das waren die Worte gewesen. Es zischte lauter, bis zu einem Knall. Merlin fuhr zusammen. Von irgendwoher ertönte ein Glöckchen. Die Hände zogen sich zurück und hinterließen ein Wunder. Mattweiß. Merlin sah sich um, entdeckte das gedimmte Licht seines Heiligenscheins und schrie.

»Das ist doch jetzt nicht alles? Mattweiß? Ich-will-ein-lieber-Kater-sein! Ich-will-ein-lieber-Kater-sein!«, schob er nach. Es wirkte nicht. *»Kein Licht. Keinen Heiligenschein. Nie nicht. Nicht nur einen, der weniger hell ist. Bitte Gott-Sohn-Hände mach das weg, und zwar ganz«*, heulte Merlin. Aber Gott-Sohn-Hände rührten sich nicht. Feierabend für Wunder. Merlins Klageheulen wurde lauter. Die Bäume rauschten. Der Nieselregen nieselte. Dazu passte, dass viele Wesen den Frühlingstag mit Heulen und Beten beendeten.

***

Ein kleiner Mann mit Locken huschte über den Friedhof. Abendstimmung. Wind kam auf und ein Kater heulte. *»Graben«*, raunten Malos Hirnwindungen und er fühlte die nahende Todeserklärung von Ehefrau Bernadette. Nicht SIE ist das Opfer. Nein, ER war Opfer. *»Sie Armer, wo ist denn nur ihre Frau? Mir nichts, dir nichts verschwunden und lässt so einen netten Mann allein zu Hause zurück. Was für ein Elend. Geht es Ihnen auch gut?«* Er hörte schon die verstaubte Nachbarin und das fühlte sich diesmal sogar schön an. Malo Ducs Augen suchten ein kürzlich aufgeschaufeltes Grab. Je frischer die Erde, desto größer der Erfolg. *»Graben«*, forderte das Hirn ultimativ. »Ja, ja«, beschwichtigte Malo und spähte eifrig nach einem Neugrab. Dann fand er eines. Am Ende des Gangs. Frisch aufgehäufelt. Ein paar Blumen lagen darauf. Schleifen und Bänder. Dazu ein provisorisches Holzkreuz. Bald würde das Grab mit einer Steinplatte bedeckt werden, aber noch lag es frei. Er strahlte. Grab, Erde, Socke, Fluss, Witwer, Poppen für den Nachwuchs. So schnell die Beine ihn trugen, erreichte er die Ruhestätte. Er kniete sich auf den Boden. Zog die Socke aus der Jackentasche und presste durchnässte Erde hinein. Der Wind heulte. Dazu, von weit her, das Klageflennen eines Streuners. Es fehlten nur noch Blitz, Donner und eine eisige Hand, die aus dem Grab den letzten Gruß des Todes krampfte. Doch das Topping fehlte. Dafür war die Tennissocke voluminös geworden, die Erde schwer und das Grab der Großmutter der örtlichen Friseurmeisterin würde künftig etwas weniger Erde enthalten. Malo riss die Tennissocke in die Höhe und bewunderte die pralle Füllung. Was konnte es Schöneres auf Erden geben als eine volle Socke? Allerdings war die Socke nicht nur voll, sondern auch mit Leben gefüllt. Ein Wurm. Der Wurm – Lumbricidae, aus dem Stamm der Ringelwürmer. Malo zog die Schultern zusammen, langsam wurde es ungemütlich. Der Wind bekam nächtliche Frische. Er erhob sich. Die dunklen Flecken an den Hosenbeinen störten ihn nicht, stattdessen griente er in sich hinein. Nur noch schnell zum Fluss. Dann kurz nach Hause zur Überprüfung der Verpuffung und zum Umziehen. Danach mit Juste ins Bordell, Madeleine bewundern. War das Leben nicht paradiesischen Ursprungs? Ein Glückstiegel für Sieger. Ein Freudenpfuhl für Männer. Mit weit ausholenden Schritten verließ das Glückskind den Friedhof. Eine Nachteule schrie als Untermalung und der Wurm in der Socke verfluchte den Tag. Erst ein Maulwurf, dann ein Todesvogel und nun ein Sockengestörter. Gab es dafür Trost? Jein. Das größte Glück und das schlimmste Unglück bedeuteten nur kleine Abweichungen vom Gewöhnlichen und manchmal verunfallten sie zeitgleich.

***

Merde. Merde. Merde. Ist es nicht deutlich genug, wenn man sagt, dass der Heiligenschein alle Kätzinnen verscheucht, weil das Licht zu hell leuchtet? Wer kommt denn da auf die Idee, es nur zu dimmen? Man macht es aus! Sind denn alle bekloppt geworden? Merlins Nase war bereits rotzverhangen. Die Augen rotgerändert. Trotzdem haderte er weiter. *Wieso habe immer ich Probleme mit Göttern? Erst mit Isis, dann mit dem Menschengott. Und jetzt sogar mit den Händen seines Sohns. Warum versteht mich keiner? Vielleicht sind sie alle nur zu blöd, um zu verstehen. Merde. Merde. Merde.* Der Wind zog um die Grabsteine und pfiff munter ein Lied über Tod und Verderben. *Ich-will-ein-lieber-Kater-sein. Ohne Heiligenschein.* Keine Reaktion war auch eine Reaktion. Auf dem Flecken der Toten wurde die Einsamkeit fühlbar. *Ich-will-ein-lieber-Kater-sein. Das Ding muss weg. Bitte. Bitte. Bitte.* Merlin hatte damit soeben Fehler ersten und zweiten Grades begangen. Erstens bat niemand um den Verlust des Heiligenscheins und zweitens verlor man ihn nicht, weil man ein lieber Kater sein wollte. Immerhin näherte er sich, ohne es zu wissen, gedanklich der Weisheitskunst: Wer einen Fehler machte und ihn nicht korrigierte, beging einen zweiten. *Warum soll ich überhaupt ein lieber Kater sein? Was habe ich davon?*, fragte er die Welt und kam damit der Lösung sehr nah. Ein Raunen ging über den Friedhof. Magische Lüfte. Seltsame Düfte. Das Grün der Trichterwinde raschelte. Bilsenkräuter beugten sich und die Alraune schob sich empor. *Hört, hört,* wisperten die Hexenschwestern. *Er denkt! Hochmut, Missgunst, Faulheit, Habgier, Wollust, Zorn, Völlerei – gleich wird er darauf kommen.* Gerade noch ein weißes Katerchen mit Depressionen, streckte Merlin die Brust heraus. Er schaute in die Augen des grünen Mannes. Was hatte der Menschengott ihm beigebracht? Was mochte er nicht? Was war nicht lieb? *Mein Gott, gleich hat er es!* Bilsenkraut, Alraune und Trichterwinde schärften die Sinne. Beltane, die Feuernacht, nahte. Es pulsierte schon in ihren Äderchen. Der Reigen, den die Wicca-Anhängerinnen tanzten, doch es war noch zu früh. Mondlicht fehlte und Beltane kam erst in einigen Tagen. *ER hat gesagt, dass es ihm nicht gefällt, wenn man hochmütig, neidisch, faul, habgierig, wollüstig, zornig und verfuttert ist. Todsünden.* Sieben Todsünden. Merlin konnte sich noch genau daran erinnern, dass er ihm danach über das Fell gestrichen hatte. Er hatte Liebe gefühlt, sie machte die Seele satt, aber er nahm auch die Warnung wahr. Sie war eindeutig. *Heilige sind keine Sünder und Sünder keine Heiligen,* dachte er und zerlegte den Satz. Der schwarze Kern der Nacht rollte über den Friedhof. Das, was die Natur geduldig geschaffen hatte, ging in den Ruhezustand über. Es wurde völlig still. Selbst die Bäume rauschten nicht mehr, der Nieselregen hielt ein. Die Hexenschwestern schwiegen in Ehrfurcht vor der anstehenden Entscheidung. Sie sollte wegweisend sein. Merlins Nachtaugen schimmerten. Er musste sündigen, für ein sündiges

Leben. War das richtig oder falsch? Merlin wandte sich von dem grünen Mann ab. *Es wird schwierig werden*, signalisierten seine Instinkte. *Richtig bedeutete ein Leben nach dem Tod und ein Himmel voller Liebe. Aber falsch löschte das Licht aus, bewirkte irren Spaß mit den schärfsten Kätzinnen der ganzen Stadt und dem Kreis – und zwar sofort.*

***

Der Regenwurm, ein niederes Tierchen ohne weitere Bedeutung. Es regnet. Er ist da. Das ist alles. Entweder ignorieren Menschen ihn oder sie finden in eklig. In jedem Fall gehen sie achtlos an ihm vorbei, bestenfalls hüpfen sie über ihn hinweg. Dass er den schönen Namen Lumbricidae, aus dem Stamm der Ringelwürmer, trägt, ist kaum bekannt. Der Kriecher gab gutes Vogelfutter ab. Mehr nicht. Jeder Regenwurm würde an dieser Stelle protestieren. Am liebsten ein Plakat herausholen mit der Aufschrift: ›Wir sind mehr‹ und mit dem schrillen Ton einer Trillerpfeife den geistig Armen Weisheit einflößen. Die Erde belüften, Laub kompostieren und Nährstoffe mit den eigenen Ausscheidungen in den Humus einbringen bedeutete absolute Schwerstarbeit; und das alles für den Lohn der Abwertung. Dabei war ein besserer Arbeiter im Erdreich kaum zu finden. Auch Malos Wurm unterlag momentan der Nichtachtung. Er und die fliegende Socke der Gattin Bernadette samt Graberde sausten im hohen Bogen auf das gurgelnde Wasser des Bachs zu. Alles für die Verpuffung. Der Regenwurm, der normalerweise ein reger Wurm war, hielt mit der bohrenden Tätigkeit im Sockenerdreich an, stach sich hoch und bewertete die Lage. Die Lichtrezeptoren meldeten: Dunkelheit und Wald. Die Druckrezeptoren vermeldeten: lautes Wasser. Das Gurgeln kam näher. Die höchste Form der Missachtung war nicht, nur missachtet zu werden wie üblich, sondern einem Tötungsversuch anheimzufallen. *Sacrément malade*, schrie das kleine Würmchen innerlich und treffender hätte man es auch nicht ausdrücken können.

***

Arnaud gähnte. Die Nacht zauberte dem Ort ein anderes Antlitz. Lichter. Dunkle Gassen und Ruhe. Nach diesem anstrengenden Tag würden die Stadtbewohner nach und nach ihr Schlafzimmer aufsuchen und in den wohlverdienten Schlummer sinken. Ganz im Gegensatz dazu Malo: Er hatte den Kragen seiner Jacke hochgeschlagen und schlich auf die Seitengasse der Kirche zu. Leicht geduckt, mit einer großen Tasche in der Hand, näherte er sich dem konspirativen Treffen. Codename: *Bordell.* Es war zehn Minuten nach einundzwanzig Uhr. Malo erreichte die Gasse, allerdings nicht, ohne vorher Blicke nach rechts und links schweifen zu lassen. Juste Simon konnte er noch nicht sehen, nur Teile seines Schattens, der hatte ein diskretes Eckchen zum Warten gewählt. Polizei im Anmarsch? Gendarm oder der Gendarmengrünschnabel Arque? Nein. Niemand. Es war auch keine bordellhassende Redakteurin des Greneller Morgenblatts zu sehen oder der Abbé. Die Luft war rein. Der Kirchplatz leer.

»Malo, du kommst zehn Minuten zu spät!« Juste konnte Verspätungen überhaupt nicht vertragen. Entsprechend der Tonfall. Malo schwieg. Er stellte die Reisetasche auf den Boden, schaute Juste an und Juste schaute zurück. »Malo! Du hast ein blaues Auge! Deine Hose ist fleckig. Und wieso hast du eine Tasche bei dir?«

Malo senkte den Blick. Zehn Minuten zu spät und vom Leben klein gemacht – das machte sprachlos. »War das Bernadette? Sie hat dir doch schon einmal ein Veilchen geschlagen und eine Reisetasche hinterhergeworfen.« Malo schwieg beharrlich weiter. »Also, wie kann man nur. Gleichberechtigung von Mann und Frau hört auf …«

Juste hielt ein. Der innere Tyrann des Buchhalters horchte auf und meldete sich flugs:

Potzblitz … Da bin ich ja mal gespannt, wie der Satz endet, mein spröder Geselle. Am Ende bist du gar nicht so trocken, wie es den Anschein hat. Auf, auf, zur neuen Bissigkeit.

»Schweig!«

Malo guckte deppert drein.

»Ich sag' doch gar nichts.«

»Nicht du!« Malo sah sich um.

»Wer dann?«

»Also … das … das ist ja … sei jetzt nicht spitzfindig!«

»Da redet man nicht, hat ein schmerzendes Auge und dann ist man auch noch spitzfindig.«

»So. Jetzt hast du es. Ich habe vergessen, was ich sagen wollte.«

»Schade«, maulte Malo.

In der Tat. Wirklich schade, mein buchhalterischer Freund, stimmte der Tyrann ein. *Es hätte lustig werden können.* Juste Simon pustete und nahm noch einmal den Kampf um die richtigen Worte auf.

»Grundsätzlich hat Bernadette, genauso wie ein Mann …«

»Ja?«

Jaaa??

»Ach, was rede ich da, das will ich eigentlich nicht sagen.« Dunkles Schweigen legte sich über das Trio. »Auf jeden Fall ist es viel peinlicher, wenn ein Mann von einer Frau geschlagen wird.«

Malo stutzte.

»Peinlich?«

»Ja, aber ich will das jetzt nicht erörtern. Wir setzen da an, wo du versuchen solltest, nicht peinlich zu sein. Ich meine, wenn Bernadette es kann, kannst du es doch auch? Was ich dir vermitteln möchte, ist: Auge um Auge, Zahn um Zahn, Hand für Hand, Fuß für Fuß, Brandmal für Brandmal, Wunde für Wunde, Strieme für Strieme.«

Der Blick des kleinen Stadtangestellten drang tief in Justes Augen ein und suchte nach dem Fehler.

»So viel Gewalt? Das soll ich alles mit Bernadette machen? So was. Also, dazu bin ich nicht bereit. Schon die Verpuffung war schwierig und hat nicht funktioniert. Was soll ich denn mit ihren Zähnen anstellen?«

»Meine Güte, du sollst nichts mit ihren Zähnen machen.«

»Sind denn die Füße besser?«

»Herrje! Ich meine Notwehr. Du musst dich wehren. Kein Mensch darf einem anderen Menschen Gewalt antun.«

»Notwehr?«

»Ja!«

»Warum sagst du es denn nicht gleich? Notwehr geht nicht. Es ist doch so, dass bei Notwehr zuerst geschlagen wird und dann darf ich zurückschlagen. Und man darf dabei sogar Freude haben. Das stimmt doch, Juste? Dann verhalte ich mich richtig. Nicht wahr? Wenn es anders ist, so wäre es keine Notwehr und das wäre schlecht. Ich meine, wenn ich als Erster schlage, habe ich kein Recht und keine Freude mehr.« Pause. »Juste, dann geht das mit der Notwehr nicht mehr. Ich habe Bernadette zuerst umgeworfen und verletzt, als ich ihre Socke griff. Dann schlug sie mich, ein paar Stunden später. Das war ein Unglück. Es hat mit der Verpuffung einfach nicht geklappt. Oder meinst du, weil viel Zeit dazwischen lag, kann ich trotzdem noch mal zuschlagen? Und Spaß haben?«

Mein liebes Stadtbuchhalterlein, gib es einfach zu. Er ist ein Verlorener. Ein ewig Entrückter, der weder in diese Zeit passt noch in diesen Raum. Die Dummnuss hat kein Wort verstanden. Er riecht die Verdammnis noch nicht einmal, wenn sie direkt vor seiner Nase Polka tanzt. Für den Fall, dass du diesen Blindgänger in Schutz nehmen willst und deine grenzenlose Zuversicht ihm Sonderrechte einräumt, denke dran: Optimismus und Hilfestellung sind zwei kümmerliche Gänseblümchen auf einem vollgekackten Feld. Es lohnt sich nicht, sie in Gefahr zu bringen für einen weiteren Haufen Scheiße. Denk mal drüber nach, mein Lieber!

»Juste, was ich noch fragen wollte, darf ich die nächsten Tage in Blanches Wohnung schlafen?«

***

Juste Simon hatte Malo seufzend Blanches Wohnung für eine Weile zugesagt. Etwas Theatralik, eine Prise Sich-Winden und ein erhobener Zeigefinger mit dem Ratschlag, dass er auf zivilisierte Art und Weise seine Angelegenheiten endlich in Ordnung bringen müsse, untermalten den Akt der Barmherzigkeit. Er zog das Schlüsselbund heraus, drehte den Haustürschlüssel ab und reichte ihn Malo. Der Stadtbuchhalter hatte es leicht, er wusste, dass Blanche nichts dagegen haben würde, wenn Malo in ihrer alten Wohnung nächtigen würde. Sie war es gewöhnt, dass das Enfant terrible mitsamt einer Reisetasche von Bernadette hinausgeworfen wurde und anschließend irgendwo um Asyl bat. Außerdem hatte sie ein goldenes Herz.

Für die beiden Gestalten drängte die Zeit. Im Schutz der Dunkelheit gingen sie los. Nicht quer über den Marktplatz, sondern seitlich, den Laternen ausweichend. Zu beobachten war die ganze Szene dennoch. Nicht alles blieb versteckt. Ein Hürdenlauf von Menschen, die etwas zu verbergen hatten. Zeugen würde auffallen, dass Person eins eine Tasche trug, klein und untersetzt aussah und dass Person zwei hager und gut gekleidet war. Beide bewegten sich schnell. Keiner humpelte. Beamtentum, Intelligenz und Erfindungsreichtum hatten Juste Simons Handicap reduziert. Treu nach dem Motto: Ein guter Feierabendhandwerker weiß, wie ein gestauchter Zeh zu reparieren ist. Panzertape. Das silberne Band zweimal fest um den Fuß geklebt und schon wurde der Schmerz erträglich. Juste wusste zwar nicht, ob er das Klebeband jemals wieder vom Fuß entfernen können würde, doch das war ihm jetzt egal. Madame Lazar hatte ihn einbestellt, und was auch immer sie wollte, es würde auf Krieg oder Verderben hinauslaufen. Das Ganze roch nicht nach einem entspannten Kaffee zu zweit oder einem Tête-à-Tête. Er musste fit sein für den Krieg. Für die Wehrhaftigkeit und notfalls für einen Sprint. *Si vis pacem, para bellum!* – Wer Frieden will, rüste zum Krieg.

Das Bordell war schnell erreicht. Verschwörerisches Türklopfen. Einlass. Das Hurenhaus verschluckte die beiden Männer. Stille auf dem Marktplatz. Die Laternen leuchteten unschuldig.

»Wo ist Madeleine?«, fragte Malo die rothaarige Löwin, die ihn mit riesigen Brüsten in engem Leo-Oberteil zu allem einlud, was nicht in Schulfibeln gelehrt wird. Die beiden Männer saßen auf dem Sofa.

»Madeleine ist beschäftigt. Kann ich dir vielleicht helfen, Chérie?« Dabei lüpfte sie die Brüste und leckte über die Lippen. Fahrplanmäßig brunftete sie: »Ich mag Kerle mit einem Veilchen. Es wirkt so überaus männlich.« Malo fühlte Hitze aufsteigen. Sie streichelte ohne Ziel über das Leomuster. Er schubberte mit dem Daumen auf dem Diwan herum. Die Löwin, die zur Abendbesetzung gehörte, lauerte.

»Juste«, fragte Malo nuschelnd, »kann sie mir helfen?«

»Nein.« Trockener und kürzer hätte die Antwort nicht ausfallen können. Staubig. Gefriergetrocknet. Auf dem Nullpunkt.

»Chérie, du willst doch nicht, dass ich traurig bin?« Die Rote hatte sich auf die Armlehne des Diwans gesetzt und streichelte sanft über die Kringellocken ihrer Beute.

»Juste, will ich, dass sie traurig ist?«

»Ja.«

Die Rothaarige verdrehte die Augen.

»Das willst du doch nicht wirklich?«, schnurrte sie und legte ihren Kopf in seinen Nacken. Auf der einen Seite Bernadettes Bissspur, an der anderen eine lüsterne Löwin. Abschmatzen setzte ein. Malo kiekste und mit zittriger Stimme in unmoduliertem Falsett fragte er den anderen Diwansitzer:

»Juste, will ich das wirklich?«

»Ja.«

»Ich will das!«, sagte Malo und entzog sich der alles verschlingenden Löwin, indem er an Juste heranrobbte. Die beiden Männer saßen jetzt Schenkel an Schenkel. Der Stadtbuchhalter nahm es nicht weiter wahr. Er sinnierte, wie er aus dem bevorstehenden Kampf heil herauskommen könnte. Aus sicherer Distanz sah Malo die Rote an. Er lächelte. Verzagt und unsicher. Auch sie lächelte, aber nicht verzagt und unsicher. Daraufhin geriet Malos Lächeln noch verzagter und unsicherer. »Ju-hü-ste!?«, seine Stimme brach fast. Die Löwin rutschte von der Armlehne auf die Sitzfläche des Diwans. »Oje. Ju-ste!« Die Rote verringerte den Abstand. Malos Adamsapfel tänzelte.

»Ich mache alles für dich, was du willst. Auch, wenn es mich viel kostet und mich niederzwingt. Oder wenn du beherrscht werden willst, um im Lustfeuer zu lodern, und mein animalisches Wesen dich verschlingt.« Mit einem Satz saß Malo auf Justes Schoß. Er umklammerte ihn. Loslassen – niemals. Der Stadtbuchhalter, mitten aus den Überlegungen gerissen, sah nichts mehr außer Malo.

»Malo! Herrje! Was soll das?« Dieser krallte sich fest. Keinesfalls wollte er verschlungen werden. Auch nicht in einem Lustfeuer lodern. Juste bekam kaum noch Luft. Der Klammeraffe auf dem Schoß zerdrückte ihm die Nase.

»Lass los!«, näselte er.

»Nein!«, winselte Malo.

Die Zwischentür öffnete sich. Die Seitenteile rollten über den Boden. Das Geräusch kannte der Buchhalter, und obwohl es Ungemach bringen würde, begrüßte er es in diesem Moment. Gleich würde er wieder atmen können und seine Nase stünde nicht mehr kurz vor dem Brechen. Fatal nur, dass er das eine Unglück gegen das andere tauschte. Immerhin ließ Madame Lazar körperliche Gewalt aus, sie arbeitete subtiler. Die Dame konnte ein Genick brechen, ohne es je berührt zu haben. Klatschen.

Zwei Hände forderten Contenance ein. Das Geräusch führte dazu, dass Malos Griff sich lockerte.

»Monsieur Duc, Madeleine hat gleich Zeit für Sie und Sunny geht. Sie wird einen anderen Kunden glücklich machen. Sie brauchen keine Angst mehr zu haben.« Eine Stimme getaucht in Schmelz und voller Einfühlungsvermögen flatterte durch den Raum. Malo ließ los. Endlich. Der Buchhalter zog wieder Luft ein. Madame Lazar stand im Türrahmen. Die Herrin des Hauses trug ein cremeweißes, bodenlanges Seidenkleid mit sinnlich tiefem Ausschnitt. Seitlich ein Gehschlitz, der kaum höher hätte enden dürfen. Keine Perlen oder Steinchen zierten das Etwas. Eine schlichte und zarte Linienführung, die den Körper mit Seide übergoss, präsentierte die Trägerin als Wissende. Kein Gramm zu viel durfte Frau für dieses Kleid anhaften und auch kein Funken Rücksichtnahme. Es brachte Männer zum Keuchen und Frauen zum Fluchen. Für diese Nacht genau das Richtige. Justes Atem, eben noch als wichtig empfunden, stockte.

Hallöchen, was steht denn da für eine brandheiße Nummer! Mehr sagte der innere Tyrann nicht. Offensichtlich fehlte auch ihm der Odem. Juste Simon versuchte, mit der Atmung fortzufahren. Ein schweres Unterfangen, dabei den Rhythmus einzuhalten.

Einatmen. Ausatmen. Einatmen. Ich weiß, Hohlnuss, das ist schwer. Bei dem Schnittchen. Wie wäre es, wenn du es auf ihr übst?

Das war nun keinesfalls hilfreich. Der Stadtbuchhalter lenkte sich ab und suchte fieberhaft nach seinen persönlichen Kernkompetenzen: vertrauenswürdig, verantwortungsbewusst und zuverlässig. Leider fehlten heroisch, lebensmüde und leichtfüßig.

»Monsieur Simon, darf ich bitten«, sagte die Seidenträgerin und inkludierte damit die Aufforderung, ins Zimmer zu treten. Monsieur Simon. Das war ER. Justes Knie zitterten. Er hoffte, beim Aufstehen nicht zusammenzubrechen. In Verantwortung vor Gott, dem beamtischen Berufsstand und der Verfassung der fünften Französischen Republik befahl er seinen Knien, nicht zu zittern. Die Gelenke waren zwar kaum in Gänze zu überzeugen, aber es reichte, um nicht bemerkt zu werden.

»Madame Lazar«, Juste nickte ihr zu und verschloss das Sakko. Richtete es. Räusperte sich. Alles in allem sah das Prozedere würdig und sogar ein Fünkchen beherrscht aus. Was Fassade so alles vermochte. Als er an der Schönheit vorbeischritt, frage er sich, ob sie wohl Unsicherheit und Angst riechen konnte. Einen Profi sollte niemand unterschätzen. Als sie ihn anlächelte, sanft und genickbrechend, wusste er, dass sie es konnte. Ihm wäre lieber gewesen, wenn er sich diese Frage nicht gestellt hätte. Wo blieb die Angst, wenn keiner an sie dachte?

Der Reinraum, den er betrat, sah aus wie immer – rein. Das weiße Ledersofa, der untätig schlummernde Kamin, das Bild mit der nackten Frau, die immer noch vergeblich auf ihren Liebsten wartete. Kein Tisch. Wie eh und je. Auf dem Marmorfußboden stand eine Vase mit roten Tulpen. Ein Fauxpas im weißen Reinraum. Was hatte das zu bedeuten?

»Schön, nicht wahr? Ein Frühlingsgruß.« Juste nickte. Konnte sie Gedanken lesen? Die Tulpen waren rot. Blutrot. »Monsieur Simon«, fuhr sie in gemessenem Tonfall fort und unterbrach sich. Das Zaudern vor dem nächsten Satz hatte etwas Inszeniertes. Der Stadtbuchhalter spürte, gleich kommt es. Egal was.

Na, Zimperliese, warum fragst du sie nicht, was sie will? Dem anderen das Zepter zu überlassen bedeutet, es ihm nicht mehr überbraten zu können.

Madame Lazar sah ihn nur an. Er sah zurück und bekam das Gefühl, dass ihr eindringlicher Blick bis in die Tiefe seiner Seele hinabstieg, dort sämtliche Unzulänglichkeiten unter die Lupe nahm und ihn für alle Fehler zu strafen gedachte. Im Einklang mit dem Eisblick stand die strenge Frisur, die ihn an eine Balletttänzerin erinnerte. Nussbraune Haare mit einem Knoten am Hinterkopf fixiert. Dazu rote Lippen, die keinerlei Emotion zeigten. Das Bündel ihrer Waffen war eng geschnürt. Wann würde sie sich erklären? Was wollte sie? Die Qual des Hinauszögerns von Unausweichlichem glich dem Verlangsamen des sexuellen Höhepunktes. Hart, peinigend und schwer zu ertragen. Die Nussbraune kostete das Vergnügen aus. Indigene Völker bemalten ihren Körper und stießen spitze Schreie aus. Alles nur, um im Vorfeld den Gegner einzuschüchtern. Krassroter Lippenstift, Schweigen und ein Eisblick wirkten weitaus effizienter. Wenn das so weiter ginge, würde er schneller einen Totalverlust erleiden, als ihm lieb war, und er war gewiss kein enthemmter Fan des eigenen Verderbens.

»Was kann ich für Sie tun, Madame Lazar?« Die Stille war gebrochen. Juste ergriff das Zepter. Die Nussbraune neigte den Kopf.

Gut so! Jetzt hast du ihr es echt gegeben. Voran, mein feiger Freund. Reicht es aus noch für ein: Leg dich hin, ich zahle gut?

Hatte er das tatsächlich gesagt? Was kann ich für Sie tun, Madame Lazar. Sogar mit gefestigter Stimme? Einen derart sensationellen Satz geprägt? Juste schickte eine Liebesbotschaft an seinen rechten Temporallappen. Madame Lazar nahm den Vorstoß gelassen. Sie begann, ihn zu umrunden. Ihre Absätze klackten auf dem Marmorfußboden. Distanz: Tuchfühlung. Dabei umwehte Juste Simon ein warm-erotischer Duft, verletzlich und drängend zugleich. Beides verstörend, die Nähe wie auch das Bouquet. Er kannte *Chanel* an ihr. Von einem Schleier aus Patchouli überworfen, fragte er sich, warum sie das Parfum gewechselt hatte und doch Chanel treu geblieben war. Er kannte diesen Atem der Hingebung. Marguerite, seine Ex-Frau, trug ihn einst, als er sie noch liebte und sie ihn ebenfalls. Am liebsten wäre er in den Duft eingesunken. Reminiszenzen durchströmten ihn. Erinnerungsfetzen an Vertrautheit und an die Dunkelheit der Nächte, in denen er in diesen Duft eintauchen durfte. Vorbei. Ein für alle Mal vorbei. Jetzt lebte er ein anderes Leben. Eines, das wundervoll nach Blanche roch. Nach Bindung und Liebe. Trotzdem wirkten die Duftmoleküle in ihm nach. Düfte sind mehr als das, was sie sind. Einige bilden den Rahmen der Vergangenheit. Juste Simon entzog sich langsam der Vorwelt. In ihm kroch die Frage hoch, ob das Parfum eine unglückliche Fügung war oder eiskalte Absicht. Langsam, aber sicher entwickelte er eine handfeste Paranoia. Wusste Madame Lazar etwa von Marguerites Parfum? Gehörte auch das zur Kriegstaktik? Nein. Zufall, nichts als Zufall, beruhigte er sich. Die Aromen des Parfums lagen schwer auf ihm. Haut, Haare, alles wurde nach und nach von Patchouli durchtränkt. Seine Gegenwehr litt. Wer so duftete, sollte bekommen, was er sich wünschte.

»Monsieur Simon, ich habe ein Baby.« Die Nussbraune blieb stehen. Das Klacken der Absätze verhallte. Für einen Augenblick schien der Reinraum erstarrt. Der verwirrte Blick des Buchhalters suchte zusammen mit seinem Verstand nach der Sinnhaftigkeit des Satzes. Unwillkürlich schaute Juste auf ihren Bauch. So viel stand fest, dort konnte sie nichts versteckt haben.

»Nicht meines«, sagte sie mit erhobener Augenbraue und Juste rätselte an der Denksportaufgabe.

Hohlnuss, aufwachen! Das Herzchen will gefragt werden. Wessen Kind? Woher stammt es? Wieso ist es hier, in einem Bordell? Kommunikation lernt ein jeder, nur durch reden. Versuchs doch mal, kann nicht schaden.

»Wem gehört das Kind?«

Saubere Landung. Respekt!

»Monsieur Simon, genau das ist mein Problem. Ich freue mich, dass Sie es sofort erfasst haben.«

Gehe ihr nicht auf dem Leim. Sie meint es nicht so. Frage jetzt keinesfalls: Wie kann ich Ihnen weiterhelfen?

Zur Abwechslung waren Juste und der innere Tyrann sich einig. Wenn er jetzt das Falsche fragte, könnten Weichen zu irgendeinem Ort gestellt werden, der mit Finsternis und Elend geschlagen war. Der Rat des inneren Tyrannen gerann zu einem Konzentrat und Juste brachte ein ›Mhhm‹ heraus. Die Nussbraune lächelte.

»Sie fragen sich jetzt bestimmt, wie Sie mir helfen können?«

NEIN, das fragen wir uns nicht! Ist die irre? Sei vorsichtig! Der Todesstern kreist über uns. Bring uns sofort da raus, sonst sind wir am Arsch.

Justes Gesicht mutierte zu einer Totenmaske. Was jetzt, fragte er sich. Unabhängig vom inneren Refrain, der ihn peinigte. Der Versuch, den Problemlösungsmuskel für Eilanfragen zu aktivieren, scheiterte. Keine Quintessenz mit perfektem Ausweg vorhanden. Hatte er überhaupt noch eine Chance, heil herauszukommen? Egal, wie klein die Möglichkeit war, einen Versuch sollte es doch wert sein. Russisches Roulette um einen Sargnagel bot schließlich auch eine Chance.

»Madame Lazar, möglicherweise bin ich nicht der richtige Ansprechpartner.«

Möglicherweise? Wieso ›Möglicherweise‹? WIR sind ganz bestimmt nicht der richtige Ansprechpartner. Warum lässt du ihr einen Spalt offen? Nur, weil sie einen scharfen Spalt hat? Ich helfe gerne: NEIN! Wir wollten nicht mit irgendetwas zu tun haben. NEIN! Wir werden nicht helfen. JA! Wir wollen gehen. So wird ein Schuh draus!

Madame Lazar hatte sich das Opfer zum Verzehr zurechtgelegt.

»Aber, aber, Monsieur Simon, sie sind der Richtige. Sie stehen in meiner Schuld. Ich habe Ihnen geholfen, als sie die marode Kirche und den Kindergarten finanzieren wollten. Da der gerade Weg nicht funktionierte, habe ich Ihnen mit dem unrechten Weg geholfen. Ich habe weiteres Verhalten von Ihnen gesehen und geschwiegen. Ein Beamter, der sich auf illegale Wetten einlässt, in einem Hurenhaus verkehrt und der ein Nebengeschäft mit Betrugscharakter unterhält – wie würden Sie so einen Stadtbuchhalter bezeichnen?« Die Nussbraune machte eine Kunstpause. Er schwieg. »Richtig, Monsieur Simon, so würde ich den Beamten auch bezeichnen. Und deswegen weiß ich auch, dass Sie sich jetzt fragen, wie Sie mir helfen können.«

Mist! Sie hat uns bei den Eiern.

Ungut. Die Sache verlief einfach ungut. Erpressung, das war die Königsklasse der Hurenmutter. Sie hatte es schon einmal vorgeführt und er war der Erpressung erlegen. Wie oft würde sie ihn noch unter Druck setzten? Die Antwort kannte er: Erpresser hören niemals auf. Juste fuhr mit der Hand über den Schnauzbart. Er hatte plötzlich unerklärlichen Durst. Die Nussbraune klatschte in die Hände. Die Nebentür öffnete sich lautlos. Eine Nackte mit schwarzer Spitzenmaske brachte ein Tablett. Die Maske – ein venezianisches Modell. Die Frau – ein Kätzchen ohne Fell. Die Grazie setzte das Tablett auf dem Fußboden ab und ging wieder. Er schaute ihr nach. Auch Buchhalter haben Reflexe. Der Champagner perlte vor sich hin und zog die Aufmerksamkeit auf sich. Juste schluckte. Es war unheimlich. Erspürte sie sogar Durst? Madame Lazar nahm ein Glas und reichte es ihm. Er stellte fest, dass ihm Wasser lieber gewesen wäre. Doch in der Not frisst der Teufel Fliegen und ein Buchhalter schlappert Champagner.

»Ich habe ein Bordell zu führen, Monsieur. Dies ist kein Kinderhort.« Sie ergriff das andere Glas. »Meine Ertragsperle hat vor der Sainte Catherine ein ausgesetztes Baby gefunden und es hierher mitgebracht. Es ist niedlich, aber unnütz. Bedauerlicherweise sehen meine Damen das anders. Sie wollen es behalten. Keinesfalls würden sie es der Polizei übergeben oder dem Sozialdienst. Nur der Mutter. Und Sie, Monsieur Simon, werden die Mutter des Knaben ausfindig machen. Das Kind mag vielleicht drei Wochen alt sein. Etwas mehr, etwas weniger. Es ist schmächtig. Eventuell eine Frühgeburt; und mit einer Stimme ausgestattet, die so durchdringend ist, dass sie meine Kunden irritiert. Für Sie zweifellos ein Leichtes, hier im Ort eine Mutter ohne Kind ausfindig zu machen.« Madame Lazar erhob das Glas und nippte daran. »Und für den Fall, dass Sie in Betracht ziehen, mir nicht behilflich zu sein, sei noch beiläufig erwähnt, dass meine Damen über Notizbücher verfügen. Interessant, nicht wahr? Sie können schreiben. Bücher mit Vorlieben, Namen und Spezialitäten. Was wäre, wenn ihr Name darin stehen würde und dieses zufällig der Gendarmerie in die Hände fiele? Oder Grenelles Radiosender mit seinen entzückenden Emanzen, die gegen sexuelle Ausbeutung kämpfen? Oder der Mutter des Verlegers unserer Stadtteilzeitung. Eine Witwe und aufrechte Frau im Kampf gegen jedwedes Fehlverhalten, insbesondere von Männern? Nun. Eine kleine Notlüge, gewiss. Was halten Sie von der Notiz *Monsieur Simon besitzt eine herbe, sadistische Ader*? Das wäre noch nicht einmal gänzlich gelogen. Ist es nicht sadistisch, einer schönen Frau in unverschuldeter Not die Hilfe zu versagen?«

Juste Simon blieb nichts anderes übrig, er stürzte den Champagner in einem Zug hinunter. Er war kein Sadist. Er war Katholik. Beim bloßen Gedanken an die Verleumdung bekam er Hautjucken. Bordell, Sadist, Gendarmerie, Emanzen – es juckte mächtig. Juste dachte an seine Blanche. Er wusste, er würde die Mutter suchen müssen. Trüffelschwein für eine Hure. Einerlei, ob der moralische Kompass verloren ging oder nicht. Diese Schlacht hatte er verloren. Seele und Körper schrien nach mehr vom perlenden Nass. Rein rechnerisch betrachtet war der Buchhalter sicher: In seinem Paralleluniversum war er nüchtern, glücklich und ein Sieger.

***

»Madeleine ist nicht gekommen«, war das Erste, was Juste hörte, als er die Tür zum Reinraum hinter sich schloss. Er taumelte mehr ins Zimmer, als dass er wie ein Kerl schritt. Malo saß auf dem Diwan und wiederholte gebetsmühlenartig seinen Schrecken. »Madeleine ist nicht gekommen.« Juste wankte auf den Diwan zu. Blieb davor stehen. Vom Grunde seines Bewusstseins stiegen Blubberblasen hoch, die rein gar nichts mit Champagner zu tun hatten: War es wirklich klug, einer Erpressung nachzugeben? Was war schon dabei, eine Mutter ausfindig zu machen? Oder den Vater? Madame Lazar hatte nicht über den Vater gesprochen. Warum sprach niemand in solchen Fällen vom Vater? Ab Geburt war ein Mann offensichtlich nur Beiwerk. Egal, wie es sich verhielt, vermutlich machte er sich schuldig gegenüber einer Mutter, die an einer Wochenbettdepression litt, und einem Vater, der sein Kind entführt sah. Rechtlich gesehen musste das Baby zunächst der Polizei oder dem Sozialdienst übergeben werden. Staatliche Stellen waren für die Obhut zuständig. Nicht er, eine Bordellmutter oder Huren. Sein Handeln wäre gesetzwidrig. Vielleicht wusste die Polizei sogar schon von dem Säugling und suchte nach ihm. Wenn Gendarm Mercier auf Kindersuche war, dann gute Nacht. Sein ehemaliger Schulkollege konnte zwei Dinge nicht ertragen: Frauenmisshandlungen und ein Delikt, gleich welcher Art, wenn es gegen Kinder ging. Als Gendarm arbeitete er da genauso pingelig wie ein Buchhalter bei Bilanzen. Die Gedanken des Buchhalters zogen weitere Kreise: Wann würde Madame Lazar wieder etwas von ihm fordern? Eine neue Erpressung. Würde es das nächste Mal schlimmer? Noch gesetzwidriger? Oder unchristlicher? Juste Simon wusste nicht, was ihm von alledem am meisten Schmerzen bereitete. Er dachte an eine Kreissäge, in die er fasste. Auch bei solch einem Drama hätte er nicht sagen können, welcher Zahn ihn am schlimmsten verletzt hätte. »Madeleine ist nicht gekommen.« Juste setzte sich. Er war blass. Seine Hände zitterten. Der Alkohol hatte den Durst nicht gelöscht, sondern potenziert.

Das ist lustig, Hohlnuss. Du hast mit dem Nüttchen Madeleine etwas gemeinsam: Ihr beide seid nicht gekommen.

Juste Simon barg das Gesicht in den Händen. Duft von Patchouli.

Da sind wir wieder – in einem Gebräu aus Schwierigkeiten. Musst du immer von einer Patsche in die nächste tappen?

Der innere Plapperer war die dunkle Seite des Mondes. Jeder Mensch hatte sie, doch seine konnte reden. Es war übel. Er wünschte sich, der Plapperer hätte wenigstens einen Notfall-Aus-Knopf.

»Madeleine ist nicht gekommen.« Niemand hatte hier einen Notfall-Aus-Knopf. Unendlich ärgerlich.

»Malo, kennst du eine Frau, die gerade ein Kind bekommen hat?«

Warum fragst du ihn? Der ist Matsch, du Birne!

»Madeleine ist nicht gekommen.«

»Malo!«

Das kringelbelockte Haupt drehte sich in Zeitlupe zu Juste.

»Ja?«

»Sei einfach still.«

***

Der Ruf nach Stille erfasste auch die Stadt Arnaud. Der Ort, in dem tagsüber die Lichter heller und weicher schienen als anderswo, überließ sich den magischen Stunden der Dunkelheit. Sie ging schlafen. Nachtschwärmer flanierten nach Hause, Bars schlossen, Lampen verlöschten und selbst Tiere und Pflanzen beschlich Schlummer. Der Atem der Stadt aus Lavendel, Meer und Frühlingsluft wirkte gedämpft. Jede Bewegung würde ihn gleichwohl wieder zum Atmen bringen, doch die volle Agilität des Aromas, süß und herb zugleich, blieb dem Tage vorbehalten. Lediglich eine nachtaktive Brunette nahm die Dunkelheit zum Anlass, ihre Blüten zu öffnen. Die Natur ließ sich nicht lumpen, auch des Nachts entstiegen Königinnen dem Reich der Flora. Die Lilienblüte, deren Vergnügen darin bestand, nur einen einzigen Tag lang die Welt zu erfreuen, trug die Farbe Rot; ins Bräunliche spielend. Getrocknetes Blut in Kelchform. Die Brunette streckte sich und vergoss ihr Bouquet in üppiger Fülle. Die verwilderte Pflanze war nicht allein. Unter ihrem Kleid, auf lehmigem Boden, lag eine ehemals weiße Tennissocke. Nass, erddurchtränkt und schlaff. Der Regenwurm, der betäubt in ihr lag, erwachte und wand sich empor. Fast ein Wunder: Er lebte. Die Brunette sah hinab und fragte sich: Was macht der Wicht denn da? Der Wurm gönnte sich eine Pause und nahm einen Blick in die Dunkelheit. Die Rezeptoren vermeldeten: Niemand zu sehen. Er schraubte sich hoch, schlüpfte aus der Socke und robbte in die Freiheit. In eine Herrschaftslosigkeit, fernab von Verrückten, die ihn in ein stinkendes Gefängnis steckten und ertränken wollten. Glück hatte er gehabt. Hätte er vorher nicht fleißig die Graberde zerpflügt und damit gelockert, wäre er in den Fluten des Bachs versunken. Fleiß konnte sich durchaus lohnen. Die Brunette schüttelte ihr Haupt. In den Annalen der Stadt wäre erwähnenswert gewesen, wenn die Socke tatsächlich untergegangen wäre. Hätte es in Arnauds Geschichte die erste Verpuffung einer Vampirette gegeben oder wäre nur eine stinkende Socke mit einem Regenwurm untergegangen? Wer wusste das schon?

***

Kapitel 4

Wellenloses Meer. Kein Kräuseln. Keine Schaumkronen. Ein friedvolles Nichts.

Selbst die Möwen stritten nicht mehr, sie gaben gelangweilte Töne von sich und zogen öde Kreise über dem Wasser. Bald würde die Sonne aufgehen, ein erstes Glühen war schon zu ahnen. Vorgefühl auf einen weiteren Frühlingstag. Lucien Forests Schiff glitt auf Arnaud zu. Es teilte das Wasser. Der scharfe Schnitt des Bugs zog zwei Linien, die seitlich einen Faltenwurf bildeten. Damit war das Schiff der einzige Unruhestifter. Geruch nach frisch gefangenem Fisch, Salzluft und Lenz. Verliefe jeder Tag so friedvoll, wären die Menschen auf Erden dem Himmel ein Stückchen näher. Der Engländer stand am Ruder, eine leichte Aufgabe am heutigen Morgen. Die violetten Augen des Fischers, umrahmt von wettergegerbter Haut, schauten auf das näherkommende Arnaud. Routine. In der Fahrrinne bleiben. Geschwindigkeit drosseln. Schwenken. Anlegen. Schiff säubern. Reparaturen. Fang für den Verkauf vorbereiten. Dann einen verdienten Grande im Bistro trinken. Heiß und mit viel Koffein. Die Meeresgeister waren ihm auch heute hold gewesen. Ein reichlicher Fang. Fast so viel wie gestern. Er würde etwas später bei Blanche einkehren. Spät, aber gut gelaunt. Der Engländer legte an. Das Dröhnen des Motors versiegte. Dieselgeruch lag in der Luft. Er schob die halblangen Haare beiseite, ließ sich einen Moment Zeit und vertäute dann das Schiff. Als er damit fertig war, sah er sich um, als vermutete er jemanden an Bord. Doch da war niemand. Er trat zum Heck des Schiffs und blickte in die Morgendämmerung. Der Himmel erglimmte. Ein zarter Aprikosenton, der sich bald in kräftige Korallenfarbe verwandeln würde. Dazu die Meeresfarbe, noch sehr dunkel, aber von blaugrüner Natur. Zu schön, um wahr zu sein. Minutenlang stand er still da. Ein Blick in die Ferne, die Gedanken bei sich. Es wirkte, als hätte er eine private Audienz bekommen, die ihm das Meer gewährte. Woran dachte der Fischer? Leichtherzig sah es nicht aus. Immer noch zogen die Möwen

Kreise. Ein weiteres Schiff fuhr in den Hafen. Das Geräusch eines alten, klapprigen Motors zernagte den Frieden. Disharmonie in krasser Form. Ein Tuckern. Eindringen in die Makellosigkeit des Morgens. Lucien Forest unterbrach die Privataudienz und winkte dem Kollegen zu. Auch er schien zufrieden mit seiner Beute.

***

Die Uhr an Blanches Bett sprang auf die Zahl Fünf mit einem Punkt und zwei Nullen. Schon vor dem Wecken war sie aufgewacht. Juste zersägte einen Wald. Das aufgeblähte Gaumensegel freute sich lautstark über den Restalkohol. Champagner konnte im Abgang vernehmlich sein. Oder war es der männliche Nachklang aus Unabhängigkeit und Stärke, den jeder Mann noch rudimentär in sich trug? Gleich dem Bild, in dem früher ein Cowboy in den Sonnenuntergang ritt, sich eine Zigarette anzündete, auf den Grand Canyon blickte, die Weite sah und nur eines fühlte: sich selbst. Aufrecht. Fest verankert und doch frei. Eine schöne Erinnerung an heile Männerzeiten. Heutzutage schienen Freiheit und Stärke weggespült. Untergegangen zwischen Müllrausbringen und Staubsaugen. Freiheitskämpfer waren den Träumen vorbehalten. Juste machte Gebrauch davon und sah einen Wald, ein Beil in der Hand, den Fuchsschwanz auf dem Boden und ein Seil im wildledernen Handwerkergürtel. Er schlug einen Baum. Zertrennte ihn. Schweiß rann. Urdüfte stiegen auf und das karierte Holzfällerhemd durchfeuchtete. Alles nur für die Favorita, der dieser Mann mit den bloßen Händen eine Blockhütte baute, die am Rande eines Flusses stehen würde, an dem sie die Wäsche zum Bleichen auslegen konnte. Hierfür stand Schnarchen und Röcheln.

»Juste. Wach auf!«

Der Schnarcher stockte. Kurz. Besann sich eines Besseren und nahm sich als Nächstes mit wilder Tapferkeit, als Herzenskrieger, einen Baumstumpf in Mammutgröße vor. Einen, der das Prädikat ›maskuline Herausforderung‹ trug. Ob Blasen an den Händen oder Dreck im Gesicht – irrelevant. Für seine Favorita spaltete er den Stumpf und wenn es sein musste, würde er danach noch einen ganzen Festmeter spalten, um sich im Anschluss genau das Steak zu gönnen, das zu dem Akt der Aufopferung passte – ein blutiges Tomahawk, der prollige Geländewagen unter den Steaks. Die aufragende Rippe als Symbol für Männlichkeit, das zarte Fleisch für die Versuchung und das Gewicht nur für Kerle gemacht. Etwas zupfelte am Holzfällerhemd. Das Rot verblasste, die Karos lösten sich auf und der Ledergürtel fiel ins Gras der Bleichwiese.

»Juste!«

Jetzt war es amtlich. Die Realität hatte ihn erwischt. Er wachte auf und der Vorname, der ihm ins Ohr flog, hatte einen Unterton von zickig bis unbeherrscht. Er hoffte auf eine Stimmestäuschung. *Dum spiro, spero* – Solang ich atme, hoffe ich, rauschte durch seine Denke. Er atmete, hoffte, war ganz Ich. Vergebens.

»Juste! Wach endlich auf. Ich will wissen, warum du so stinkst!« Stinken? Er? Noch hielt Juste Simon die Augen geschlossen. Sicher war sicher. Er schnüffelte. Etwas Alkohol vielleicht. Männlichkeit. Reste vom Rasierwasser. Mehr nicht. »Ich weiß genau, dass du schon wach bist! Wo warst du!?« Wo er war? Er? Der Schlafsimulant entschied, besser sofort in einen noch tieferen Schlaf zu versinken und erst wieder aufzuwachen, wenn Blanche für den Wäschekorb und die Bleichwiese bereit war. Juste Simon versuchte es mit schnurcheln. Er hörte Blanche aufstehen. Schritte. Nichts wurde besser. Sie ging um das Bett herum. »Wo warst du!?«, zickte es dicht neben ihm. *Si quid fecest, nega* – Hast du etwas getan, so leugne. Juste schlug ein Lid halb auf. Blanche stand neben seinem persönlichen Bettausstiegsbereich. Im Nachthemd. Mit Händen in den Hüften. Was er sah, war nicht gut. Oh, lodernd Feuer!

»Juste Simon!«

Er rekelte sich. Gähnte ausgiebig. Bewusste Ablenkung durch Dinge des morgendlichen Routineablaufes.

»Oh, Blanche. Bonjour, mein Schatz.«

»*Bonjour, mein Schatz* ist also das Einzige, was dir einfällt?«

Das partnerschaftliche Strafgericht tagte. Innerlich fiel Juste zusammen. Was hatte er angestellt? Niemand fragte sich, warum ausgerechnet er als unbescholtener Buchhalter immer im Zentrum emotionaler Befindlichkeiten stand. Jeder wollte etwas von ihm und er war stets redlich. Doch dafür interessierte sich keiner. Juste Simon versuchte, von irgendwoher gestammelte Rechtfertigungen hervorzukramen, über Tatbestände, deren er sich noch nicht ganz bewusst war. *Bete!,* schrie der innere Tyrann, der ebenfalls zu früh erweckt wurde. Juste schluckte. Ein Zweifrontenkrieg. Nichts ging einfach glatt. Er schaute Blanche an.

»Was meinst du?« Er setzte einen Dackelblick auf und krauste die Stirn.

»Was meine ich wohl?«, raunzte Blanche ihn an. Der Mann mit der Redlichkeit gewann den Eindruck, am Abgrund zu stehen und gleich einen Schritt weiter zu sein. *Stell dich tot!*

»Sei still!«

»Was!? Ich soll still sein. Das sagst du *mir*? Wer riecht denn hier nach billigem Weibsbild. Oder wie nennst du das Schlampenzeug Patchouli? Mein Freund, ich weiß genau, woher der Gestank kommt. Ich sage nur ein Wort: Marguerite. Wo warst du gestern Nacht? Du stinkst auch nach Alkohol, bist spät nach Hause gekommen und riechst nach Ex-Frau. Und glaub ja nicht, mich anlügen zu können, ich will die Wahrheit. Also, wo warst du?«

Frau Hölle ist gut in Fahrt, Hohlnuss. Lüg, was das Zeug hält, und lass es dabei plausibel erscheinen.

Das war genau der Punkt, der Juste Probleme bereitete. Was von alledem gestern Abend klang plausibel?

»Ich höre!«, rief das Strafgericht.

»Ich. Also. Ich …«

»Ja?« Mit dem dicken Zopf, dem Blümchennachthemd und Zorn im Gesicht konnte Blanche richtig niedlich aussehen, fand Juste. Aber es wäre unklug, wenn er ihr das jetzt sagen würde. Ein Brandbeschleuniger. Er suchte weiter.

»Ich war mit Malo zusammen.«

»Mit Malo!«, zürnte sie ihn an. »Und der stinkt nach Patchouli?«

»Bernadette hatte ihn hinausgeworfen und er brauchte meine freundschaftliche Unterstützung.«

»Und du glaubst, das glaube ich?«

»Ich habe ihm erlaubt, dass er in deiner alten Wohnung für eine Weile wohnen darf.«

»In MEINER Wohnung?«

»Ja.«

»Warum fragst du mich nicht zuerst, ob ich das will?«

»Weil ich weiß, dass du ein zutiefst gutherziger Mensch bist.«

Blanche Martin atmete tief ein.
»Das bin ich also?«
»O ja. Das bist du, mein Schatz. Wahrlich, das bist du!«
Juste Simon schien das Thema Patchouli umrundet zu haben. Den Hotspot Marguerite auch. Er hatte Blanche mit dem Themenkomplex Mildtätigkeit, Wärme und Nächstenliebe beschäftigt. Die Verarbeitung würde eine Weile dauern und über den Rest würde sich das große Vergessen ausbreiten. Er war wirklich ein phänomenaler Rhetoriker. Ein Frauenbändiger mit Tigerdunst. Fast hätte er Blanches Anwesenheit vergessen, so sehr hatte er sich in die eigene Genialität gegraben. Nur der Windhauch des Bösen ließ ihn innehalten. Blanche kniff die Augen zusammen.
»Gutherzig? Ich? Willst du mich auf den Arm nehmen? Sag mir sofort, wo das Patchouli herkommt und wo Marguerite ist!«

***

An Malo Ducs Bett stand keine Uhr, die ihm sagte, dass es sechs Uhr in der Frühe war – er schlief auf dem Sofa. Blanche hatte noch Möbel in der Wohnung belassen, darunter eben dieses Ledersofa. Malo hatte es am Abend nicht mehr bis ins Schlafzimmer geschafft. Er war müde gewesen und fühlte sich in dieser Welt als Verlorener. Im Gegensatz zu Juste Simon träumte er nicht von einer Berufung zum Holzfäller, sondern lag in Madeleines Armen – ohne zu schnarchen. Viel zu aufregend die Lage, in der er sich befand. Er sah Madeleine genau, die Augen glitten an ihrem Körper hinunter. Üppig, kurvig und lecker. Saftige Schenkel. Die Bunnys hüpften. Der Ritt war scharf. Ein durchsichtiges Nichts von Hüfthalter mit Strapsen, dazu ein passender rosa Büstenhalter, was brauchte Mann mehr? Der perfekte Anblick. Der genialste Traum. Sie auf ihm, er in ihr, es glutete, beide keuchten. Wie viel Traum ertrug ein Mann? Und wie viel Wirklichkeit? Ein realer Geruch drang in ihn, die Nasenwände begannen zu schwingen, die Flügel blähten sich auf. Es duftete nach Hefe, Salz und Mehl. Mehr noch, nach Bildern der Kindheit. Madeleine versuchte mitzuhalten und wurde noch heißer. Das Duftgedächtnis dagegen formte eine Landschaft. Malo Duc sah seine Mutter in der Küche stehen. Sie öffnete den Backofen und genau dieser Duft strömte nach außen. Lächelnd ergriff sie ein kariertes Küchentuch und zog einen Laib Brot heraus. Frisch. Warm. Köstlich. Der Duft verströmte Liebe und Geborgenheit. Er beherrschte ihn. Malo Duc warf sich auf dem Ledersofa hin und her. Küche? Mutter? Madeleine im Ritt? Selbst für einen schwer verknallten Stadtangestellten war das zu viel. Küche und reitende Madeleine mochten angehen. Mutter und Küche auch. Aber Reitersex und Mutter auf keinen Fall. Malo Ducs Seele blockierte, genau wie der Traum. Er wachte auf und schrie: »Maman!« Aber sie war nicht da. Madeleine ebenfalls nicht. Verstörtheit blieb zurück und der Duft seiner Kindheit. Wieso das? Malo zog sich vom Sofa hoch und drehte sich um zu den Fenstern. Eine der oberen Fensterklappen stand offen. Herein flog der Atem des Heimkommens und Zuhauseseins. Massimo, der Sohn des Bäckers aus Grenelle, war schuld. Er hatte Anfang des Jahres schräg gegenüber eine Bäckerei eröffnet. Seitdem zog dieser betörende Geruch durch die Straße. Malo schnupperte: Seelennahrung Brot, in der Verfeinerung Baguettebrot und zusätzlich schwebte ein Unterton von Croissants feinster Machart durch den Raum. Verlangen kannte mehrere Geräusche, eines davon intonierte Malo Duc. Sein Magen röhrte. Wenn das nicht ein Grund war aufzustehen? Der Mann mit dem röhrenden Magen rieb sich das Gesicht. Er fühlte den Schmerz des Veilchens. Die dunklen Kringellocken sahen verknautscht aus und hatten sämtliche Spannkraft verloren. Er stellte fest, dass alles, wonach er sich sehnte, Mühe kostete. Madeleine, Brot, Liebe. Verlangen war der Anfang des Elends, Motor des Seins und Untergang der Reserven. Er schaute auf seine Hose. Er war gestern Abend ›zu‹ gewesen: zu depressiv, zu kaputt, zu müde, um sich zu entkleiden und im richtigen Bett zu schlafen. Ungnädig stellte er fest, dass die Hose immer noch schmutzig aussah und dass er selbst dringend eine Säuberung nötig hatte. Duschen, Hose waschen, umziehen, dann Croissant, Eier und Speck kaufen. Eines nach dem anderen. Blanche hatte sicher irgendwo noch Handtücher liegen. Malo sah sich um. In der Wohnung fehlte nicht viel. Nur der Fernseher, ein Hocker und das Regal mit den Büchern. Das lag wohl daran, dass Justes Haus sehr klein war und bereits eine Grundeinrichtung hatte. Das Ledersofa stand nur hier, weil das Blümchensofa bei Juste geblieben war. Malo mochte das

Blümchensofa lieber. Der Gesang einer Amsel unterbrach seine Gedanken, was wie ein Startschuss wirkte. Mühsam erhob sich der Stadtangestellte, zog den Reißverschluss der Hose auf und ließ sie fallen. Dann schälte er die Beine aus dem Stoffhaufen. Auch Hemd und Socken verließen ihren Herrn. In Feinrippunterhose und mit Bekleidungsberg im Arm stolzierte er zum Badezimmer. Außer der Amsel hörte er ein Rauschen. Dann – kein Rauschen mehr. Er öffnete die Badezimmertür. Erschrecken. Zusammenfahren. *Sapperlot!* Er kreischte und ließ den Wäscheberg fallen. Nebel. Turban. Frau. Eine Frau mit Turban stand im Nebel vor ihm. Nackt. Sie drehte sich weg. Malo tat das Gleiche und verschwand hinter der Badezimmertür. Im Traum ein Draufgänger, gegenwärtig aber schlotterten die Knie beim Anblick einer nackten Frau. Sein Herz raste.

»Ich … bin es … Malo …«, stotterte Malo. Ein gelungener Einstieg für das Kennenlernen der nackten Turbanfrau. »Ich bin harmlos!« Ein genialer Schachzug. Wenn er harmlos war, brauchte die Frau keine Angst zu haben und wenn er nicht harmlos war, würde er nicht hinter der Tür stehen und sagen, dass er harmlos sei. Somit hatte er nicht nur kundgetan, dass absolute Harmlosigkeit in ihm steckte. Nein. Er hatte es auch gezeigt. Folglich grünes Licht für das Erkunden der Lage. Malo steckte vorsichtig den Kopf wieder ins Badezimmer. Die Turbanfrau hatte ein Tuch um ihren Körper geschlungen und drehte sich ihm zu.

»Malo, ich weiß, dass du harmlos bist.« Die Stimme kannte er. Das Gesicht auch.

»Nadine! Oh, wie schön! Du bist wieder da!«

Nadine Pascal lächelte. Wenigstens einer, der sich freute, wenn er sie sah.

»Ich freue mich auch, dich zu sehen.«

»Oh, das ist ja toll! Ich würde dich am liebsten umarmen, aber das kann ich nicht, weil ich keine Hose anhabe. Nur eine Unterhose. Ich habe auch kein Hemd an. Das wäre nicht so schlimm. Aber ein Mann ohne Hose ist wie ein Türschild ohne Klingel und das würdest du nicht gut finden. Jeder würde die Klingel vermissen, wenn er gerne klingeln würde. Also muss ich draußen bleiben, weil ich keine Hose anhabe und du sie vermissen würdest. Stimmt doch, oder?«

Nadine wusste zwar nicht, was er mit der Klingel meinte, aber das mit der Hose hatte etwas. Sie schmunzelte, zum ersten Mal seit langer Zeit.

»Was hältst du davon, wenn du dir die Hose wieder anziehst?«

»Das geht nicht. Sie ist schmutzig und ich auch. Ich will sie waschen und mich auch. Dann sind wir beide sauber und dann kann ich mir erst frische Sachen anziehen. Ich habe eine Reisetasche dabei. Ein Schmutziger zieht doch nichts Sauberes an.«

»Gib mir doch mal die Wäsche her. Am besten alles. Ich schalte die Waschmaschine an.« Malos Kopf verschwand wieder hinter der Tür, er zog auch noch die Feingerippte aus, hob den Wäscheberg vom Boden auf und reichte Nadine das Gesammelte. Nur ein Arm war zu sehen. Ein akrobatisches Unterfangen. Sekunden danach erschien der Kopf wieder an der Türkante. Nadine sortierte die Wäsche und stopfte einen Teil in die Waschmaschine, warf eine Waschmitteltablette in die Trommel und stellte den Haushelfer an. Die Maschine sog das Wasser an.

»So, und nun kannst du duschen.«

»Du bist lieb, Nadine. Aber es geht nicht. Das mit dem Duschen.«

»Warum nicht?«

»Weil du dann siehst, wie ich reinkomme. Ich bin immer noch ohne Hemd, Hose und Socken. Und mein Schlüpfer ist auch nicht mehr da, wo er sein sollte. Adam sah auch so aus. Ohne Socken, Hose, Hemd und Schlüpfer kann ich dir nicht gegenübertreten. Ich bin fast verheiratet. Und vorher werde ich fast geschieden sein. Wir können so etwas nicht machen. Nacktsein, Duschen und reinkommen geht nicht.«

Nadine gluckste. Es war zwar nur eine Momentaufnahme, aber es tat ihr gut, wieder hier zu sein. Leben zog in sie ein. Sie entfernte sich vom Abbruchhaus und dem Mörtel des Lebens. Malo wirkte wie Balsam. Er war so leichtgängig.

»Was meinst du, wenn ich die Augen schließe, du ins Bad kommst und ich mit geschlossenen Augen das Bad verlasse. Wie wäre das? Ein fast Geschiedener, fast Verheirateter müsste damit doch klarkommen?«

Malo überlegte kurz.

»Ja. Nicht schlecht. Ich glaube, das wird gehen.«

Nadine Pascal schloss die Augen und ging zur Tür hinaus. Konnte eine Frau, die nur mit einem Badelaken bekleidet war, mehr Vertrauen aufbringen, als blind der Nacktheit eines Mannes zu begegnen? Sie hatte schon einmal auf die Blöße eines Mannes mit geschlossenen Augen reagiert, aber Vertrauen hatte damals nicht darin gelegen. Das Gleiche muss nicht unbedingt dasselbe sein. In jedem Fall freute sich das rote Knäuel vor dem Haus. Es hüpfte: Endlich-wieder-etwas-los! Leben aufnehmen. Faden in die Hand.

***

Die Nachtschicht des Bordells fand sich langsam am Küchentisch ein. Rowena erwärmte Milch. Lady Olga genoss den ersten Kaffee, las in der Greneller Morgenzeitung und Ninette kaute an ihren Lippen.

»Wann kommt Madeleine?«, fragte die Kauende.

»Frrag ihrren Frreierr«, herrschte Lady Olga sie an, ohne von der Zeitung hochzusehen.

»Was soll das denn heißen, Olga? Musst du immer so böse sein? Ich wollte doch nur wissen, wann sie mit Mathis bei uns ist und wir den Kleinen knuddeln können.«

»Sie macht den Stinkerr sauberr. Das kann dauerrn.«

»Er ist kein Stinker. Er ist ein Baby. Du bist herzlos!«

»Warrst du schon mal im blauen Badezimmer?«

Ninette fühlte instinktiv, dass sie auf dem Weg einer Verliererin wandelte und schlug eine andere Richtung ein.

»Meine Lippen tun mir weh.« Rowena rührte die Milch.

»Herzchen, kau nicht an den Lippen, sondern crem sie ein.«

»Das kommt nicht vom Kauen, sonderrn vom Stoßen«, brummte Lady Olga.

»Du bist gemein! Warum sagst du so was?«

»Vielleicht, weil es stimmt?«

Die Tür ging auf und Madeleine erschien mit Mathis in den Armen. Das frisch gewaschene Baby gluckste vor sich hin.

»Oh«, sagte Ninette, »wer kommt denn da?«

Lady Olga schloss die Morgenzeitung. Papierrascheln. Gleich würde es sowieso nicht mehr möglich sein, in Ruhe zu lesen. Ärgernis stand in ihrem Antlitz.

»Das sind Madeleine und Mathis«, presste die Zeitungsraschlerin heraus.

»Olga! Das weiß ich!«

»Warrum frragst du dann so dämlich?«

Ninette stand auf und tänzelte zu Madeleine mit Mathis.

»Laß ihn mich halten. Bitte. Bitte. Bitte.« Madeleine gab ihr den Knaben. Der natürliche Babyablageplatz namens Armbeuge war nun bei Ninette besetzt. »Gutzi-Gutzi-Gutz!«

Lady Olga zog Luft ein, was andeutete, dass gleich ein giftiger Kommentar folgen würde. Rowena grätschte in diese Absicht.

»Olga, du sagst jetzt nichts.« Die Domina pustete die Luft wieder aus. Ein bisschen Odem blieb noch.

»Das Kind wirrd den IQ eines Prrimaten bekommen.«

»Olga!!!« Drei Frauen, ein Name. Rowena gab eine klare Anweisung:

»Mathis, hör nicht auf die böse Frau in Schwarz.«

»Wann warrt ihrr das letzte Mal im Badezimmer?«

Die Damen schwiegen. Ein wunder Punkt.

»Gutzi-Gutzi-Gutz!« Ninette bekuschelte das Bäuchlein des friedlichen Säuglings in ihrem Arm.

»Wann das letzte Mal?«, hakte die Domina nach. Wenn überhaupt eine Eigenschaft ganz und gar widerlich war, dann Hartnäckigkeit in Verbindung mit sensiblen Themenbereichen. Fortgesetztes Bohren schätzte niemand. Keiner sagte etwas. Selbst Rowena blendete Olgas Begehren aus.

»Wann?«, böste Lady Olga laut heraus. Mathis schrie los.

»Lass das. Nur weil Mathis sich ein bisschen übergeben hat, machst du so einen Alarm daraus! Siehst du, was du angerichtet hast?«

»Ein bisschen? Das warr die rreinste Kotzgrrube. Wenn es wenigstens nurr oben rrausgekommen wäre.« Spröde stellte Rowena fest:

»Olga, es ist wirklich gut, dass du keine Kinder hast.«

»Das finde ich auch!«, gesellte sich Madeleine dazu.

»Wenn ihrr so weiterr macht, seit ihrr auch bald keine Scheinmütterr mehrr. Madame Lazarr wirrd das nicht lange dulden.«

»Doch, das wird sie! Wir geben Mathis nicht wieder her. Nur an seine Mutter!« Ninette zog den Kleinen an sich, der noch immer schrie.

»Spätestens, wenn das ganze Borrdell nach Babykotze stinkt, wirrd sie sich einen Plan B zurrechtlegen«, Lady Olga zog am Schaft ihres Stiefels, was einem Zeichen für ›keine weitere Diskussion‹ nahekam.

»Ich denke, sie hat schon einen Plan B geschmiedet«, meinte Rowena.

»Wieso? Was denn? Was für einen Plan?«, blubberte Ninette.

»Sie hat den Monsieur Simon einbestellt. Er soll die Mutter suchen.«

»Hoffentlich zusammen mit Malo. Der ist süß!« Madeleine zupfelte an ihren Strapsen und lächelte.

»Jederr ist süß, derr zahlt!«

»Er ist ein anständiger Mann. Er macht nichts und muss daher auch nicht zahlen.«

»Dann ist err Scheiße.«

»Ist er nicht!«

»Doch!«

»Rowena, woher weißt du das mit dem Suchen?«, schob Ninette ein.

»Von der venezianischen Dienerin. Sie sagt auch, dass Madame Lazar will, dass Monsieur Simon die Mutter schnell findet.«

Ninettes Augen füllten sich mit Tränen.

»Dann bist du bald weg, mein Kleiner. Ich will das nicht! Er soll die Mutter nicht finden. Welche Mutter verliert ihr Kind vor einer Kirche? Niemals würde ich dich vor der Kirche verlieren, Mathissilein. Ich will, dass er für immer bleibt.« Sie zog das Baby noch enger an sich. Immerhin beruhigte sich das Kind und hörte auf zu schreien.

»Werr sich als Blasebalg nicht um die eigenen Lippen kümmerrt, sodass Brrandblasen entstehen, der schafft es auch nicht, Kotzgrruben zu pflegen. Oder willst du das Badezimmerr sauberr machen? Unserre Putzfrau macht das nicht. Das hat sie schon gesagt.«

»Du böse, böse Frau!«

»Machst du sauberrrr?«

»Mach doch selber sauber!«

Eine seltsame Umkehrung des Schicksals. Lady Olga sollte putzen? Eine gewisse Zaghaftigkeit unterlag der Forderung. Sie entsprang dem Fluss mit dem Namen Welche-Folgen-wird-das-haben? Die Minuten ließen es zu, dass sich Mut sammelte. Rowena und Madeleine stimmten zu. Sogar eine Begründung folgte: Schließlich waren sie eine Gemeinschaft und auch Olga müsse an einem sauberen Badezimmer interessiert sein. Lady Olga sah das völlig anders.

»ICH putzen? Tickt ihrr nicht rrichtig? Eine Domina putzt nicht! Es ist euerr Kind!«

»Es ist auch dein Bad. Wir werden abstimmen.« Drei Hände schnellten hoch. »Du bist dran«, grinste Ninette.

»Ich putze nicht! Aber ich kenne einen anderren Weg. Ich helfe euch blöden Puten, weil ich nett bin und weiß, dass durrch gespreizte Beine kein Verstand einfließt. Heute ist sowieso Putztag.« Erkenntnis flirrte durch den Raum – Putztag. Heute.

»Olga, du meinst doch nicht den Nacktputzer. Den mit dem Bett?«, fragte Rowena. »Das kannst du nicht machen, er ist ein Freier.«

»Wieso nicht? Err ist gerrne für mich Sklave, putzt das Bett und ich bin sowieso nie zufrrieden. So ist das Setting. Was sprricht gegen Putzen eines Badezimmers und trrotzdem zahlen? Wenn err orrdentlich putzt, darrf er mein Lecksklave sein. Das ist Honorarr genug.«

Ninette knabberte trotz Verbot an den Lippen und am Wort »Lecksklave«.

»Er leckt also immer an stinkenden Toiletten?« Madeleine kicherte. Rowena schaute Madeleine deswegen böse an. Lady Olga auch. Außerdem knurrte die Domina.

»Warum lacht ihr? Ich meine echte stinkende Toiletten. Das ist nicht so einfach, wie es vielleicht im ersten Moment riecht. Wer leckt denn an so was?«

Rowena schaltete sich ein.

»Herzchen, er putzt das Bett. Lecken tut er etwas anderes. Vergiss die Nummer mit dem Lecken. Putzen und Bett sind für dich wichtig.« Es entstand eine klärende Pause.

»Das macht es doch nicht besser. Wer ist denn so blöde und putzt ein Bett?«, schob Ninette nach.

»Derr Putzer, du dummerr Blasebalg«, fuhr Lady Olga sie an.

»Was kann man denn da putzen?«

»Elende Schnatterrgans – das Bettgestell, den Lattenrrost, die Matrratze und die Füße.«

Ninette schaute ungläubig drein und kratzte dürftig die nächsten Worte zusammen: »Und das ist geil?«

»Nicht jederr Schwanz steht auf ein gesprritztes Mundwerk.«

»Hey!«, schrie Ninette los. »Meine Lippen sind nicht gespritzt! Das ist gemein. Sie sind einfach so, wie sie sind und nicht, wie sich nicht sein sollten. Alles ist bei mir Natur. Auch die Möpse!« Rowena brachte ihr kühles Naturell ein:

»Olga, noch mal zusammenfassend: Er hat noch nie eine Toilette geputzt? Nur das Bett?«

»Ist doch egal. Bett – Toilette. Ich werrde Lust und Leiden miteinander verknubbeln. Es ist doch ganz einfach: Ich zeige ihm das Bad und dann sage ich ihm: Putz! Und err wirrd putzen. Wenn bemerrkt, dass es stinkt, werrde ich ihm sagen: Putz! Und err wirrd putzen. Und wenn err rrebelliert, werrde ich ihm entgegenschmetterrn …«

Alle Nüttchen antworten – mit einer Stimme: »Putz!«

»O ja,« bestätigte Lady Olga. »Und err wirrd putzen!«

***

Merlin wälzte sich in einer Pfütze aus Seewasser und Tang. Er war vom Friedhof aus durch die Gassen zum Hafen gelaufen. Immer so, dass ihn niemand sah. Dabei hatte er entschieden: Zumindest das Fellweiß musste verschwinden. In der Folge hatte er die Pfütze entdeckt. Ein megadreckiges Stück. Beine hoch, das Gesicht von sich gestreckt, schubberte er sich im Nass. Wenn ihm schon niemand half, dann blieb nur eines: sich selber helfen. Als wäre die Pfütze ein Kratzbaum aus feinster Körnung, drehte er den Körper auf dem Boden. Eine Rolle, noch eine und abermals ein Dreh. Wieder und wieder. Schlick und Schmutz drangen ins Fell. Undenkbar für einen anständigen Kater, aber machbar für einen Streuner. Das Weiß färbte sich graufleckig. Zum Schluss musste noch das Gesicht dran glauben, samt Barthaaren und Knopfnase, gekrönt mit dem Dunst des Pfützenwassers. Merlin sprühte vor Begeisterung: *Endlich kein weißes Kätzinnenfell mehr.* Die himmelblauen Augen leuchteten besonders intensiv hinter dem neuen Grau. Magisch intensiv. Nur der Heiligenschein blieb unbeeindruckt mattweiß. Der ließ sich nicht beschmutzen. Wenigstens nicht auf diesem Wege. Merlin beobachtete den Kringel im Spiegelbild des Pfützenwassers. *Merde!* Aber auch das Problem würde er angehen. *Wut und Zorn!* Davon spürte er genug im Bauch, um ein Meer aus Heiligenscheinen zu killen. Wut und Zorn galten als die besten Todsünden, seit die Menschenwesen mit dem Sündigen angefangen hatten. Das konnte er fast aus dem Stand. Schon beim Wort »Mattweiß« wurde er grantig und es purzelte sofort ein *Verdammt! Verdammt! Verdammt!* heraus. Guter Einstieg. Ein grauschmutziger Kater mit mattweißem Kringel starrte eine Wasserlache an und schimpfte. Zwischendurch nieste er. Ein Wutpäuschen gegen den Schmutz in der Nase. In der Erholung fühlte er Hunger. Seitdem er wieder auf Erden wandelte, hatte er nichts zu essen bekommen. Von den Ereignissen überrollt, hatte der Magen sich lange gnädig gezeigt und den Hunger beiseite gedrängt. Um so mehr fühlte Merlin nun das Hungerbeißen. War er deswegen zum Hafen gegangen? Automatisch hatten ihn seine Läufe hierher geführt. Direkt zur Wiege voller Sardinen und anderer Fische. Zornig konnte er ganz nebenbei sein. *Merde! Warum ich? So ein Mist! Bei allen Göttern dieser Erde! Sacrament!* Er wütete sich die Seele aus dem Leib und lief zu den Schiffen. Der Weg führte ihn zum Engländer. Er war der Herr über die besten Sardinen, das wusste er aus jedem seiner bisherigen Leben. Wenn er jemals kein Streuner mehr sein sollte, wäre der Engländer derjenige, den er sich aussuchen würde, Fische für ihn zu fangen und Dosen zu öffnen. Obwohl er niemals nie ein Hauskater werden wollte. Er hatte schon gesehen, wie Menschen ihre Katzen pflegten. Grauslig. Sie mussten auf weiße Körner pinkeln und wenn der Strahl woanders traf, reagierten die Dosenöffner übellaunig. Hauskatzen waren Körnerpinkler. Ein ehrenwerter Streuner durfte auf alles pieseln, worauf er Lust hatte und er durfte auch den Fellball auswürgen, wohin er wollte. Menschen sprangen auf und reagierten hektisch auf Fellbälle. Hatte ihnen niemand gesagt, dass Pinkeln und Fellbälle normal waren? Ihre eigenen Ausscheidungen dagegen taten sie in ein Ding aus weißem Stein. Niemand durfte sie dabei beobachten. Oder daran schnuppern. Das war heilig. Ein lautes Wassergeräusch zauberte alles weg. Seltsam. Der Engländer hatte immerhin einen entscheidenden Vorteil: Ihm war klar, was in erster Linie wichtig für einen Straßenkater war: Sardinen. Und er schätze ihn so ein, dass er keinesfalls von ihm verlangen würde, auf Körner zu pinkeln. Merlin hatte fast vergessen, zornig zu sein. *Merde!*, setzte er wieder ein. *Götter sind doof. Verdammt! Verdammt! Verdammt! Ich-will-KEIN-lieber-Kater-sein!* Der Schimpfkater wunderte sich, dass nichts geschah. Reichte seine Wut nicht aus? Wo blieben die Gott-Sohn-Hände, die das Licht ausknipsten und ihm die Heiligkeit wegnahmen? Er konnte noch eine Schaufel drauflegen. Kein Problem. Dabei fiel ihm ein, dass er gar nicht wusste, ob Menschen den Heiligenschein überhaupt sahen. Bisher war er noch keinem Menschen begegnet, der das zurechnungsfähig beurteilen konnte. Die rothaarige Bekloppte zählte nicht. Wenn normale Menschen den Schein entdeckten, würde das vermutlich sämtliche Vorhaben der Nahrungsbeschaffung torpedieren. Wer gab schon einem Streuner mit Leuchtbirne etwas Futter? Wegjagen würden sie ihn. Er sah sich schon am Straßenrand elendig verenden. Merlin blieb stehen. *Da! Der Fischer!* Merlin beobachtete ihn genau und blieb wie angewurzelt stehen. Er tapste mit den Läufen. *Hunger!* Er musste es versuchen. Die Leuchtbirne war egal. Sein Magen teilte diese Ansicht. Der Engländer saß an Bord seines Schiffs und nahm Sardinen aus. Dann warf er sie in einen Holzkasten. Es schien langweilig zu sein. Er pfiff ein Lied. Merlin befand, dass es Zeit zum Schnorren war. Er lief zum Steg, blieb vor dem Schiff stehen und schimpfte nebenbei. *Mince alors – Licht aus. Wo ist das Problem?* Der Engländer kaute ein Stück Kautabak. Die Beule in der Wange stoppte in der Bewegung. Auf dem Bootssteg stand ein dreckverkrusteter Kater mit Seetang auf dem Kopf und schimpfte vor sich hin. Der Fischer betrachtete den Kater, zerlegte eine Sardine und kaute weiter. Merlin war im Herzen glücklich, offenbar bemerkte der Engländer den Heiligenschein nicht. Die erste Hürde, nicht dem Hungertod anheimzufallen. Dann hörte der Kater knattern. O ja. Knattern. Das waren bestimmt Gott-Sohn-Hände. Fast hätte ihn die nahende Entheiligung zum Frohlocken gebracht. Gleich war es bestimmt soweit. Ein Knall würde erfolgen und alles würde dunkel werden. Nur noch ein wenig fauchen und schimpfen. Er stellte sich gerade auf. Brust raus. Das Finale würde folgen. *Merde.*

»Was schimpfst du, mein kleiner dreckiger Freund?«, fragte der Engländer auf dem Zenit der Wutwelle. Das Knattern kam näher. Es kam in den Sichtbereich. Ein kleines Boot mit Außenmotor. Nicht Gott-Sohn-Hände. Merlin sackte zusammen. Der Engländer zerteilte den nächsten Fisch. Er schnitt ihn auf, entnahm die Innereien und entfernte den Schwanz. Merlin sah ihm zu. Die leicht violetten Fische, mit metallischen Grundton, leuchteten ihn an. *So ein schönes Essen!*

»Wenn du aufhörst, zu fauchen und schimpfen, dann bekommst du eine Sardine von mir.« Der Engländer lächelte. Merlins Zunge zog einen Bogen über das Schnäuzchen. Hypnotisiert starrte er auf das Gourmetfutter in den Händen des mächtigsten Fischmannes im Hafen. Wo blieb die Wut? Was war Wut gegen Sardinen? Merlin dachte nicht mehr an weißes Muschifell oder den Heiligenschein. Er vergrub sich in das Gefühl, diese unendliche Leckerei im Mäulchen zu haben, sie zu erschmecken und sich damit den Bauch zu füllen. Unwillkürlich zuckten seine Ohren. Er hätte nichts dagegen, wenn er einen vollgefutterten Katerbauch vor sich hertragen würde. Eine richtige Plauze. Die Sardinen sahen besonders dickfleischig aus. Merlin schnupperte und es durchströmte ihn das Aroma dieses Schmauses. Unvergleichlich! Das Knattern des Außenbordmotors hatte aufgehört, aber der Kater vergaß sowieso jeden Ton der Welt. Jede Bewegung. Außer der, die vom Fischer ausgeübt wurde. Eine Sardine flog auf ihn zu. *Auf ihn!* Merlin konnte es nicht fassen. Er tippelte mit den Pfoten. Gleich würde er ins Gourmetreich eintreten. So geschah es dann auch. Vor den Kater fiel die herrlichste Sardine seines Lebens. Zuerst schnupperte er daran. Hinausgezögerte Lust. Dann maunzte er glücklich und entschied sich heißblütig, den ersten Bissen zu tun. Wild nahm er den nächsten und gierig die darauffolgenden. Welch eine Wonne. Wo war die Wut geblieben? Wo der Zorn? Die Liebe zum Futter und die Zuneigung zum Fischer besiegten alles, sogar Todsünden. Auch der Heiligenschein erfreute sich sattzufrieden in einem klaren Mattweiß. Essen und Liebe in einem Paket vernichteten Wut und Zorn.

Wenn der Engländer gewusst hätte, dass er soeben den heiligen Stand eines Katers gerettet hatte, würde er ungläubig den Kopf schütteln und einen Pastis darauf trinken. Doch zu diesem Ritual sollte er am heutigen Tage noch früh genug kommen, wenngleich aus anderen Gründen.

***

»Patchouli!« Blanche Martin zerfetzte das Wort in Einzelteile und spie es danach geradezu aus. Die Wirtin hantierte wie jeden Morgen an der Kaffeemaschine und leitete den Reinigungsprozess ein. Noch stand sie allein im Bistro. Die Unglücksmaschine bekam eine harte Hand zu spüren. »Patchouli! So ein verdammtes Miststück!« Die Kaffeemaschine gab ein ›Blubb‹ von sich. »Wie kann er nur wieder auf dieses Weib hineinfallen!« Wut und Zorn hatten hier ein einfaches Spiel und würden kaum mit einer Sardine zu befrieden sein. »Unfassbar!« Die Wirtin nahm einen nassen Lappen und pfefferte ihn auf den Automaten. Ausgesprochen ruppig lief der Reinigungsvorgang ab und endete mit einem trockenen Tuch, das die Feuchte aufnahm. Fest und dominant. Die Maschine erwog eine Notabschaltung.

Was hatte er gesagt? Es ist also anders, als es scheint. Ach ja? Fingen nicht alle Seitensprungmärchen so an? Verdammte Kerle! Blanche war zu sehr in sich und zu mächtig außer sich, als dass sie gehört hätte, wie jemand die Tür öffnete. Sie hatte keinen Blick für den hereinkommenden Fischer und bemerkte auch nicht den schlammigen Kater im Schlepptau. Sie grollte vor sich hin und beendete ihre Arbeit an der Kaffeemaschine. Dann erst drehte sich die Wirtin zur Theke um. Ein Schreckzucken folgte.

»Ach je, Lucien«, pustete sie aus. »Ich habe dich gar nicht hereinkommen hören. Du bist spät dran.« Es lag etwas in der Stimme der Wirtin, das Lucien nicht jeden Morgen zu hören bekam.

»Salut, Blanche, ich habe dir deine Sardinen mitgebracht«, sagte er und stellte eine Kiste ab. Er rückte den Stuhl zurecht und setzte sich in Gemächlichkeit.

»Sind sie küchenfertig?«

»Für dich habe ich sie selbstverständlich ausgenommen und perfekt vorbereitet. Du weißt doch, dass du meine Lieblingskundin bist.« Die Wirtin schnaubte. Lucien Forest, Fischer, Engländer und Mann wusste jetzt genau, dass etwas nicht stimmte. »Hast du einen Grande für mich?«, fragte er beiläufig, aber unterließ dabei nicht, die Wirtin genau zu mustern. Blanche nickte. Zumindest ihr Nicken wirkte unauffällig. Dann bemerkte sie den Kater.

»Lucien, was ist das?« Sie zeigte auf Merlin und Merlin befand, dass er ganz klar ein Kater war und dass es daran nichts zu deuteln gab.

»Es ist ein Kater.«

»Das sehe ich. Er ist dreckig. Wieso bringst du einen völlig verdreckten Straßenstreuner hier herein?«

»Sei nicht böse, Blanche. Schau dir das Kerlchen an. Ich glaube, es geht ihm nicht gut und so furchtbar schmutzig ist er doch gar nicht. Ich habe ihm sogar schon die Algen vom Kopf genommen.«

»Algen. Vom Kopf. Und du meinst, das reicht? Hast du ihn dir mal genau angesehen?«

Der Fischer schaute hinunter. Merlin hoch. *Was hatten die nur mit ihm?*

»Blanche, sei nicht hartherzig. Seitdem ich ihm eine Sardine gegeben habe, klebt er an mir. Ich glaube, das dünne Kerlchen ist immer noch hungrig und so, wie er aussieht, hat er keine gute Zeit hinter sich. Hast du noch eine Dose Thunfisch da?« Merlins Magen knurrte dazu.

»Ja. Ja, Kerle. Die haben immer Hunger und wenn sie bekommen, was sie wollen, dann machen sie sich schmutzig und riechen nach dem, was sie bekommen haben. Stinken sogar danach.« Die Wirtin drehte sich energisch um und ließ den Grande durchlaufen. Dann suchte sie nach einer Thunfischdose. Eine Ruhe, die keine war, fiel über den Raum her. Merlin indes konnte nicht bestätigen, dass er nach dem stank, was er bekommen hatte. Er schnupperte. Keinesfalls roch er nach Fisch. Sardinengeruch war nicht an ihm. Ganz gewiss nicht. Auch der Fischer schien die Situation erst einschätzen zu müssen.

»Blanche, reden wir immer noch über diesen dünnen Kater oder habe ich etwas verpasst?« Der Engländer ruhte in sich und nahm jede Regung der Wirtin wahr. Zwei himmelblaue Augen auf grauem Grund taten das Gleiche. Blanche unterbrach ihre Suche nach Thunfisch, nahm den Kaffeebecher und knallte ihn auf die Theke, dass die braune Flüssigkeit in Wallung kam.

»Du meinst also, der Kater sieht unschuldig aus«, zischte Blanche.

Merlin schluckte und fand es nicht nett, dass er ausgerechnet in der Phase williger Entheiligung als unschuldig bezeichnet wurde. Er wollte nicht unschuldig sein. Er wollte lieber schuldig aussehen. Noch besser – wie ein todsündiger Schuldiger.

»Unschuldig aussehen«, biestete die Wirtin weiter, »aber schuldig sein.« Das gefiel Merlin schon wesentlich besser. »So sind sie alle. Die Kerle dieser Welt. Ob David oder Juste. Ob Streuner oder Seemann. Alle haben es faustdick hinter den Ohren!«

»Blanche, ich weiß jetzt nicht genau, worum es geht. Kann es sein, dass du Ärger mit Juste hast?«

»Ärger? Was heißt hier Ärger? Der Lump geht fremd!«

***

Juste Simon sah in den Badezimmerspiegel. Weißes Hemd, ordentlicher Kragen. Gestriegelter Schnauzer. Ein Blick nach unten. Anständige Hose und schwarze Strümpfe, die keine Beinhaut sichtbar werden ließen. Akkurat wie immer. Sogar bei der Krankschreibung. Das Metallband am Fuß verursachte Juckreiz. Vielleicht nicht die beste Idee, es am Fuß zu belassen, aber sein Versuch, das Band zu entfernen, hatte dem angestauchten Zeh mehr Schmerzen zugefügt, als es Juste lieb war. Mit dem Juckreiz dagegen ließ sich noch leben, er war leicht bis sehr leicht. Juste rechnete aus, dass er das Band wohl bis zum Lebensende tragen würde. Es wollte ganz offensichtlich eine Symbiose mit ihm eingehen. Alles, was er momentan anfasste, entwickelte sich zu einem klebrigen Problem mit furiosen Auswirkungen. *Fluctuat nec mergitur* – Von den Wogen geschüttelt, wird es doch nicht untergehen. Juste Simon bemühte den Pariser Wahlspruch für seine persönliche Lage und warf erneut einen Blick in den Spiegel. Er sah aus wie immer. Untergegangen war er bisher noch nicht, obwohl die Wogen seines Lebens mächtig hochschlugen. Juste sah auf den Schnauzbart und den Bürstenhaarschnitt, beides grau meliert. Das Grau hatte in letzter Zeit zugenommen. Zum Ausgleich gab es ein paar Haare weniger auf dem Haupt. Die Zeit machte auch vor ihm nicht halt. Nur die braunen Augen sahen aus wie in jungen Jahren. Die Augenlider machten allerdings nicht mit und schlafften ein wenig. Er sammelte die Mosaiksteinchen seines Äußeren, um sich klar darüber zu werden, warum seit gestern der Sturm über ihm tobte. *Wie konnte es nur so weit kommen?* Vom Schicksal gehetzt und von Blanche beschimpft. Ein böses Frühstück und ein leerer Abschied. Die Arbeit im Bistro trennte. Zugleich war er mir nichts, dir nichts zu einem Muttersucher, Sadisten sowie Fremdgänger mutiert und das, ohne einen Finger dafür gerührt zu haben. Die Unwucht hatte ihn voll erwischt und es stellte sich die Frage, wie er aus diesem Dilemma wieder hinauskam. *Fluctuat nec mergitur.* – Die Wogen schüttelten ihn nicht nur, es schwappte derzeit. Juste überlegte. Blanche würde heute Abend das Patchouli hoffentlich vergessen haben. Keine Frau konnte ewig grollen, nur wegen eines Parfums unbekannter Herkunft. Das wäre doch lächerlich. Niemals.

»Nein! Auf keinen Fall!«, erklärte er dem Spiegel. Blanche war eine vernünftige Frau mit Herz und Verstand und keine Rasende. Er zog in Betracht, dass sie noch ein wenig verschnupft war, aber nicht mehr. Ausgeschlossen. Innerlich machte er einen Haken hinter der Patchouliaffaire. Ein Problem weniger. Und das war ein gutes Gefühl. Mit Madame Lazar würde es vermutlich nicht ganz so einfach funktionieren. Sie vergaß niemals etwas. Was noch schlimmer war: Drohungen setzte sie tatsächlich um. Eine faszinierende Schönheit mit kaltem Herz und schneeweißem Reinraum. Ihre messerscharfe Intelligenz würde ihn skalpieren. Juste wog den Kopf. Er spürte das Haupt, den Nacken, sogar die Haarwurzeln kribbelten. Er kam an der Mutterfindung nicht vorbei. Aber was sollte er tun? Wie fand man eine Frau, die vor kurzem einen Knaben geboren hatte? Er konnte sich nur an zwei Schwangere in Arnaud erinnern. Madame Nedieu, sie fuhr ihre kleine Tochter schon im Kinderwagen umher. Eine Tochter, also: Fehlanzeige. Dann Madame Potard, Frau des Buchhändlers – die schreienden Zwillinge der männlichen Eineiigkeit waren nicht zu überhören und keiner davon fehlte. Juste fragte sich, ob es nicht besser wäre, angesichts des infernalischen Lärms zumindest einen Knaben auszusetzen. Besser beide. Der Katholik in ihm schüttelte den Kopf. Der Pragmatiker applaudierte. Weitere Jungmütter gab es nicht. Wenigstens kannte er keine. Vielleicht eine Frau aus Grenelle oder von den Bauerngehöften vor Arnaud? Wen sollte er fragen, ob doch noch weitere existierten? Madame Galabru etwa? Die größte Tratsche des Ortes? Sie würde sofort zurückfragen, weshalb er das wissen wollte und daraus ein Komplott spinnen. In Komplotten, Verschwörungstheorien und Hetzjagden war sie gut. Vermutlich würde er sich in ihrem Spinnennetz verfangen und zum Vater eines unehelichen Kindes mutieren, in dem er Blanche betrog, mit genau der Unbekannten, die er gerade suchte. Nein. Madame Galabru war die letzte Adresse, an die er sich wenden konnte. Juste schnaufte. Das Spiegelbild bewegte sich synchron. Mit zwei Fingern fuhr er über den Schnauzer. Was konnte er unternehmen? Offizielle Stellen würden ihm keine Auskunft geben und inoffizielle waren zu gefährlich. Der Schnauzer wurde gerieben. Und wenn er … Nein, das ginge auch nicht. Vielleicht doch? Juste besah sich den Ausweg von allen Seiten. Ja. Heureka! Das war es. Ungewöhnlich, aber brillant. Er würde nach Grenelle fahren und dort diskret eine Wickeltasche mit Windeln, Fläschchen und dem ganzen Kinderkram kaufen. Natürlich in hellblau. Und dann würde er Mercier aufsuchen, direkt in der Polizeistation und ihm das Fundstück ›Wickeltasche‹ übergeben. Zusammen mit seinem alten Schulkollegen würde er mutmaßen, wem die Tasche gehören könnte und alsbald würde er sämtliche Jungmütter des Kreises kennen. So einfach konnte es gehen, wenn man messerscharfe Logik anwendete. Vorsichtshalber würde er für Blanche einen Blumenstrauß aus Grenelle mitbringen. Rote Rosen, die mit den dicken Köpfen, die sie so gerne mochte. Er wollte damit ausdrücken, was er schlecht sagen konnte. Dass er niemals eine andere lieben würde und dass Marguerite Vergangenheit war, die sie auch bleiben sollte. Die Rosen würden zudem dafür sprechen, dass er Blanche am liebsten heiraten würde, aber das hatten sie schon besprochen. *Inter folia fructus* – zwischen den Blättern hängen die Früchte. Er musste warten, bis Blanche soweit war. Blatt für Blatt würde er sich ihr nähern. In aller Ruhe. So war es versprochen und er wollte sich daran halten. All das sollten die Blumen für ihn aussagen und noch viel mehr. Juste Simon lächelte das Spiegelbild an. Was er sah, war ein blitzgescheiter Mann, der Blanche Martin liebte und der Madame Lazar befriedigen musste, um ein Leben zu führen, das in stillen und liebenden Bahnen verlief. So, wie er es wollte. Er freute sich darüber, dass er seine Blitzgescheitheit nie verlieren würde, wie schlaff die Augenlider auch werden mochten und das Haupthaar auch graute. Kluge Menschen konnten niemals zugrunde gerichtet werden. *O nein!* Der blitzgescheite Graumelierte ließ dabei eines außer Acht: das Schicksal. Es raunte ihm leise zu: *Jeder begeht Dummheiten auf eigene Rechnung, Juste Simon. Egal, wie klug oder unklug er ist.*

***

»Blanche, beruhige dich. Juste geht nicht fremd. Das passt nicht zu ihm. Er ist gradlinig und liebt dich über alles.« Lucien Forest war in der letzten halben Stunde damit beschäftigt gewesen, den Kernsatz ›Juste geht nicht fremd‹ in unzähligen Varianten wiederzugeben. Blanches Aktionismus, nicht nur die Theke auf Hochglanz zu putzen, den Kühlschrank zu reinigen und das Eis zu zerstoßen, sondern auch die sauberen Gläser nochmals in die Hand zu nehmen und sie nachzureiben, war eindeutig der Versuch, sich auf subtile Art ruhig zu halten. Wohin mit

Wut, wenn sie zu mächtig wurde? Sie ins Putzen zu übertragen bedeutete sinnvolle Nutzung der reinen Energie. Ein Lichtblick, dass nichts ewig blieb, auch Wut wellte heran und ebbte irgendwann ab.

»Ach, das meinst du also.« Die Wirtin trat in eine Phase ein, in der sie allmählich Argumenten zugänglich wurde.

»Sieh dir Juste an, er ist Buchhalter und überzeugter Katholik. Meinst du wirklich, dass dazu ›Fremdgeher‹ passt?«

Blanche seufzte. »Ich weiß nicht, Lucien. Ich weiß es wirklich nicht.« Dann sah die Wirtin auf den schmutzigen Merlin. Zu jeder Zeit, in einer anderen Stimmung, hätte sie vielleicht den Kater sein lassen können, wie er war, aber nicht gegenwärtig. Merlin bemerkte genau, dass die Frau hinter der Theke ihn ebenso ansah wie er sie. Dachte die Menschin vielleicht daran, endlich eine Runde Sardinen zu schmeißen? Thunfisch oder vielleicht ein frisches Ei mit mächtigem Dotter?

»Ich werde ihm den Kopf waschen.«

»Juste hat doch nichts getan.«

»Der Rest wird auch gewaschen.«

Merlins Augen wurden groß und rund. Der Kater schien zu verstehen. Lucien Forest nicht. Der Fischer fand eine Ganzkörperreinigung bei Seitensprungverdacht ziemlich unpassend, aber wenn es Blanches Art war, damit umzugehen, dann sollte es eben so sein.

»Meinst du, dass ihm das gefällt?«

»Das ist mir egal. Ich nehme Spülmittel.«

Der Fischer hob den Kopf.

»Oha, wenn du meinst, Blanche.«

»Und du hältst ihn dabei am Nacken fest.«

»Was?« Der Engländer hatte sich im Netz der eigenen Gedanken verfangen. Er? Festhalten? Juste? Bei einer Spülmittelvergeltung? Keinesfalls würde er an einem solch bizarren Akt teilnehmen. Wie kamen Frauen nur auf dermaßen schräge Einfälle?

»Halt mich da raus. Das ist allein eure Sache. Es ist zwar noch zu früh, aber hast du einen Pastis für mich?« Kompensation irritierender Gefühle funktionierte mit Alkohol besser.

»Was heißt hier eure ›Sache‹? Du hast den Kater doch angeschleppt!« Für einen Moment war der Fischer ohne Kompass.

»Den Kater?«

»Ja.«

Der Fischer zeigte auf Merlin.

»DEN Kater?« Merlin schaute hoch. Angst überfiel ihn. *Was wollen die Menschen nur von mir?* Sie sprachen laut, merkwürdig und zeigten auf ihn. Außerdem hatte er das Wort ›waschen‹ gehört, das meistens mit Wasser in Verbindung stand. Merlins Schwanz schob sich unter den Körper. Er duckte sich.

»Welchen denn sonst? Lucien, manchmal bist du schon etwas wunderlich. Findest du nicht auch?«

Lucien Forest lachte los. Die violetten Augen bekamen Glanz.

»Stimmt. Manchmal bin ich wirklich wunderlich. Welchen Kater sollte ich schon meinen?« Er zuckte mit den Schultern, lachte noch einmal kurz auf, bevor das Lachen abrupt erstarb. »Ich? Den Kater im Nacken festhalten? Beim Waschen? Vergiss es, Blanche. So etwas habe ich schon einmal versucht und dabei schwerste Verletzungen erlitten. Nein. Niemals.« Der Kater starrte hoch zum Engländer. Dann zur Wirtin. Dann zum Ausgang. Die Glastür war geschlossen. Gefangen im Menschenraum. Merlins Körper hatte verstanden. Er ließ Wasser. Ein gelber See auf dunklem Grund. Kompensation hat viele Gesichter.

***

Lucien Forest war sich klar darüber, dass der einsetzende Tätigkeitsdrang gleich in einem Blutbad enden würde. Die Wirtin holte aus dem Toilettenraum zwei Handtücher, ein großes Tuch, Waschlappen und dünne Einmalhandschuhe aus Latex. Dazu sensitive Seifenflüssigkeit. Ein Upgrade zum Spülmittel. Dann legte sie eines der grünen Frotteehandtücher ins Spülbecken, die anderen beiseite und ließ zwei Handbreit lauwarmes Wasser ein. Eine Kiste Wein wuchtete die Wirtin rechtsseitig des Spülbeckens und stellte eine umgedrehte Vase ins Wasser des Beckens. Der Fischer schaute dem Spektakel zu. Wortlos, wenngleich auch nicht fraglos.

»Blanche, kannst du ihn nicht einfach lassen, wie er ist? Er sieht schmutzig aus, aber es geht doch noch. Er ist halt ein Streuner und keine Miezekatze.«

»Sieh ihn dir an, sogar seine Augen kleben voller Dreck. Das kann nicht gesund sein. Außerdem ist das Fell verklebt und ich möchte nicht wissen, was darin alles lebt.«

Der Fischer nahm einen kräftigen Schluck Pastis aus dem Glas, das ihm die Wirtin hingestellt hatte. Pastis, der Mutmacher, auch für Kerle, die bereits Kerle waren.

»Ich bin wirklich kein ängstlicher Mann, aber weißt du, was ein Kater anrichten kann, wenn du ihn wässerst?«

»Unsinn. Das ist doch ganz einfach. Ihr Männer könnt so etwas eben nicht.«

»A-ha? Männer können so was nicht. Und es ist einfach. Soso. Frauen sind also die intelligenteren Männer?«

»Was soll das denn jetzt heißen? Frauen sind Frauen, wir erledigen solche Dinge mit emotionaler Intelligenz. Eben mit Sensibilität.«

»Und dazu soll ich ihm in den Nacken greifen?«

»Nur im Notfall.«

»Im Notfall darf ich also wieder Mann sein, der nichts kann?«

»Richtig.«

»Der zupacken muss – ohne weibliche Sensibilität?«

»Genau.«

Lucien Forest nahm den Pastis wieder auf. Immerhin schien Blanche von der Patchouliaffaire abgelenkt zu sein. Er betrachte dies positiv; völlig anders sah die Sache mit dem Waschen aus. Aus seiner Sicht stand er kurz vor einem Kampf. Ein Mann wusste so etwas aus jahrtausendreicher Erfahrung, fest verankert im Erbgut. Da fehlte nur das Kriegsgeschrei. Der Instinkt des Fischers witterte: Gleich würde es Menschenopfer geben. Er schaute zu dem bibbernden Kater hinunter.

»Hey, mein Freund. Ich weiß, dass das nur die Stille vor dem Orkan ist. Und du wirst ganz sicher gleich der Orkan sein.«

Merlin schaute hoch. Himmelblau mit zwei Fragezeichen. Der Wimpernschlag verlangsamte sich. Er legte noch etwas Zittern nach. *Was wollte der Herrscher über die Sardinen nur von ihm?*

»Lucien, jetzt kannst du ihn hochheben und das ist für DAS da«, die Wirtin zeigte auf den gelben Urinsee am Boden, hernach auf die Theke. Dort standen Hygienespray, Handschuhe und eine dicke Küchenpapierrolle.

»ICH?«

»Ja. Wer denn sonst?«

»Darf ich dabei auch Mann sein?«

»Beim Hochheben ist das nicht nötig. Bei der Pfütze darfst du dich austoben.«

»Danke«, brummte der Fischer und bückte sich zu Merlin. Ein großer Mann schob die Hand unter den schmalen Kater. »So, mein Freund, und du versuchst jetzt, nett und freundlich zu der Frau mit der emotionalen Intelligenz zu sein.«

Merlin stand plötzlich auf der Theke. *Was, zum Donner, sollte er hier oben?* Er schaute sich ratlos um. Schnupperte vorsichtshalber auf dem Mahagonigrund. Zog einen Halbradiusblick. Der Engländer tauchte ab zum stinkenden Wasser. Die Wirtin sah Merlin lächelnd an.

»Schau mal, was ich hier Feines habe«, säuselte sie und zerteilte behandschuht mehrere Sardinen auf einem Holzbrett. Merlin glaubte, nicht richtig zu sehen. War er im Paradies gelandet? *Meine Güte!* Seine Augen wurden groß und größer. »Mhhh, ist das lecker.« Die Wirtin hielt ein Stückchen in die Höhe. Folter in Vollendung. Merlin leckte sich über das Mäulchen und stellte fest: *Die Menschin war unfassbar klug. Sie hatte recht, das war lecker. Dazu duftete es auch noch herrlich nach den Wassertieren mit vorzüglichem Geschmack. Würzig, salzig und wohlschmeckend. Labsal für geschundene Katerseelen.* Die Wirtin legte die Sardinenstückchen auf die umgedrehte Vase im Spülbecken und baute ein Fischtürmchen. Merlin starrte völlig paralysiert. Ein Turm aus Sardinen. *Wo gab es denn so etwas?* Sein ganzes Denken verschwand hinter einem Paravent, vor dem das Sardinentürmchen stand. Wo war die Angst?

»Und zum Abschluss bekommst du einen Nachtisch. Ein Eidotterchen.« Sie hielt ein ganzes Ei hoch. Der Engländer tauchte wieder auf, mit nassen Wischtüchern und angewidertem Gesichtsausdruck. Blanche nahm ihm die Tücher ab. Er betrachtete den Sardinenturm und das Ei.

»Das ist hundsgemein. Du weißt genau, wie du den kleinen Kerl um den Verstand bringst.«

Blanche grinste den Fischer an, vielsagend und siegessicher. Dann pustete sie eine Haarsträhne aus dem Gesicht.

»Es ist nur zu seinem Besten.« Die Wirtin wartete.

Merlin tapste zum Beckenrand. Blieb stehen und erkannte das Dilemma. Spülbecken. Groß. Wasser. Nass. Das wusste er schon. Äußerst eklig. Geradezu zwanghaft lenkte ihn das Sardinentürmchen ab. *Sardinen! Ich-Ich-Ich.* Gier begann nicht erst beim Schlingen, sondern schon in freudiger Erwartung. Der Kater konnte sich kaum vom Anblick der Wonne lösen. Die Fische glänzten sogar. Schillerten. Er versuchte sich, so weit es ging, hinüberzubeugen. Ohne Nasskontakt. Die Barthärchen erschnüffelten den guten Stoff schon. Merlin stoppte. Das Naturphänomen der Mechanik gebot, dass, wenn er die Bewegung nach vorne fortsetzten würde, der Körper keinen Halt mehr fand, auf die Wasseroberfläche aufschlagen und ein Verdrängungsmechanismus einsetzen würde. Mit anderen Worten: er im Wasser mit davonfliegenden Sardinen. Von Physik hatte Merlin zwar keine Ahnung, aber er wusste instinktiv: So nicht. Schweren Herzens zog er sich zurück. Er suchte eine Alternative, beblickte das Wasser. Es war grün. Auf dem Grund lag grüner Rasen. Wasserrasen. Das machte die Angelegenheit auch nicht einfacher. Der Kater schaute zum Engländer. *Hilfe!* Er bekam Bettelaugen mit Beschwörungswimpernschlag. *Hilfe! Hunger!*

»Ich kann dir nichts geben, das würde Blanche nicht dulden.« Merlin schaute zur Wirtin. Bettelaugen. Beschwörungswimpernschlag.

»Du kannst so viele Sardinen haben, wie du möchtest. Nimm sie dir selbst«, gurrte Blanche und hob ein Stückchen Fisch an. »Jam-Jam-Jam.«

Selbst der Engländer schluckte.

»Blanche, dich möchte ich nicht zur Feindin haben.«

Die Wirtin legte das Stückchen wieder auf die Vase. »Tröste dich, ich möchte mich auch nicht zur Feindin haben. Das wäre arg verwirrend.«

Merlin nahm einen anderen Weg. Er schlich auf die gegenüberliegende Seite des Beckens, am schmalen Seitenstreifen vorbei. Karton. Großer Karton. Er blieb stehen und sah hoch. Abmessen. Bemessen. Vermessen. Mut eroberte alles und verlieh Flügel. Merlin sprang aus dem Stand in die Höhe. Geschafft. Oben auf dem Weinkarton. Sardinenaussicht bewundern. Er versuchte, sich hinabzubeugen. Bemerkte, dass Schwerkraft auch hier wirkte und ihn in den Abgrund zog. *Verdammt!* Zu weites Hinunterbeugen würde ebenfalls einen tiefen Fall bedeuten und bei diesem Plan würde er sogar direkt auf den Fischen landen, was gleichermaßen zu Fischfliehkraft und Zerquetschung führen würde. Bettelaugen und Beschwörungsblick in Richtung Sardinenkönige.

»Komm hierher.« Blanche tippte mit dem Fingernagel auf die Einstiegsseite. Trotz Handschuh war das metallische Klacken hörbar, nur etwas dumpfer. »Hierher.« Das Geräusch zog den Kater in den Bann. Blanche winkte ihn mit dem Zeigefinger heran und erneut tippte sie auf Fläche. Quasi hypnotisiert sprang Merlin vom Karton und schlich in Richtung Blanche. »Hier herein.« Merlin hatte den Finger erreicht und schnupperte daran. Er roch nach Fisch. Er leckte. Sardinengeschmack. Am liebsten hätte er zugebissen, aber die Wirtin zog die Hand zurück. Die Hand nahm erneut ein Stückchen Sardine und hielt sie lockend in die Höhe. »Hier in das Becken, du kleines schmutziges Katerchen. Gleich hast du keinen ungesunden Dreck mehr am Körper.« Merlin sah nur noch den Fisch. Verlangen war ein schmerzendes Ding. Das Sehnen nach der Glut der Befriedigung verzehrte. *Bei allen Göttern!* Mit Hunger wurde die Qual der Wahl kleiner. Merlin stieg ins Wasserbecken. Wo waren die Begleiter Widerwillen und Panik? Untergegangen im Fokus der leckersten Nahrung dieser Welt. Er stand im Wasser und Blanche belohnte diesen mutigen Schritt mit dem ersten Sardinenstückchen. Merlin hapste zu und zerschmatzte den Happen. Was war Wasser? Nässe? Noch nicht einmal die Wahrnehmungsschwäche bemerkte er. Sie ging im Durchkosten der Geschmacksexplosion unter. Der Engländer schüttelte den Kopf und grinste dabei.

»Sind wir alle so einfach konstruiert?«

»Nicht alle, aber die meisten.«

»Ich wäre vorsichtig. Du solltest dich beeilen, wenn der Köder aufgefuttert ist, dann verfliegt der Zauber.«

»Ach was, dann ist er satt und zufrieden.«

Merlin watete durch das Wasser und stürmte das Sardinentürmchen. Blanche Martin begann, ihn mit Wasser zu benetzen und mit Seife einzuschäumen. Der Kater schrumpfte um die Hälfte. Der Fischer rührte keinen Finger, aber schaute dabei zu. Ein schönes Bild: Fressender Kater mit einer Frau am Fell, die sich liebevoll um ihn kümmerte. Wenn alles nur so einfach wäre.

»Er ist schneeweiß«, konstatierte Blanche Martin. »Wie wollen wir ihn nennen?«

Der Engländer zuckte mit den Schultern.

»Kater?«

»Kater. So nennt man kein Tierchen. Lucien, du bist ein Grobian!«

»Ja, Grobian«, nickte der Fischer. »Auch kein schlechter Name.«

»Ich meine dich mit dem Grobian und nicht den Kater.« Merlin schmauste einen Happen nach dem anderen.

»Wie wäre es mit Gierlappen?«

»Lucien!«

Blanche ergriff ein nasses Tuch und wischte vorsichtig das Gesicht des Katers frei. Augen säubern und die Nase, alles ohne Protest. Merlin widersprach noch nicht einmal, als die Wirtin sagte:

»Sieh mal, er schaut so süß aus mit den himmelblauen Augen.« Nur ein Widerhall ertönte: Der Engländer seufzte tief.

»Genau, Lucien. Das ist es. Er ist süß und weiß. Wir nennen ihn Sugar.«

Der Engländer wiegte den Kopf – Frauenverstand als der Männer Last.

»Das ist ein Mädchenname.«

»Ist das heutzutage nicht egal? Er passt doch. Was meinst du dazu, Sugar?« Sie sah auf den Kater, der sich sattzufrieden über das Mäulchen leckte und alle Sardinenstückchen in Windeseile vertilgt hatte. »Siehst du, Sugar ist zufrieden.«

Merlin schaute hoch. *Sugar? Nannte sie ihn Sugar? Nein. Konnte nicht sein. Keinesfalls war er gemeint.* »Ach, mein Sugarlein, du warst ja so brav.« Blanche rubbelte an Merlins Pfoten.

Verwirrung machte sich breit. *Was war los? Wo war er? Wer war er?* Dann schaute nach unten. *Wasser! Knietief!*

»Willst du gleich noch das Dotterchen?«

Widerwärtiges Wasser. Nass. Fell nass. Pfoten nass. Überall nass. Sogar der grüne Rasen im Becken starrte ihn feucht an. Angst kroch in ihn hinein und krallte sich im Hirn fest, um sich als Feuerball zu manifestieren.

»Sugar, ein ganzes aufgeschlagenes Dotterchen nur für dich allein. Wie findest du das?«

Sugar? Ich? Wasser? HÖLLE … Merlin kreischte. Der Worte waren genug gewechselt. Furcht war der Stachel zu üblen Taten. Merlin kreischte nicht nur, er fauchte dazu. Die Wirtin wich einen Schritt zurück. Der Kater dreht sich um die eigene Achse. Ein Brummkreisel aus Entsetzen. *Überall Wasser! Verdammtes ekliges Wasser! Es gab nur eines: Flucht.* Der Kater rauschte den Beckenrand hoch, fiel zurück ins Unsägliche und sprang wieder nach oben. Er fluppte über den Beckenrand. Weit hinaus. Direkt in das üppige Décolleté der Menschin. Diese stieß einen spitzen Schrei aus. Jetzt war Kriegsgebrüll angesagt. Lucien Forest hatte es geahnt. Der Ausschnitt hielt den Kater nicht. Er rutschte hinunter und nahm die schärfste Waffe dafür in die Pfoten, die einem verzweifelten Kater zur Verfügung stand. Krallen! Trotzdem keine Haftkraft. Absacken mit fünf blutigen Striemen rechts und links. Ein Mahnmal gegen Wasser und Unglück dieser Welt. Die Wirtin schrie auf und wirbelte herum. Mensch und Tier ähneln sich in Taten zuweilen. Abrupt kam es zur Hilfestellung. Gelegentlich waren Männer nützlich. Ein grünes Tuch unterbrach den kreisenden Konflikt. Der Mann, der in diesem Augenblick wieder Mann sein durfte und sich über die Theke geschwungen hatte, hüllte den Kater mit dem großen Handtuch ein und zog ihn von Blanche ab.

»Ruhig, mein Freund. Ganz ruhig.« Der Fischer hielt das zappelnde Wesen mit dem Handtuchschutz fest. Legte ihn auf das Mahagoni und streichelte über das Frottee. Es nahm die Nässe auf und schenkte Entspannung. Das Herzchen schlug zunächst prestissimo, nur langsam beruhigte sich Merlin. Blanche Martin atmete dagegen noch heftig. Sah auf ihre Brustwunden, schnaubte und begann mit der Suche nach dem Fläschchen reinen Alkohols unter der Theke.

»Das hat man nun davon!«

»Ich habe es dir vorher gesagt«, raunte der Engländer und seine sandige Stimme stand im Gegensatz zur Hektik des Vorfalls. Blanche öffnete das Arzneifläschen und unter Weglassung eines Tuches schüttete sie den kompletten Inhalt auf die Brust. Sie zischte. Lucien Forest entpellte Merlins Kopf aus dem Tuch.

»Grobian, nun schau mal, was du angerichtet hast.« Moderato löste Prestissimo ab. Ungeachtet der langsameren Gangart des Herzens hatten die himmelblauen Augen keinen Blick für die Striemen. Wozu auch? Es waren ja nicht seine. Merlin beobachtete nur noch den Ausgang. Glastür. Menschengefängnis. Flucht.

Alles wäre gut geworden, wenn nicht die Frau des Apothekers mit einer Zeitung unter dem Arm, für ihren morgendlichen Jasmintee Kurs auf das Bistro genommen hätte, und wenn der Kater absolut trocken gewesen wäre. Merlin drehte und schraubte sich. Wollte weg von Frottee, Wasser und Gemeinheiten. Das Geheimnis eines jeden Streunerglücks war die Freiheit. Die Apothekerfrau öffnete die Tür, stand im Rahmen, schickte eine Begrüßung an die Anwesenden und wurde sofort von einem rasenden Kater angesprungen und überrannt. Merlin als fauchende Bestie, der die Haare zu Berge standen und die das Ventil für angestaute Erregung hinter sich zog – einen buschigen Schwanz.

***

»Putz!«

»Es geht nicht«, würgte der Nichtputzer. Lady Olga zog sich gerade und hob das Kinn.

»Keine Explosion ohne Putzen. Also: Putz, Sklave!« Die Aura des Elends lag über dem Bild. Badezimmer. Toilette. Mann mit Stringtanga in Hündchenhaltung. Alle viere auf den Kacheln. Stiefelspitze im Rücken. Den Kopf über der Toilette.

»Mir wird schlecht.« Der Mann roch das Erbrochene. Sah die festgewordene Brühe nicht nur in der Toilette kleben, sondern auch auf dem Boden. Es war schon außerordentlich, dass ein Säugling so viel erbrechen konnte. Füttern-erbrechen-füttern-erbrechen. Scheißdunst. Eine unangenehme Verkettung der Umstände. Die Körperspannung des Mannes verriet: Bettsäubern wäre ihm lieber gewesen. Als Putzkraftverstärker bohrte Lady Olga die Stiefelspitze tiefer in den Rücken. Gequält heulte der Mann auf.

»Putz!«, wiederholte die Lady und blieb im Plan der Sklaverei. Als Bonus packte sie noch Barbarei hinzu. Sie hob den Stiefel, beugte sich hinab und zog am Lederhalsband. Hin zum ersten Spritzer. Bakterien. Das Hündchen stellte den Erstkontakt zur fremden Spezies her. Es würgte.

Warum wollte ein Mensch freiwillig Sklave sein? Warum putzen? Darauf gab es viele Antworten, keine davon befriedigend. Die Stimulierung des Lustzentrums war nicht wählerisch und gab sich mit dem zufrieden, was den Kick am schnellsten und effizientesten herstellte. Die zweite Antwort lautete, dass Putzen keinerlei Glamour mitbrachte, dafür aber als Synonym für Unterwerfung galt. Der Sklave gab Verantwortung ab und war nicht mehr schuldig für sein Handeln. Freud für Arme: Wer zu viel Verantwortung im Leben trug, wollte im Bett nur noch gehorchen.

Letzteres die Erklärung, die beim Hündchen zutraf. Halsband. Schwarzer Lederstring. Behaarter Hintern und eine Kopfbedeckung mit zwei Ohren. Manch einer in der Realität hätte sich diebisch über diesen Anblick gefreut. Ein Rollentausch für den Rausch.

»Los! Putz! Und wage es ja nicht, zu kommen!«, herrschte ihn Olga an. Dabei war offensichtlich, dass er gar nicht kommen wollte. Er wollte gehen. Lady Olga sah ihren Putzling an. Sie bemaß die Lage, die sich auf Flucht einstellte und hielt einen Schwamm hoch.

»Sieh mal«, säuselte sie lieblich, »ein lustiges Schwämmchen.« Zwei Augen starrten das grün-gelbe Objekt an. Fokusveränderung. Angstreduzierung. Was ein lustiges Schwämmchen so alles konnte. »Und jetzt«, sagte Lady Olga noch herzallerliebst, der Wind drehte sich und aus dem Stand brüllte sie das Kommando: »Mach deinen Job, du Schwächling und putze!!« Das zog. Von zart auf hart. Von hell auf dunkel. Das Hündchen stöhnte, nahm den Schwamm und rieb das Porzellan am Rand.

»Tieferr!«, brummte Olga. War der Widerwille schon gebrochen? Lady Olga schwang sich auf den Kachelsims des eingebauten Spülkastens, spreizte die Beine und stellte die High Heels auf dem Toilettenbeckenrand ab. Der Mann schaute hoch, sah die Overknees, helle Schenkel und einen Slip mit Druckknöpfen aus Metall. Lady Olga riss daran und legte offen, was Begierde weckte. Das Hündchen hechelte. Der Schwamm rubbelte tiefer und tiefer. Er griff zum Kraftreiniger mit dem Aufdruck ›Mehr drin – für ein sauberes Gefühl‹ und spritzte damit das Becken voll. Lady Olga wollte loderndes Feuer, leckte am Zeigefinger und brachte sich ein. Schweißperlen standen dem Putzling auf der Stirn. Augen weiteten sich. Der Odem brannte. Er rubbelte rasant. Überall. Auch den Boden direkt vor der Toilette vergaß er nicht. Am Ende drückte er auf die Betätigungstaste der Spülung.

»Fertig!«

»Ich auch«, sagte Lady Olga und knöpfte ihren Slip zu. Luststille. Sklaverei-Erniedrigung-Kontrolle, sie war darin die Meisterin. Das Hündchen rollte sich am Boden ein und wimmerte. Wie viel Mensch steckte in einem Menschen? Dazu gab es eine gesicherte Erkenntnis: Nicht viel, wenn die Triebe mächtig werden.

***

»Sie ist nicht gekommen. Madeleine war nicht da.«

»Malo, sie ist eine käufliche Frau«, erwiderte Nadine Pascal mit dem nötigen Respekt und einer großen Portion Einfühlsamkeit.

»Das weiß ich doch. Ich liebe sie trotzdem. Mein Herz ist immer ganz wund in ihrer Nähe und es wummert immerzu.«

»Und warum sagst du ihr das nicht?«

»Weil ich sie nicht erschrecken will. Ich will es ihr langsam beibringen.«

»Ach, Malo, eine Hure kannst du nicht so schnell erschrecken. Ist es möglich, dass du zu schüchtern bist?«

Es entstand eine Pause. Nadine Pascal trug ein weißes Herrenhemd. Es reichte ihr bis zu den Oberschenkeln. Das Hemd stammte noch von David und sie hatte es im Kleiderschrank gefunden. Obwohl Nadine ihre Tante Blanche nicht als sentimental einstufte, hatte diese doch einige Bekleidungsstücke ihres verstorbenen Mannes aufbewahrt. Kaum etwas war so gerade, wie es anmutete.

»Ich weiß, dass deine Tante noch Kisten im Keller hat. Da liegen deine Sachen drin.« Malo suchte ein anderes Gesprächsthema.

»Du lenkst ab. Wann sagst du es deiner Madeleine?«

»Ich habe noch nicht den richtigen Zeitpunkt erwischt. Wollen wir die Kisten heraufholen?«

»Aber du hättest es ihr gestern Abend sagen können?«

»Sie ist nicht gekommen.«

»Und wenn sie es wäre?«

»Ich weiß nicht. Juste benahm sich sehr merkwürdig. Er soll eine Mutter suchen, die kürzlich ein Kind bekommen hat und ich glaube, der Moment wäre nicht richtig gewesen.« Jetzt drückte Nadine Pascal die Pausentaste. Es wurde eisig im Raum. Wasser erstarrt zu Eis und Eis wird wieder zu Wasser.

»Warum soll er die Frau suchen?« Die Luft stand.

»Weil die Mutter des Hauses es möchte und Madame Lazar kann ziemlich böse sein, wenn sie etwas nicht bekommt, was sie sich in den Kopf gesetzt hat.«

Das rote Haar der Frau, die ihre nackten Beine an sich zog, leuchtete eine Facette feuriger. Ablenkungsmanöver waren heute en vogue.

»Wird es überhaupt einen richtigen Moment für dich und Madeleine geben?«

Ein Rösselsprungparadies – und das an einem ganz normalen Dienstag im April in Arnaud.

»Nadine, liebst du Lucien immer noch?«

»Ja.«

»Warum bist du dann weggegangen?«

»Es war besser. Ich bin kurz bei meinen Eltern im Midi gewesen, dann bei Freunden in Haute-Vienne, die dort einen Bauernhof haben. Ich brauchte Zeit.«

»Wofür?«

»Für mich und meine Probleme«, antwortete die Hemdträgerin leise. »Warum gehst du nicht zu Madame Cabertin?«, legte sie nach. Malo hob den Kopf und starrte Nadine an.

»Zu der Hexe?«

»Sie ist keine Hexe. Sie ist eine Frau, die in schwierigen Liebessituationen hilft. Madame Cabertin braut Liebestränke und kann Bannflüche aussprechen. Außerdem hört sie gut zu. Vielleicht hat sie ja ein paar brauchbare Ratschläge oder ein Amulett, das Mut verströmt.«

»Warst du denn schon bei ihr?«

»Nein, Malo. Ich verwende meine eigenen Flüche.«

Er schüttelte den Kopf.

»Nein, nein, so etwas habe ich auch nicht nötig. Ich brauche genau das Gleiche wie du.«

»Das wäre?«

»Zeit.«

***

Merlin hatte sich ein ruhiges Plätzchen in einer Seitengasse gesucht. Keine Menschen. Kein Lärm. *Gott-sei-Dank*. Die Menschen waren gestern und heute sehr anstrengend gewesen. Mittagssonne schien in die enge Gasse und zog Schattenstreifen auf dem Boden, die durch eine Eberesche am Eingang erzeugt wurden. Merlin rollte sich ein, er hörte die Möwen, die über ihm kreisten, spürte den lauen Wind und roch eine Clematis, die mit ihren purpurrosafarbenen Blütenglocken und den gelben Staubgefäßen die gegenüberliegende Hauswand bewuchs. Er war wieder weiß, mittlerweile trocken und er roch nicht mehr nach sich selbst – eher nach Zitronen. Warum wollten Menschen ihn immer baden? Jede Katze sorgte schon selbst für Sauberkeit. Irgendwann. Und wenn nicht, dann wäre es ihre eigene Art von Sauberkeit, die sie schätzte, und nicht die, die Menschen machten. Alles Wasserteufel und Zitronenirre. Verdammtes Weiß! Blöder Leuchtkringel! Er döste mit diesen schimpfenden Gedanken vor sich hin. Wenn er nicht bald etwas gegen den Heiligenschein täte, würde er dauerhaft ein Aussätziger bleiben. Ein Räudiger, der in tausend Wasserhöllen enden würde. Von niemandem beachtet und von Menschen mit Zitronen beworfen. So würde das Leben sein, so nähme es ein Ende. Dabei gab es doch noch viel, was er erleben wollte. Sardinen, Kätzinnen, stromern, Neues entdecken, sämtliche Eidotter dieser Welt erschlecken und einen Helden zeugen. Wie sollte das alles nur gehen? Schlaftrunken dachte er an sämtliche strafbaren Handlungen des Menschengottes zugleich. Hochmut, Missgunst, Faulheit, Habgier, Wollust, Zorn, Völlerei. Zorn fiel weg, das hatte dank des Fischers nicht geklappt und war außerdem kräfteraubend. Völlerei wäre nett, aber dafür hätte er noch mehr Sardinen fressen müssen. Platz in seinem Magen wäre dafür gewesen, aber die Delikatessen waren aufgefuttert. Für Völlerei fehlte ihm der kontinuierliche Nachschub. Eines war sicher, er musste sündigen. Anständig und ausgiebig. Anders ging es nicht. Sündigen, um genießen zu können. Das war schon schräg. Aber lieber ein böser Kater sein als ein Verfemter. Welche Todsünde war mühelos zu begehen? Faulheit. Das schien recht einfach. Er fühlte sich sowieso müde. Mahnend vibrierte der Heiligenschein, was Merlin ignorierte. Isis, seine Katzengöttin war niemals böse wegen Faulheit gewesen, nur wegen vermuteter Frauenfeindlichkeit. Der Menschengott mochte Faulheit nicht, dafür standen Frauen bei ihm weniger hoch im Kurs. *Der Mann ist nicht geschaffen um der Frauen willen, sondern die Frau um des Mannes willen.* Das klang toll, das sah er auch so. Irgendwie eigentümlich, zwei unterschiedliche Meinungen von Göttern. Na ja, wenn das einfach umzusetzen war, wollte er sich nicht beschweren. Also: Faulheit. Merlins Gesicht überzog die Erkenntnis, in Kürze wieder als Frauenheld zu aufzutreten. Als Erstes eine weiße Perle. So ein richtiges Mädchenluder.

Ein tiefes Gähnen nahm der Gasse die Stille. Stinkfaul und schlafmützig war eine Kleinigkeit. Er schnurrte, zwinkerte mit einem Auge, das andere fiel zu. Niemals wieder einen Pfotenschlag!

***

Der Krückstock schlug mit Verve auf die hölzerne Absperrung, die gemeine Bürger von den Gendarmen trennte. Madame Rigal, die älteste aller Senioren der Stadt, hatte das Polizeikommissariat betreten, um ihre tägliche Anzeige abzugeben. Gendarm Mercier ahnte, dass auch heute des Beamten Unglück auf ihn lauerte.

Er hievte sich aus dem Bürostuhl, verließ schweren Herzens den Kaffeebecher im Bewusstsein, dass Bürger im Allgemeinen nur Sand im Getriebe eines jeden funktionierenden Beamtenapparates darstellten. Bei Madame Rigal allerdings war alles anders, sie war kein Sand, sondern ein ausgewachsener Wackerstein.

»Madame Rigal. Bonjour. Was kann ich heute für Sie tun?« Immer professionell bleiben, niemals aufgeben.

»Ich will eine Anzeige machen.«

»Mhhh, soso,« Mercier nahm ein Formular zur Hand und einen Bleistift, setzte sich wieder an den Schreibtisch, voller Erwartung auf das Kommende.

»Ich will, dass das aufhört! Es ist unrecht!«

Mercier schickte ein tiefes Bedauern an sich selbst und beugte sich verschwörerisch vor.

»Sind die Bienen heute wieder zu laut gewesen? Schmeckt das Leitungswasser erdig? Oder gab es die Schuhe, die sie kaufen wollten, nicht mehr in Ihrer Größe?«

Der kleine Vulkan namens Madame Rigal sammelte die späten Jahre zusammen und knallte den Krückstock erneut auf die Theke. Mercier zuckte noch nicht einmal. Bekanntes schreckte nicht. Da wirkte es schon eher erschreckend, dass die Tür sich öffnete und Juste Simon hereinkam. Wer brauchte schon Zeugen im Konflikt mit widerborstigen Kunden? Träge schwirrte eine Stubenfliege im Raum.

»Ich will eine Anzeige machen! Sofort!«, wiederholte die Seniorin. Gendarm Mercier würdigte Juste Simon nur eines kurzen Blicks, ohne den ehemaligen Schulkameraden zu begrüßen.

»Madame Rigal, wer hat was wann getan, das angezeigt werden muss? Name, Daten, Hintergründe. Bitte.«

»Ich will, dass der Lustgarten entfernt wird. So etwas ist nicht erlaubt. Auch nicht in Arnaud. Wir sind eine anständige Kleinstadt.«

Mercier und Juste sahen einander an. Justes Schnauzer zuckte. Zweifelsohne ein Dilemma.

»Welcher Garten?«, fragte Mercier und schrieb nichts in das Formular.

»Der Lustgarten gegenüber der Kirche.«

»Gibt es dort einen Garten? Ich habe keinen Garten gesehen. Da stehen diverse Bäume und eine Purpuresche. Wollen Sie, dass die gefällt werden?«

»Werden Sie nicht unverschämt, junger Mann!«

Aufgrund der Titulierung hätte Mercier sich eigentlich geehrt fühlen müssen. Mit über fünfzig hatte das Seltenheitswert.

»Warum beschweren Sie sich nicht bei unserem Präsidenten? Der Mann hat ein offenes Ohr für seine Wähler. Vielleicht nimmt er sich ein Herz und pflügt ihren Garten.«

»Das habe ich schon öfter getan. Ich habe ihm sogar sehr viele Briefe geschrieben, aber dieser Lump hat nicht geantwortet. Niemals. Das ist Altersdiskriminierung. Kann ich dagegen auch eine Anzeige machen?«

Mercier suchte kein zweites Formular.

»Was halten sie davon, nach Hause zu gehen und einen schönen Nachmittag auf dem Balkon zu verbringen, mit einem Kaffee und einem Stückchen Sahnetorte?« Madame Rigals Stock schlug wieder zu. Diesmal geriet sogar ihr weißer Dutt samt Haarnetz in Bewegung. Doch die Frisur hielt.

»Ich will eine Anzeige gegen die Liebesgrotte machen. Jetzt!« Mercier überlegte einen Moment.

»War es nun ein Garten oder eine Grotte, gegen die Sie vorgehen wollten?«

»Beides!«

»Also, ein grottiger Garten?«

»Wollen Sie eine alte Frau verspotten?«

Juste Simon starrte die beiden an mit Tennisblick – hin, her, hin, her. Er war froh, sich für den Buchhalterberuf entschieden zu haben. Zahlen fügten sich.

»Ich meine das Haus mit den Frauen gegenüber der Kirche.«

»Madame Rigal, es stehen dort viele Häuser mit Frauen. Sogar ich und meine Frau Clara wohnen da. Welche Frauen meinen Sie speziell?«

»Ich meine die Frauen, die ihre Zuckerschnecken an die Liebesknochen verkaufen!«

Gendarm Mercier holte tief Luft. Die Augen kreisten. Er wusste, dass Madame Rigal zweifellos im Recht war. Bürgermeister Laval hatte damals eine stille Duldung des Bordells angeordnet. Zwar entstand nach seinem Tod ein Machtvakuum, aber der neue Bürgermeister handhabte die Angelegenheit ebenso. André Baptiste, der Schwager des einstigen Bürgermeisters Laval. Eine Kreatur folgte der nächsten und wer hoffte, dass alles besser werden würde, durfte sich eines Besseren belehren lassen. Mercier blieb nichts anderes übrig.

»Zuckerschnecken und Liebesknochen. Sie meinen die Bäckerei?«

Madame Rigal pfiff aus der Zahnprothese.

»Sie wollen mich offensichtlich nicht verstehen? Dann muss ich wohl deutlicher werden: Dort, wo Männer ihre Lachse buttern!« Madame Rigal sah sich um. Fixierte Juste Simon und krächzte: »Sie verstehen mich doch. Oder?« Juste verschluckte sich fast. Er hustete. Im Zentrum einer Anzeige zu stehen, passte nicht in sein Selbstbildnis.

»Ich bin nur ein harmloser Buchhalter.«

»Was hat das damit zu tun? Jeder Mann hat doch einen Lachs in der Hose.«

Juste schaute auf den Stall, in dem ein vermeintlicher Lachs sein Unwesen trieb. Mercier vermied den Blick nach unten.

»Madame Rigal, ich werde mit Madame Galabru darüber reden, dass Lachse künftig in Arnaud nicht mehr gebuttert werden. Dazu brauchen wir keine Anzeige.« Er zerknüllte das Formular. »Das mache ich schon so. Von Beamtem zu Fischhändlerin. Keine Butter mehr. Wir sind eine anständige Kleinstadt!«

Der Kopf der Seniorin wechselte in die Farbe Knallrot. Sie riss ihren Stock von der Theke.

»Männer!«, zischte sie. »Alle gleich und sie stecken unter einer Decke! Aussichtslos! Ich werde doch den Präsidenten informieren!« Mit Grandezza drehte sie sich um. Die Frisur hielt auch diesmal und die Stubenfliege flog immer noch ihre Runden. Ruhe. Abstand von der Unanständigkeit. Dann wandte Mercier sich dem Freund zu.

»Salut, Juste.«

Juste grüßte zurück und stellte die Wickeltasche auf den Tresen.

»Madame Rigal ist eindeutig im Recht. Musst du da nicht eingreifen? Bordelle sind schließlich verboten.«

»Eigentlich schon.«

»Laval und Baptiste, nicht wahr?

Mercier nickte.

»Pest und Cholera.«

»Geht das gut?«

»Der Laden läuft offiziell als Bar mit Unterhaltung. Die Damen sind wirklich nett. Ich mag sie und was solls, sogar die Kirche hält still. Warum soll ich Alarm machen? Ich bin nur ein kleiner Gendarm, der die Pension schon riecht.«

Gut für die horizontalen Damen. Schlecht für Juste Simon. Gäbe es kein Bordell, gäbe es keine Madame Lazar und auch kein Kind, das darin weinte. Warum sollte sich ein Problem auch einfach lösen? Er wartete schon ein Leben lang auf die perfekte Welle dauerhaften Glücks. Mercier indes besah die hellblaue Tasche.

»Was kann ich für dich tun, mein Guter?«

»Das wird nicht ganz so einfach, wie es scheint.« Juste schob die Wickeltasche weiter zu Mercier.

»Es ist eine Tasche«, befand der Gendarm. »Eine Wickeltasche. Was soll daran schwierig sein?«

Juste beugte sich zu Mercier und flüsterte.

»Sie gehört einer Frau, die vor Kurzem ein Kind geboren hat und die gegenwärtig keine Wickeltasche besitzt.« Mercier schaute Juste an. Ein guter Beamter spürte instinktiv, wenn die Chance davonsegelte, den soeben eingegossenen Kaffee noch heiß trinken zu können. Madame Rigal hatte ihn lauwarm werden lassen und Juste würde ihn zum Erkalten bringen. Selbstlose Aufopferung war ein wesentlicher Bestandteil des beamtischen Berufszweiges ›Gendarm‹.

»Also ein Fundstück. Gib her, ich bewahrte es auf, bis es abgeholt wird.« Juste zog die Tasche wieder an sich.

»Nein, nein. So schnell geht das nicht.« Mercier bekam Kulleraugen und Faltenstirn.

»Warum nicht?«

»Weil ich ein Christ bin.«

»Und ich bin ein Beamter, der Fundstücke verwahrt.«

»Aber ich will die Tasche der Mutter persönlich zurückgeben.«

»Warum?«

»Weil ich möchte, dass die Mutter die Wickeltasche bekommt, bevor das Kind in die Schule geht.« Da war was dran. Fast hätte Mercier den Köder geschluckt. Doch es dämmerte ihm: Hatte Juste etwa eine versteckte Kritik an der Schnelligkeit des Beamtenapparates geäußert?

»Was willst du damit andeuten?«

»Nichts.«

»Nichts zählt nicht.«

»Ich bin Katholik.«

»Was soll das jetzt?«

»Ich bin ein schneller Katholik.«

»Bin ich etwa ein langsamer Beamter?«

»Nein, aber ich habe Gott an meiner Seite.«

»Ich etwa nicht?«

Nun steckte Juste in einer Sackgasse. Sie war eng, schmal und bot kein Entrinnen. Hatten Beamte Gott an ihrer Seite? Katholiken wussten ihn dort. Ob der Herr sich auch neben Gendarmen aufhielt, war ausgesprochen fraglich. Er hatte sich noch nie Gedanken darüber gemacht. Im gesamten Dasein nicht. Gott und Beamte, wer dachte denn über so etwas nach?

»Mercier«, fing Juste an und er wusste nicht, wie der Satz enden würde. Vermutlich in einer Katastrophe.

»Jaaa?«

Ehrlichkeit war eine Tugend. Wenn der Mensch Ehrlichkeit vortäuschen konnte, haftete zwar keine Tugend mehr an ihr, aber sie wurde für tugendhaft gehalten.

»Mercier, gestern habe ich eine Spinne getötet, weil Blanche geschrien hat; dabei habe ich mir fast den Zeh gebrochen. Heute hält sie mich für einen Fremdgänger, obwohl ich gar nicht fremdgegangen bin. Ich will wenigstens einmal im Leben etwas richtig machen. Ich mag Mütter. Ich liebe Taschen. Warum darf ich nicht das glückliche Gesicht einer Taschenmutter sehen?«

Das zog. Mercier dachte nach. Unglückliche Frauen, darauf konnte er überhaupt nicht und wer Kinder zum Weinen brachte, war schon mit einem Bein im Knast. Wen interessierte, ob Gott an seiner Seite stand? Er war Polizist mit Leib und Seele und ein Beschützer für Frauen, Kinder und andere Hilflose.

»Gut. Du bekommst deine Chance. Aber wenn du die Mutter nicht ausfindig machst, dann kommt die Tasche ordnungsgemäß wieder hierher zurück.«

»Nicht so schnell, Mercier. Ich dachte, du hilfst mir ein klein wenig dabei, die Mutter zu ermitteln und ich bringe die Tasche dorthin. Arbeitsteilung sozusagen. Wer hat denn so in letzter Zeit entbunden?«

»Woher soll ich denn das wissen? Dies ist eine Polizeistation und keine Entbindungsklinik.« Der Kaffee war inzwischen wirklich kalt geworden. »Juste, mein Lieber, ich war der Meinung, du erledigst alles zusammen mit dem Herrn an deiner Seite. Wozu brauchst du mich?«

»Du bist dichter dran, Mercier. Einfach dichter dran.«

Mercier starrte sehnsüchtig auf seinen Becher mit der kalten Brühe. Er hob den Ellenbogen auf den Schreibtisch, stellte eine Stütze für den Kopf her und legte diesen in der Handfläche ab. Fest abgestützt begann der Kopf zu brüten.

»Lass mich nachdenken: Madame Nedieu hat ein süßes Töchterchen bekommen. Aber die Tasche ist hellblau. Das passt schon mal nicht. Dann fällt mir noch Madame Potard mit ihren Zwillingen ein.« Mercier hielt ein. Im Kopf spielte sich ein grausamer Film ab. Die Gedanken schweiften zu der Zwillingsmutter. »Meine Güte, Juste. Hast du schon einmal derart brüllende Kinder gehört? Koliken sollen sie haben. Was für bedauernswerte Kinder. Zwei Häuserblocks weiter und du kannst dir immer noch die Ohren zuhalten. So was aber auch. Die arme Frau. Sie sieht schon ganz ausgemergelt aus. Blass und grau. Es scheint auch nicht aufzuhören. Mir würde die Milch sauer werden. Ihr Mann, der Buchhändler, ist schon ganz zittrig. Hast du das gesehen? Und seinen Blick kenne ich, er fühlt sich verfolgt. Das ist nicht gut, sage ich dir. Absolut nicht gut. Das haben sie nicht verdient und die Tasche ist auch viel zu klein für zwei Kinder. Passt auch nicht.«

Juste nickte.

»Der Herr stehe ihnen bei. Fällt dir sonst noch eine Mutter ein? Irgendeine?« Jetzt wurde es spannend. Mercier ließ sich Zeit.

»Vielleicht ist sie noch keine Mutter, sondern sie wird erst eine.«

»Ausgeschlossen!«, konstatierte Juste.

»Warum? Die Tasche ist unbenutzt und riecht noch neu. Sie könnte einer Schwangeren gehören.« Juste schnüffelte an der Tasche.

»Nein. Sie ist nicht neu, sie riecht nach Milch. Der Knabe ist bereits geboren.«

»Nein. Das kann ich bis hierhin riechen. Neu.«

Widerworte konnte Juste überhaupt nicht gebrauchen. Mercier – ein Freestyler im Denken. Wie sollte er die Mutter des Jungen ermitteln, wenn Mercier daran festhielt, dass es noch keine Mutter gab?

»Und ich rieche Milch und Entbindung.« Mercier hob den Kopf aus der Stütze. »Wie riecht denn Entbindung?«

»Jedenfalls nicht neu.«

Mercier lehnte sich zurück. Er hatte genug von jedweder Diskussion. In aller Ruhe formte er eine Analogie.

»Juste, um es mit dir zu sagen: Gestern habe einen Taschendieb verhaftet, weil er alles geklaut hat, was nicht niet- und nagelfest war und danach habe ich zwei Stunden meine Dienstmarke gesucht. Heute habe ich die tägliche Dosis Madame Rigal hinter mir und eine berechtigte Anzeige abgebügelt. Ich will wenigstens einmal im Leben einen heißen Kaffee trinken. Ich mag Becher. Ich liebe Kaffee. Warum darf ich nicht ein glückliches Gesicht sehen, wenn ich auf die Oberfläche eines glutigen Heißgetränks mit Kaffeegeschmack schaue?«

Juste zuckte. Dies hieß wohl Ende der Debatte und er war kein Stückchen weitergekommen. Bald würde sein Name an einer Litfaßsäule stehen mit dem Untertitel Sadist. Er schluckte.

»Mercier, streng dich an. Es geht um Leben oder Tod.« Der Gendarm brummte. »Komisch. Ich dachte, es wäre nur eine Wickeltasche.«

»Sag schon, wer ist die Mutter?«

»Heißer Kaffee, Juste.«

»Denk nach.«

»Knallheißer Kaffee.«

»Nur noch eine Sekunde deiner Denkleistung.« Mercier schnaufte.

»Geh zu Madame Galabru.«
»Zu der Tratsche?«
»Genau. Sie ist dichter dran, Juste. Einfach dichter dran.«

***

Die Turmuhr schlug an – vierzehn Uhr. Der Tag war sichtbar vorangeschritten. Auf dem Barhocker saß der Engländer. Träge Mittagsmüdigkeit machte sich breit. Lucien Forest hatte ein paar Stunden auf dem Schiff geschlafen, sich danach frisch gemacht und nun war er bereit, die Mittagszeit mit Gazetten, einer Zwiebelsuppe und Pastis zu verbringen. Im Bistro saßen noch einige andere Arnauder an den Tischen. Die Sekretärin aus dem Rathaus war in ein Gespräch mit ihrer Kollegin vertieft und zwei Friseurinnen schnatterten in ihrer Mittagspause um die Wette. Der Schlachter saß allein und zerlegte mit einer Gabel die gebratenen Sardinen. Der Fischer hatte sich der Greneller Zeitung zugewandt und wollte mit der Zwiebelsuppe beginnen, die schon auf dem Tresen stand, als Malo durch die Tür kam. Lucien Forest schaute hoch und ließ die Suppe.

»Salut, Malo« grüßte die Wirtin knapp. Zu kurz, um normal zu sein. Malo Duc nahm die Spannung im Raum auf.

»Ist was?«, fragte er, aber niemand antwortete. Blanche Martin stellte an der Maschine einen Latte macchiato her. Die heiße Milch schon im Glas. Den Espresso füllte sie dazu.

»Du hast ein gerötetes Auge?«, fragte sie wie nebenbei.

»Das stammt von Bernadette. Ich habe versucht, sie verpuffen zu lassen.« Hinter der Zeitung lachte der Fischer auf.

»Sag nichts weiter, Malo. Bitte, sag jetzt nichts weiter. Ich habe meine eigenen Probleme und kann keine weiteren gebrauchen.«

»Dann erzähle ich eben nichts über die Verpuffung. Sie hat sowieso nicht geklappt. Übrigens: Ich bin hier, weil ich mich bedanken möchte, dass ich bei dir wohnen darf. Das ist echt nett von dir.« Die Wirtin brummte ungehalten und zog mit der Düse vom Kaffeeautomaten Milchschaum über die Espressoschicht. In Gedanken war sie wieder bei Juste, dem Patchouli und Marguerite, und das, obwohl sie sich eigentlich schon etwas beruhigt hatte. Üblicherweise half Juste, sofern er nicht arbeitete, im Mittagsgeschäft aus. Doch heute er war nicht erschienen. Ging er etwa doch wieder zu dem Weib? Vermutlich wusste schon ganz Arnaud, dass er zu seiner Ex-Frau zurückgekehrt war. Nur sie nicht.

»Wisst ihr schon das Neueste?«

»Siehst du, er weiß es auch schon«, sagte die Wirtin und schaute den Engländer an, der den ersten Löffel aus der Suppenterrine schlürfte. Zwiebelsuppenessenz wärmte den Magen des Fischers.

»Was soll ich wissen?«, quakte Malo los.

»Gar nichts«, stellte der Engländer fest und pustete den nächsten Löffel Suppe kalt. Blanche sah das anders.

»Dass Marguerite in der Stadt ist und dass Juste wieder etwas mit ihr angefangen hat.«

»Also, davon weiß ich nichts.«

»Siehst du«, sagte der Engländer, »davon weiß er nichts.«

»Juste stinkt nach Patchouli und wo Patchouli ist, da ist auch Marguerite!«

»Ach so. Patchouli.« Malo nickte, als hätte er den Stein des Weisen entdeckt. »Sag das doch gleich, Blanche. Deswegen musst du nicht böse sein. Der Geruch kommt aus dem Bordell.«

»Waaas?«, kreischte Blanche. Dem Engländer fiel der Löffel aus der Hand. Mitten auf die Suppenoberfläche. Eine Fontäne aus Brühe schnellte hoch.

»Reg dich doch nicht auf«, beschwichtigte Malo. »Marguerite ist nicht in der Stadt. Juste war im Bordell mit mir und da riecht es manchmal so.«

Blanche zog ihren Pullover glatt.

»Was habt ihr, zum Donner, im Bordell angestellt?«

Der Engländer schaltete sich ein.

»Also Blanche, auch wenn es nicht gerade hilfreich ist: Das könnte sogar ich dir beantworten.« Er lachte schallend und hielt zur Vorsicht die Suppentasse fest.

»Ach, Blanche, es ist nicht so, wie es sich anhört. Wir sind doch schon öfter im Bordell gewesen.« Blanche schnaubte und knallte den Macchiato auf den Tresen. Auch dieser hatte nichts anderes im Sinn, als fontänenartig hochzuschnellen. Sie umrundete die Theke, auf der sich ein Macchiato-See manifestierte.

»Das ist ja … also, das ist ja … Da fehlen mir die Worte …«, toste sie. »Huren!!!«, keifte sie weiter. »Was soll ich dazu sagen? Na, warte … Juste Simon, du kannst dich auf etwas gefasst machen!« Die Wirtin hielt für eine Sekunde ein und zupfelte an der Schürze. »Malo, du bist jetzt der Wirt. Schließlich kannst du einem ja ganz gut was einschenken. Ich mache dem Spiel ein Ende.« Der Engländer unternahm einen Versuch, die Bombe zu entschärfen.

»Warte, Blanche. Lass dir doch von Malo alles erklären. Manchmal ist es tatsächlich nicht so, wie es im ersten Moment erscheint. Warte doch …«

»Erklären? Was gibt es da noch zu erklären?« Die Wirtin raste durch den Raum. Kurz vor der Tür legte sie nach: »Malo, wenn ich wieder zurück bin, dann gehst du, packst deine Sachen und ziehst zu Juste. Ich will meine Wohnung wieder für mich haben; zwei Freier unter einem Dach – das passt!« Die Glastür schwang auf, dann zu und zitterte nach. Stille im Bistro. Nur das Ticken der Wanduhr war vernehmlich. Auch die Gäste im Raum waren verstummt. Arnaud würde in Bälde ein neues Gesprächsthema haben. Die Blicke der Männer trafen einander.

»Malo, warum machst du immer so etwas? Das war nicht gut! Ein Mann liefert einen anderen Mann nicht an den Galgen.«

»Ich? Galgen? Wieso? Ich habe doch nichts getan. Ich war nur ehrlich, weil ich ein ehrlicher Mensch bin.«

Der Engländer rieb sich die Stirn.

»Dann schenke mir erst einmal einen neuen Pastis ein, du ehrlicher Mensch.« Malo ging um die Theke und band sich eine Schürze um. Wischte den Macchiato-See weg. Dann nahm er die Getränkekarte, studierte sie.

»Der kostet …« Lucien unterbrach ihn stöhnend.

»Ich nehme mal an, genauso viel wie gestern, vorgestern und vorvorgestern.«

»Stimmt!«, frohlockte der neue Wirt und nahm ein Glas sowie eine grüne Flasche und schenkte den Pastis ein.

»Kein Eiswürfel?«

»Die sind aus. Morgen wieder.«

»Aber du hast doch gar nicht nachgeschaut.«

»Ich weiß nicht, wo die sind, Lucien.«

»Vielleicht im Eisfach?« Der Engländer schüttelte den Kopf. »Lass mal. Es geht auch ohne.« Der Fischer zog das Glas zu sich heran und trank einen Schluck.

»Bevor du gleich an den Tischen kassieren musst, erkläre ich dir mal kurz die Achtzig-zwanzig-Regel, die jeder Mann kennen sollte. Achtzig Prozent der Männer gehen ins Bordell. Nur zwanzig Prozent aller Frauen sind Huren. Aber alle Frauen haben etwas gegen Bordelle. Du solltest dir also überlegen, was du sagst. Das Wort Bordell ist tabu – in Gegenwart einer Frau. Immer und absolut.«

»Aber es ist doch ganz anders. Es ist …«

»Sag lieber nichts, ich kann es mir vorstellen.«

»Warum darf ich nie sagen, wie etwas ist? Alle denken nur, dass es so ist, wie sie denken, dass es ist, nicht wie ich es weiß. Dabei wollte ich, als ich hier reinkam, sowieso nur die die Neuigkeit erzählen, dass Nadine wieder da ist und dass sie mit mir in Blanches Wohnung wohnt. Momentan schläft sie und ich wollte nur die tolle Neuigkeit erzählen. Und weißt du, was das Schönste ist, Lucien? Sie liebt dich immer noch. Genauso wie ich Madeleine liebe.«

Die Gesichtsmuskulatur des Fischers verhärtete sich schlagartig und eine feste imaginäre Nuss bildete sich in seiner Wange. Die Hand des Fischers krampfte um das Pastisglas. Alles, was nur das Meer durch Zwiesprache von ihm wusste, spülte hoch. *Keine Frau mehr im Leben. Niemals. Sie brechen das Herz und verursachen Schmerz. Nie wieder.* Das Glas knackte und barst. Im Raum zuckten die Gäste zusammen und sahen in Richtung Lucien. Die Gerüchteküche würde heute sicherlich brodeln. Blut rann auf das Mahagoni.

»Malo«, sagt er der Engländer langsam. »Blanche hat recht, du kannst einem wirklich ganz schön was einschenken.« Malo reichte ihm ein frisches Geschirrtuch und der Fischer wickelte es um die Hand.

»Ja, das finde ich auch, Lucien. Ich würde bestimmt einen extrem guten Wirt abgeben«, griente Malo und das Ticken der Wanduhr entwickelte sich zu Donnerschlägen.

***

Juste Simon sah Blanche durch das Wohnzimmerfenster auf das Haus zukommen. Schnellen Schrittes. Er freute sich. Gleich würde er Blanche alles erklären; jedenfalls fast alles. Zumindest die Harmlosigkeit des Patchouli und die seines Herzens. In der Folge wäre er reingewaschen und alles würde wieder wie früher sein. Er nahm den Blumenstrauß. Rote Rosen. Öffnete die Haustür. Blitzkrieg. Wut hatte ein breites Spektrum. Zuerst fühlte Juste Rosen in der Hand, dann Dornen im Gesicht. Wenn das Ausmaß erlittener Kränkungen unerträglich wurde, konnte alles geschehen. Justes Wunsch nach Reinwaschung wälzte sich im Unglück des Nichtverstehens. Wo blieb die Gnade, sich wenigstens erklären zu dürfen?

***

Kapitel 5

Die Krallen der Zeit ließen locker. Arnaud schaffte es zwischen Mittag und Nachmittag, eine Insel zu erzeugen, die eine kleine Kostbarkeit darstellte. Nur eine halbe Stunde lang ruhte der Ort. Die Luft wirkte federweich und die Teilung des Tages verlief sanft. Angesichts des ersten Tagesteils konnten einige Bewohner Arnauds nur hoffen, dass der zweite deutlich besser verlaufen würde. Doch in diesem Moment dachte kaum einer daran. Der Schopflavendel erzeugte mit dem Duft seines Körpers im Kopf des Riechenden eine Landschaft aus geradlinig gepflanzten Reihen der später blühenden Gattungen, die in allen violetten Farbnuancen leuchtenden. Lavendelfelder, bis das Auge sich sattgesehen hatte. Arnaud war nicht die Provence – hier genügten Tonkübel, Balkonbepflanzungen und Vorgärten für den Rausch dieser Duftkomposition. Eine Aromamischung aus Clematis und Apfelblüte legte sich als Schleier darüber. Dazu Wildkräuter, die den Winter überlebt hatten und nun umso mehr nach frischem Leben dünsteten. Ein impressionistisches Duftgemälde, das ein Arnaud der Sinne zeigte. Minute um Minute der reinen Muße verstrichen. Die Balance der feinsinnigen Strahlkraft des Odeurs wurde von der Sonne begünstigt, die einen warmen Unterton hinzufügte. Niemals sollte die Welt anders sein, als in diesem innigen Moment der Ruhe und Gelassenheit, der Einkehr zum Selbst.

***

Juste Simon saß auf dem Blümchensofa und ein leeres Glas stand auf dem Couchtisch. Im Trinkglas noch Flüssigkeitsreste. Daneben eine Flasche. Ein ruhiger Eindruck. Nahezu idyllisch. Stillleben mit Mensch, Flasche und Gefäß. Jeder Beobachter hätte an diesem Bild nichts Verwunderliches gefunden. Es war kurz nach vierzehn Uhr und Juste Simon machte sich keine Gedanken. Alles Denken war außer Kraft gesetzt. Leergepumpt. Licht fiel auf die Flasche und das Glas, das kürzlich noch randvoll gewesen war. Fortgesetzt leerer Geist. Das allein signalisierte einen bemerkenswerten Umstand, denn Buchhalter dachten. Immer. Humanisten und Christen auch. Liebende Männer ebenso. Trotzdem: Funkstille. Die Flasche auf dem Tisch funkelte. Kenner würden den unheilvollen Namen ›Chartreuse verte‹ auf dem Etikett bemerken. Fünfundfünfzig Volumenprozent. Giftgrün. Ein vollgeschenkter großer Tumbler bedeutete schon etwas, selbst in erfahrenen Händen. Doch für Ungeübte, die den grünen Kräuterextrakt in einem Zug erledigten, in Verbindung mit leerem Magen und schlechter Laune, für die lagen Bewusstlosigkeit und Erbrechen in der Luft. Die Flasche Chartreuse stammte aus der Erbschaft von Mamie und hatte für schwerwiegende Notfälle bereitgestanden. Meistens hatte Mamie dazu etwas gekocht. Ein Ragout oder ein Cassoulet. Juste hatte entschieden: Notfall war jetzt. Blanche war für immer fort und er allein. Die Dornen des Rosenstraußes hatten ihm Zeichen ins Gesicht gegraben. Welche Frau erschlägt ihren Mann mit den Blumen der Liebe? Und kündigt gleichzeitig die Liebe auf? Wenn das kein mamiescher Notfall war, was dann? Er vermisste nur noch das Cassoulet und Mamie. Seine Großmutter und ihren immer klugen Rat hätte er jetzt gebrauchen können.

Was der Anblick im Hause Simon nicht auf Anhieb verriet: Ein Mann weint innerlich, außerstande, Gefühle in Worte zu kleiden, wenn die Herzensfrau ihm nicht mehr vertraut. Wo Vertrauen fehlte, wuchs Verdacht. Wo Verdacht sich niederließ, nahm die Ruhe Abstand und die Liebe Abschied. Justes Vakuum füllte sich nicht. Er schenkte das Grün nach, abermals bis zum Rand des Tumblers. Wenn er je wieder anfing zu denken, würde es schmerzen. Bisher klappte es glänzend mit dem Nichts. Schön gefühllos. Ausgeblendet die Wörter *Männerschwein, Hurengänger* und *Fremdgeher*. Leere tat gut. Er ergriff das Glas, starrte ins Grün. Die Logik fragte nicht, ob Grün allein deshalb als beruhigende Farbe galt, weil *Chartreuse verte* die Grundlage für diese These bildete. Der Reflex forderte: Trink! Er trank. In einem Zug. Nie mehr Denken, nie mehr Schmerzen, alles vergessen. Reflexe und Instinkte bildeten schon ein tolles Paar. Als Blanche ihn richtete, hatte sein Instinkt zu dem geraten, was Männer im Allgemeinen taten, wenn sie sich von den Ereignissen überrollt fühlten. Er schwieg und erstarrte. Für jede Frau ein klares Schuldeingeständnis. Männer meinten es hingegen nicht so. Welcher Mann fing schon plappernd eine Handgranate auf? Dabei hätte er dieses Desaster ahnen können. Insbesondere als Rechenkünstler. Er hatte vorausgesetzt, dass Blanche die Patchouliaffaire vergessen, und dass Malo nichts über das Bordell erzählen würde. Zwei klare Posten auf einer Rechnung. Fehlkalkulation. Die Mathematik des Lebens rechnete in einer anderen Variante: Das Ungewisse war immer Teil einer Gleichung und hatte ihn voll erwischt. Das Grün zeigte mehr Wirkung. Glasige Augen mit gerötetem Rand. Justes Körper schien sich zu verkleinern. Keine Emotion kam ihm über die Lippen, kein Schluchzen und auch kein Wehklagen. Der Kampf um die Augenlider begann. Schließen. Aufreißen. Schließen. Er verlor und sackte auf dem Sofa mit geschlossenen Augen zusammen. Das leere Glas in der Hand fiel zu Boden. Gerade noch im Bereich des Hörbaren murmelte er:

»Blanche, ich liebe dich.« Für ein paar Stunden würde ihm der Chartreuse komatösen Schlaf schenken, bevor der Schmerz des Lebens ihn wieder überfallen würde. Schlaf gut, Juste Simon, das Tollhaus, das sich Leben nennt, wartet auf dich.

***

Merlin hatte sich stundenlang der Faulheit hingegeben. Mittlerweile ödete ihn die Langeweile an. Die Eberesche vor der Gasse warf einen entspannenden Schatten. Eine Clematis gesellte sich zum Faulenzer und hing schlaff herunter. Schwestern im Nichtstun. Für Merlin entpuppte sich Faulheit als nicht so einfach, wie er erwartet hatte. Sie forderte den ganzen Kerl. Nachdem einem Schläfchen versuchte er es mit Dösen. Danach legte er sich auf den Rücken und zog die Pfoten zu sich heran. Gähnte. Schubberte sich am Boden. Irgendwann hörte er einen Prekariatskläffer. Einen von denen, die zwar ein Herrchen hatten, aber keine Leine. Das Kläffen kam näher. Unwillkürlich stellten sich die Nackenhaare auf und Fluchtinstinkt setzte ein. Fast wäre er aufgesprungen und fortgelaufen. Alle Faulheit wäre dahin gewesen. Die Aussicht auf Erlösung von dem Guten auch. Merlin blieb also liegen und das, obwohl diese Art von Viech in seinem letzten Leben den Untergang bedeutet hatte. Er tat einen Blick in die Vergangenheit und sah die unbeaufsichtigte Horde blutgieriger Köter. Dieses Biest war nur ein Einzelstück, aber das reichte, um nervös zu werden. Das Kläffen klang tiefbrünstig und martialisch. Merlins Angst hörte sogar Hunger auf Katzen durch. Im letzten Moment brüllte ein Mann nach der Mordmaschine. *Pussi* hieß das Ding, dessen Kläffen schlagartig erstarb. Das war besser, als wenn er erstarb. Viel besser. Gerettet.

Wie lange brauchte der Menschengott, bis er endlich verstand? Merlin stellte fest, dass der Herr eine ziemlich lange Leitung hatte. Zwar das Alphamännchen schlechthin, aber nicht der Schnellste. Zum Teufel aber auch! *Ich-will-ein-böser-Kater-sein! Sofort!* Merlins Augen schlossen sich zur Hälfte. Er sah noch den Widerschein seiner Leuchtbirne – keine Veränderung beim Heiligenschein. Also ein kleines Nickerchen, dann ein großes und ein Häppchen Dösen dazwischen. Entheiligen bedeutete harte Arbeit. Nie wieder eine Pfote krümmen, dazu bedurfte es des Willens, der Planung und Durchführung. Um Köter zu ignorieren, musste er ein Held sein, und für die Dauerentspannung brauchte er die Muskulatur eines Athleten. Bei Gott, warum ärgerte er sich, das war er doch: Held mit athletischen Körperbau und versehen mit einem höheren Intellekt. Kurzum: ein echter Kater. Fast wären ihm angesichts dieser phänomenalen Erkenntnis die Augen zugefallen, doch dann hörte er ein Summen, das mehr ein Brummen war. Ein Brummsummen. Chips! Dieses Geräusch hörte er unter Tausenden heraus. Es konnten nur Chips sein! Merlin hörte das Schmankerl schon auf zehn Meter Entfernung. Er riss die Augen auf und sondierte. Wo war die kleine fliegende Kampfmaschine, die sich Libelle nannte? Der knusprige und würzige Gourmethappen, der ideale Snack für zwischendurch. Merlin suchte. Er sah sie. Richtig lecker. Und da schwirrte nicht nur eine Libelle, sondern zwei. Sie bewegten sich direkt auf ihn zu. Potzblitz! Merlin sabberte. Trotzdem fand er es eigentümlich bis schräg. Wann waren ihm schon einmal freiwillig zwei Chips direkt vor die Nase geflogen? Nie! Er hatte sie mühsam ausfindig machen müssen und jagen. Sich verausgaben für das Dinner. Etwas stimmte nicht. Der Menschengott schien ihm Prüfungen zu schicken. Zuerst der Köter, dann Chips. Was sollte das? Die Libellen tanzten vor seinen Augen und reizten ihn. Hundsgemein! Von wegen, ein gütiger Gott aus reiner Liebe. Das war nicht lieb. Ganz und gar nicht. Er sollte sich bewegen. Ihnen hinterherlaufen. Verfolgen und Stellen. Der Menschengott wollte wohl um jeden Preis, dass er heilig blieb. Dass er mit der Sünde Faulheit aufhörte. Wer konnte schon tanzenden Knusperchips vor den Augen widerstehen? *Meine Güte, sahen die Chips chipsig aus!* Die Clematis an der Hauswand schritt ein und bezog Stellung. Als Schwester des Hexenzwirns hob sie ihre aberhundert Köpfchen und raunte Merlin zu: *Bleib standhaft. Schlummer weiter.* Die Hexenschwester wiegte sich im Wind. *Merlinnn, halte aus. Böse ist gut. Ohne Heiligenschein ist besser.* Merlin verzagte, die Clematis konnte so viel raunen, wie sie wollte, er steckte in der Naschfalle. Die Libellen brummsummten. *Augen zu*, wisperte die Clematis. Merlins Verlangen schien nichts zu hören, es bestaunte das fliegende Zwischendurch. Die Chips flogen hin und her. Rückwärts. Auf und ab. Er roch die Würzigkeit. Fühlte schon den Crunch. Alles, was er tun musste, war aufstehen, jagen und zuschnappen. Mehr nicht. Es schien so einfach und war doch so kompliziert. *Schließe die Augen, Merlinnn.* Merlin wog ab. Sekunden wurden zu Minuten. Das Brummsummen ließ nicht locker. Was tat man nicht alles für ein verkommenes Leben – er schloss die Augen. Die Clematis hob sich an mit aller Macht und senkte gleichzeitig sämtliche Köpfchen. Ein Windsog kam auf. Die Libellen wurden aus der Gasse gezogen. Fort von hier, weg vom Chipsliebhaber. Es wurde ruhig. Kein Brummsummen mehr. Die Clematis strömte ihren süßlich lockenden Duft aus. Merlin schnupperte. Was für eine klebrige Duftbombe. Er hob die Augenlider. Die Gasse war leer. *Merlinnn, gleich wird es leichter*, kicherten die Clematisköpfchen und erröteten. *Simple Sünde, simple Sünde, simple Sünde.* Clematischer Singsang. *Nutze sie!* Merlins Nase zerknautschte – honigsüßer Zuckerschock. Das soll eine leichte Sünde sein? Süßkram? Er sollte gleich eines Besseren belehrt werden. Um die Ecke des ersten Gassenhauses lugte ein schneeweißes Köpfchen mit grasgrünen Augen. Kein klebriger Zuckerschock von der Clematis, sondern ein Lockstoff. Die weiße Perle ging zwei Schritte vor. *Was für ein schönes Kind!* Weißes Fell sah bei Miezen einfach unvergleichlich schön aus. Merlin säftelte. Am Anfang war das Nichts, die Dunkelheit; daraus gebar sich alles und nannte sich Licht. Um die Finsternis nicht einsam zu lassen, vereinigte sich das Spektrum der Farben zu Weiß. Ein

Kleid aus nichts und allem. Wem würde das als Kerl nicht gefallen? Merlin stand auf. Die Mieze sollte ihn in voller Pracht bewundern. Neugierig sah sie ihn an. Beäugte ihn und den Heiligenschein. Nichts geschah. Sie lief nicht weg. Schrie nicht. Ein Anfangswunder. Merlin registrierte: Ein hübsches Kind, allerdings mit total dümmlichem Blick, der so beschränkt anmutete, dass er sicher war, dass sie den Heiligenschein als menschliche Leselampe einordnete. Merlin erahnte schon die nächste Todsünde: Wollust. Die Faulheit segelte auf den Flügeln der Gleichgültigkeit dahin. Posing für die nächste Sünde. Bauch rein, Brust raus. SIE war wie geschaffen für die Entheiligung als erotische Verflechtung von Körper und Universum. Und vor allen Dingen: nicht zu helle. Die Todsünde zu begehen, schien mit einem Mal mühelos. Ein Klacks. Bei so einem Zuckerstückchen. Einem Candylein. Merlin zog die Mundwinkel hoch. *Hallöchen!* Noch zauderte Candy. Sie zog rätselnd den Kopf zur Seite. *Ich bin es, Adonis*!, lockte Merlin. *Hierher!* Das Gesetz des Ausgleichs war ein mächtiges Ding. Etwas an Merlin stellte sich auf. Als Entschuldigung zählte nur: Das Perlchen war einfach ein Knaller. Und etwas rutschte runter. Nicht lautlos, sondern mit einem lauten metallischen Klang. Ein nicht näher zu spezifizierendes ›Klonk‹. Merlin zuckte zusammen. Entsetzt schaute er hoch, dann nach unten. Das Ding, der Heiligenschein, hatte sich in der Mitte geteilt, war an den Wangen hinabgerutscht, um nunmehr als zwei Halbkringel am Kinn zu hängen. Der mattweiße Bart aus entgegengesetzten Cs vibrierte. Warum sollte das Leben auch einfach sein? Die Perle kreischte und startete die Flucht. Sie lief schnell. Merlin nach dem Überraschungsmoment hinterher. Was blieb ihm auch übrig? Die perfekte Sünde war ein seltenes Kraut.

***

»Malo! Raus hier, aber sofort!« Blanche Martin hatte das Bistro betreten und warf eine Reisetasche auf den Tresen. Noch unter Dampf und Segeln war der Tonfall, den die Wirtin anschlug, eine Anomalie. Malo stellte die Flasche Pastis ab. Er begriff, dass nichts mehr im Bereich des Verhandelbaren lag. Der Engländer vermerkte Blanches Emotionen ebenfalls. Beide Männer sagten nichts. Auch die anderen drei Männer am Bistrotisch, die eben noch Sardinen zergabelt hatten, schwiegen.

»Räum die Wohnung und geh zu deinem Bordellbruder.« Sprachlosigkeit spannte sich über den Raum. Auch hier galt das Handgranatengesetz. »Los jetzt!« Malo löste sich aus der Versteinerung und band umständlich die Schürze ab.

»Blanche«, sagte der Engländer vorsichtig und die Betonung trug alles, was Mann dazu bedacht sagen konnte.

»Nein! Hat sich aus mit Blanche.«

Malo legte die Schürze auf den Tresen, umrundete die Theke und blieb wortlos vor der Wirtin stehen.

»Nein!«

Er schaute Blanche noch einmal mit einem Es-tut-mir-leid-Blick an.

»Nein!«

»Blanche, sei doch nicht so.«

»Misch dich nicht ein, Lucien.«

»Gib ihm eine Chance.«

»Die gebe ich ihm. Er kann den Rest seines Lebens bei Juste und in Bordellen verbringen. Das ist doch das, was ihr Männer wollt. Männerfreundschaften, saufen und Huren.«

»Du übertreibst.«

»Nein.«

Malos Es-tut-mir-leid-Blick fixierte die Pupillen der Wirtin.

»O nein, das zieht bei mir nicht. Du verschwindest. Sofort. Raus!«

Der kleine Stadtangestellte senkte den Kopf und trottete zum Ausgang. Ein Blick zurück. Kein Erbarmen. Nirgendwo. Er ging weiter, öffnete die Tür und entschwand. Bald war er nicht mehr sichtbar. Die Männer an dem Bistrotisch schauten Malo dennoch hinterher. Die Sardinen blieben unberührt. Atemzüge schienen still zu stehen. Blanche schaute ihre Gäste an.

»Was gibt es? Schmecken die Sardinen nicht?« Hektische Betriebsamkeit setzte ein. Nebst fahrigen Bekundungen, wie grandios die Fischmahlzeit mundete, wie schön das Wetter sei und dass bald Mai wäre, kam auch der Gedanke auf, dass in diesem Mai sicherlich das schönste Wetter aller Wetter zu erwarten sei. Der Mutigste der drei Männer fügte noch hinzu, dass er schon eine Gartenammer gesehen hätte, was auf einen frühen Sommer schließen ließe. Blanche grummelte. Sie zog ihre Jacke aus, verstaute die Reisetasche und band die Schürze um. Schürze umbinden signalisierte immer beginnende Arbeit. Andere betätigten die Stechuhr. Blanche Martin nahm das Wischtuch und rieb über den Tresen, fasste die Pastisflasche an und wollte Lucien nachschenken. Immer das gleiche Ritual. Immer die gleiche Arbeit. Einschenken, Gläser abwaschen, Vorkochen, Bestellungen tätigen. Schon so lange. Zwischendurch Krankheiten der Eltern, Pflege, Unausweichliches. Hochzeit mit David. Seitensprünge. Der frühe Tod. Kümmern um die Nichte. Nun Juste. Zusammenziehen. Bordellbesucher. Trennung. Alles nebenbei. Die Zeit verflog dabei. Der tägliche Wahnsinn schaffte Narben, die im Alltag untergingen. Kam die Seele überhaupt hinterher?

»Was hast du mit Juste angestellt?«, durchbrach Lucien Forest die Situation.

»Ich ...« In Gedanken gefangen, erfasste die Wirtin, dass es im Grunde immer um Abschied ging. Um Tod in unterschiedlichen Nuancen. Sich zu lösen von einem Menschen, der so einzigartig war wie die Beziehung zu ihm. Auch bei Juste ging es darum. Trennung war schlichtweg ein kleiner Tod. Der Schmerz, der ihm innewohnte, besaß die gleiche Qualität wie das große Sterben. Ergaben Leben und Tod Sinn? Vermutlich konnte der Sinn des Lebens nur gefunden werden, wenn ein beängstigendes Gefühl von Leere vorherrschte. Blanche fühlte sich leer und sie brauchte noch nicht einmal *Chartreuse verte* dafür. Juste war von ihr gegangen worden. Wo blieb der Sinn des Lebens?

»Blanche? Geht es dir gut?« Der Fischer erlöste sie aus den Gedanken.

»Ja. Alles gut«, murmelte sie.

»Das hört sich nicht so an.«

»Lucien?«

»Ja.«

»Was ist der Sinn des Lebens? Ist es das hier?« Blanche Martin zeigte mit erhobenen Armen auf das Bistro. Der Fischer starrte sie an, dann schüttelte er den Kopf.

»Es gibt keinen Sinn des Lebens.« Unvermittelt rannen Blanche Martin Tränen aus den Augen. Feuchte Spuren der Traurigkeit. Selbst dieser Rettungsanker wurde ihr entzogen. Alles vergebens. Kein Sinn vorhanden. Der Fischer wurde in die Enge getrieben, genötigt durch Frauentränen.

Unwillig, sich allzu sehr der Philosophie hinzugeben, sog er etwas aus der Zwiesprache, die er zuweilen mit dem Meer hielt.

»Vielleicht gibt es doch einen Grund«, sagte er mit zurückhaltender Stimme. Blanche schaute hoch. Die Tränen liefen unbeirrt weiter. Ihr Gesicht rötete sich.

»Sag es mir.«

»Du wirst es nicht gerne hören.«

Blanche suchte in der Hosentasche nach einem Taschentuch. Sie fand es und schnäuzte hinein.

»Sag schon.«

»Vielleicht ist es eine falsche Ansicht.«

»Lucien!«

»Ich denke, der Sinn des Lebens spiegelt sich in den Menschen wider, die dir Freude bereiten und denen du Freude bereitet hast. Mehr nicht.«

Das war zu viel. Diese Antwort gab den Startschuss frei für eine Welle aus Tränen und eine Flucht in die Küche. Lucien Forest schloss die Augen. Er hörte das Beweinen einer offenen Wunde. Er hatte vermutet, dass derlei passiert würde. Ein Nagel, der auf den Kopf traf, wirkte immer genau auf den Punkt, an dem besondere Empfindlichkeit vorherrschte.

***

»Blanche, komm da raus. Hier sind Herren, die abkassiert werden wollen und ein Tisch ist neu besetzt. Jeweils zwei Grandes, einmal Apfeltarte und einmal Salzkaramellgâteau.« Die Küche schwieg. »Nur als Hinweis: Ich bin kein Wirt.«

Nullreaktion. »Und ich will auch keiner sein!« Um die Ecke lugte ein verheultes Gesicht. Rotfleckig. Verquollen. Selbst die Haarschnecke hatte sich aufgelöst und der Zopf hing herunter.

»Lucien, ich kann doch so nicht vor die Leute treten.«

»Kannst du.«

Blanche Martin nahm in Ermangelung weiterer Taschentücher ein Stückchen von einer Küchenrolle und putzte sich die Nase. Das Geräusch brüllte den Fischer an. Danach kringelte sie den Zopf ein und steckte ihn fest. Sie zog die Hände übers Haar. Das rotquellige Gesicht blieb.

»Geht es so?« Der Fischer nickte. Schweigen als mildeste Form der Lüge. Blanche Martin begab sich mit gesenkten Kopf zur Kaffeemaschine und hantierte an Düsen und Knöpfen. Der Fischer sah ihr zu. Die Tätigkeit hatte wie immer choreografische Züge. Jeder Handgriff schien im Einklang mit der Zeit zu fließen. Am Ende drückte die Wirtin auf den Knopf und heiße Brühe floss unter Lärm in eine Tasse. Er hätte ihr dabei stundenlang zusehen können.

»Blanche.« Die Wirtin knurrte.

»Was ist?« Sie holte zwei Teller und belegte sie mit den gewünschten Kuchenstücken. Jeweils eine Gabel und eine Serviette dazu. Fertig.

»Ich muss dir noch etwas sagen.« Blanche Martin blieb stehen. Es lag etwas in der Stimme des Fischers, das auf Verhängnis schließen ließ. »Es wird dir auch nicht gefallen.«

»Lucien, habe ich heute nicht genug einstecken müssen? Ich habe das Gefühl, mich mitten in einem Sturm zu befinden, der nicht aufhört. Womit willst du mich noch quälen?«

Zwei violette Augen beobachteten die Wirtin genau.

»Nadine ist wieder da. Sie lebt in deiner Wohnung. Malo hat es mir erzählt.« Blanche Martin sagte nichts. Zwei Augenpaare verhakten sich ineinander. Sie sprachen, ohne zu sprechen. Gott hat einen verdammt guten linken Haken, war die Essenz des Blicks. »Blanche, sie darf auf keinen Fall hierbleiben. Es wird Ärger geben. Sie muss wieder weg. Zu ihrem eigenen Besten«, brummte der Fischer mit bewusst erzwungener Ruhe.

»Warum? Du hast sie schon einmal vehement weggeschickt und das war auch richtig. Sie sollte ein neues Leben anfangen. Arbeit finden, nachdem Laval sie rausgeworfen hat, bei meiner Schwester zu Kräften kommen und mit dir endgültig abschließen. Vielleicht hat sie das alles getan und ist nur zu Besuch hier.«

»Frag nicht. Sie muss weg. Es ist wirklich wichtig.«

»Lucien, liebst du sie?«

»Blanche …«

»Nur ein wenig?«

»Ich werde keine Frau mehr lieben. Das weißt du doch.«

»Was sagt dein Herz dazu?«
»Ich sorge dafür, dass es leer bleibt.«
»Kostet es dich wenigstens Kraft?«
Er pausierte. Die ihm eigene imaginäre Nuss in der Wange wanderte von der einen Seite zur anderen. Ein düsterer Blick in die Welt und dahinter. Die Wirtin verstand.
»Dann werde ich Camille anrufen. Ich werde sie fragen, ob sie mich im Bistro am Abend vertritt. Ich brauche sowieso Zeit, um selbst zur Ruhe zu kommen und für Nadine.«

***

Wie baute man sich ein neues Leben auf, wenn das alte dauernd hinterherlief?
Den Schlüssel für dieses Problem hatte Nadine Pascal nirgendwo gefunden, stattdessen kratzte sie sich übermäßig am Unterarm, der davon bereits schwer gerötet war. Sie hatte Malo gesagt, dass sie etwas schlafen wollte und sich ins Schlafzimmer zurückgezogen. Nur, um allein zu sein. Als sie hörte, wie er die Wohnung verließ, ging sie in die Küche zu ihrem Lieblingsplatz am Fenster. Stundenlang überlegte sie. Wendete alles hin und her. Thibaud hätte von Abbé Noël gefunden werden sollen und nicht von einer Hure. Warum sonst suchte ausgerechnet die Bordellbesitzerin nach der Mutter eines Kindes? Es gab nur eine Antwort: Thibaud als Findling einer Käuflichen und das Bordell als Kinderheim. Warum geschah immer nur ihr Unglück? Es schien wie ein roter Faden. Nadine wusste nicht, dass dieser sich bereits mehrfach um das' Haus gewickelt hatte und ungeduldig darauf wartete, weiter durch Arnaud zu laufen. Ein roter Faden als Zeichen des Fiaskos. Wenn Gott Lust hatte, Leid zu verschenken, dann streute er viele Emotionen über das Leben. Nadine schwankte zwischen Verzweiflung, Wut und Ohnmacht. Sie kratzte intensiver. Bald würde der Durchbruch zum Blut erzielt sein. Hatte Thibaud nicht ein besseres Schicksal verdient? Zur Welt gekommen mit falschem Vater, falscher Mutter, in einem falschen

Nest. Die falsche Mutter saß auf einem richtigen Holzstuhl in der Küche und stierte aus dem Fenster. Vor ihrem Auge ein begrenzter Innenhof. Warum sollten käufliche Frauen nicht gut zu ihrem Kind sein? Möglicherweise verhielten sie sich liebevoller als Menschen in kirchlichen Waisenhäusern. Das Ganze wäre durchaus in Ordnung gewesen, wenn die Besitzerin jetzt nicht nach ihr suchen ließe und das ausgerechnet noch von Juste, dem Lebenspartner ihrer Tante. Es gab keinen anderen Weg. Der letzte Kratzer ließ Blut laufen. Die Stuhlsitzerin stand auf, zog eine Schublade in der Küchenzeile auf. Es war ein Leichtes, der Dame des Bordells einen unbemerkten Besuch abzustatten, die Räumlichkeiten kannte sie genau. Früher ein Lebensmittelgeschäft, heute ein Bordell. Mit der Tochter des damaligen Inhabers hatte sie als Kind gespielt und nun würde sie dort ein anderes Spiel spielen. Seltsam. Nadine sah auf. Alles fügte sich ineinander …

***

Malo ging auf den Vorgarten zu. Er öffnete die Gartenzauntür und legte die wenigen Meter bis zur Haustür eiligst zurück. Justes Haus ruhte vor sich hin. Der einzige Bewohner darin auch. Er schnarchte auf dem Sofa den komatösen Schlaf der vergangenen Promille. Draußen Beschaulichkeit: roter Backstein mit Natursteinfundament. Schwarzes Dach. Ein Sonnenhauch überzog das kleine Paradies. Die Kletterrose machte sich bereit fürs Frühlingserwachen und einige Bienen summten sie bereits an. Ursprünglich hatte Malo den hinteren Eingang benutzen wollen, der über einen Grasstreifen längs des Hauses erreichbar war. Aber für seinen Einzug wählte er doch lieber die Fronttür. Das wirkte offizieller. In der linken Hand die Reisetasche, betätigte er mit der rechten die Klingel. Atonales Schellen. Der Sofaschläfer erwachte mit angeklebter Zunge am Gaumen und schwer zu öffnenden Augen. Es brauchte Minuten, bis die Verstörtheit aus dem Mann ohne Blanche wich. Erneutes Schellen. Justes Kopf fühlte das Geräusch als Heidenkrach. Schmerzgeplagt erwog er, aufzustehen.

Na, mein kleiner Trunkenbold, keine Ortung?

Die seriellen Misserfolge im momentanen Lebensabschnitt ließen den inneren Tyrannen stetig präsent sein, was eine zusätzliche Schlappe darstellte. Trunkenbold? Alkohol? Er? Hatte er getrunken? Kurzzeitamnesie. Weswegen fühlte er sich so schlecht? Dann die Erkenntnis. *Chartreuse verte.* Blanche war weg. Fort. Fast hätte er sich wieder hingelegt, doch erneutes grauenhaftes Schellen hinderte ihn daran. Wenn das nicht aufhören würde, müsste er die Klingel aus der Wand reißen und sie als Frisbeescheibe über die Straße zischen lassen.

Na, na, na. Mein unbeugsamer Recke. Wo bleibt die Contenance? Die legendäre Beherrschtheit eines Buchhalters? So ein süßes kleines Klingelchen. Wer wird denn in die Luft gehen?

Juste schluckte. Die einstmalige Spucke hatte nach der Mutation die Form einer klebrigen Masse angenommen. Schellen. Möglicherweise wäre es gar nicht so schlecht, den beherrschten Jähzorn einmal Gassi zu führen. Noch wusste er nicht, dass er sich nach dem Öffnen der Haustür zusätzlich die Frage stellen würde, wo sein militanter Pazifismus geblieben war. Juste Simon stemmte sich hoch, ging den Flur entlang und hielt die Türklinke in der Hand. Er vernahm eine bekannte Stimme, die »Juste« rief.

Mann, Mann, Mann – halt den Gullydeckel fest, die Scheiße kommt hoch!

Warum blieb das bösartige Geplapper nicht einfach still? Hatte er nicht genug zu ertragen? Juste Simon riss die Tür auf. Sah Malo und knallte die Tür zu. Das Geräusch der zuschlagenden Tür erzeugte Schmerzen unermesslichen Ausmaßes im Schädel. Es klingelte erneut. Juste fiepte. Türaufreißen.

»Was soll das!?«, brüllte er.

»Salut, Juste«, sagte Malo zaghaft, unter Hinzufügung aufgerissener Augen. »Ich bin es. Malo. Ich möchte bei dir einziehen, weil Blanche gesagt hat, dass ich zu dir ziehen soll. Sie will nicht mehr, dass ich in ihrer Wohnung wohne und wir können nun saufen und rumhuren, so viel wir wollen.« Justes hagere Gestalt wankte. Das Gesicht zitterte. Fahle Blässe. Er erfasste den Sinn im Unsinn nicht.

»Was hast du gesagt?«

Hohlnuss, er hat gesagt, dass er hier einziehen will. Und du kannst rumhuren und saufen bis zu Besinnungslosigkeit.

»Rumhuren und saufen?«

Malo sah sich freudig überrascht über die Anteilnahme. Er grinste.

»Ja, genau das können wir tun. Rumhuren und saufen. Jederzeit. Blanche hat nichts dagegen. Sie hat es sogar vorgeschlagen.«

Eigentlich hätten Justes Pupillen an dieser Stelle Kreisel drehen müssen. Taten sie aber nicht und zum ersten Mal in seinem Leben fragte er sich, ob ein Faustschlag angebracht wäre.

Los, frage ihn schon, ob er blöde ist!

Der Wutball in Juste befahl seiner Hand, eine Faust zu ballen.

Du kannst es: Schrei ihn an! Hau ihm eins auf die Zwölf. Strecke ihn nieder. Der Glaube an das Gute im Menschen ist ein Geburtsfehler.

Juste schnaubte. Was jetzt? So weit durfte er nicht gehen. Keine Gewalt. Niemals. Wenn Gewalt ausbrach, war der Verstand perdu. Er schlug mit aller Kraft die Tür zu. Donnern. Kopfschmerz. Pein. Er krümmte sich und hielt den Kopf zwischen seinen Händen.

»Blanche, wo bist du?«

Von draußen her tönte es dumpf:

»Juste, was soll das? Ich bin es doch! Malo, dein Freund. Ein Freund, der deine Hilfe braucht!«

Er ist ein Idiot. Wir sind uns doch im Klaren darüber oder ist einer von uns beiden ebenfalls ein Idiot und ich bin es nicht?

Der Buchhalter schichtete das Problem um. Der komplette Neuanstrich erhielt eine christliche Note: Ertrage einer den anderen und vergebt euch untereinander und wenn jemand Klage gegen den anderen hat; wie der Herr euch vergeben wird, so sollt auch ihr vergeben.

Was für ein Quark. Der Klub der Armseligen nennt sich Vergebung.

Juste öffnete die Tür.

»Warum? Sag mir nur, warum du Blanche vom Bordellbesuch erzählt hast. Was hat dich geritten?«

»Geritten? Keine hat mich geritten. Ich … aber, das war doch so – wir waren schließlich wirklich im Bordell«, sagte Malo und stellte die Reisetasche ab. »Ich wollte nur helfen. Blanche war ziemlich wütend auf dich.«

»Und dann berichtest du ihr davon, dass ich dem Bordell einen Besuch abgestattet habe. Findest du das wirklich klug?«

»Ja.«

»Warum?«

»Ich wollte nicht, dass sie denkt, dass das Patchouli, das sie gerochen hat, von Marguerite stammt. Sie war deshalb nämlich ziemlich sauer.

Und das Patchouli kam doch nicht von Marguerite, sondern aus dem Bordell. Also habe ich ihr das gesagt. Damit wusste sie, dass alles ganz harmlos ist. Wäre es Marguerites Parfüm gewesen, dann wäre das nicht harmlos gewesen.«

»Malo! Nach Patchouli kann es überall riechen. In Partykellern, auf Feuerwehrfesten, in Lokalen und bei Leuten, die Cat Stevens hören, einen vollgekrümelten Flokati auf dem Fußboden liegen haben und ein Stirnband tragen. Hättest du nicht irgendeinen anderen Ort nennen können? Warum ausgerechnet das Bordell? Du hast mein Leben zerstört. Mir wäre viel lieber gewesen, ich hätte Marguerite als Zentrum von Blanches Hass gehabt. Das Missverständnis hätte ich ausräumen können. Meine Ex-Frau befindet sich nachweislich in Paris. Wie soll ich jetzt deiner Meinung nach ein Bordell ausräumen?«

»Aber wir haben da doch gar nichts Böses gemacht!«

»Und du glaubst, sie glaubt dir das?«

»Wenn es die Wahrheit ist.«

»Frauen haben ihre eigene Wahrheit. Insbesondere dann, wenn es um Huren geht. Blanche ist für mich verloren. Ich werde für immer ein Einsamer in einer mächtig großen Welt sein, dabei fehlt sie mir so sehr. Dank deines Einsatzes.« Was gab es da noch zu reden oder hinzuzufügen? Juste Simon schlug die Tür zu. Malo klingelte trotzdem.

Er ist kein Idiot. Wirklich KEIN Idiot. Er ist ein VOLLidiot. Könntest du mit dem Bibelscheiß aufhören und ihn foltern?

Die Tür schwang auf. Warum Juste öffnete, wusste er selbst nicht.

»Was willst du noch?«, herrschte der Buchhalter den Verräter an.

»Juste, es ist doch richtig, dass du nur der Bordellmutter helfen willst? Wegen der Mutter, die du suchen sollst. Oder? Das ist gut und menschlich. Aber warum hilfst du mir dann nicht? Das wäre auch gut und menschlich, weil ich das, was ich getan habe, auch so wollte, wie ich es getan habe, aber nicht so bekommen habe, wie ich es erwartet habe und wie es dann geworden ist. Ich kann das besser machen. Das nächste Mal wird das, was ich will, dann auch so sein, wie ich es meinte und du wirst zufrieden sein, mit meinem Wollen und dem, was draus wird. Sei doch wieder gut.«

Töte es, bevor es Eier legt.

***

Einst, als Wünschen noch half und zartbekleidete Feen im Morgengrauen auf taunassem Gras ihren Reigen tanzten, war das Leben einfacher. Erdverbundener. Schwingend im Einklang mit den Urzeiten. Besonders im Frühling, in der Zeit vor Beltane, wo Gefühle voller Euphorie, Neuerschaffung und Wunschdenken existierten, vermochte selbst ein braver Buchhalter dem Schicksal ein Schnippchen zu schlagen, indem er die dünnwandige Zeit zwischen Mensch und Feen zu nutzen verstand, um Fürbitte im magischen Reich zu erlangen. Gab es diese Zeit noch? Für Feinfühlige schon. Andere nahmen ihre Klugheit zu Hilfe. Juste Simon stand weiterhin im Türrahmen und starrte Malo an, der fortgesetzt Bandwurmsätze formulierte. Er hatte schon lange aufgehört, ihm zuzuhören. Auch der innere Tyrann faselte vor sich hin und er hörte nicht zu. Wörter drangen vor, prallten an ihm ab und suchten das Weite. Juste dachte nach. Wie konnte er sich etwas Luft verschaffen? Sein Denken unter Restpromille beschloss: Muttersuche zuerst – also Madame Galabru. Probleme immer vom Grund her aufräumen. Justes Nackenhaare stellten sich auf und sogar sein Fuß krümmte sich mitsamt Metallklebeband. Der Buchhalter nahm Malo ins Visier, der immer noch plapperte. Wie, bei allen guten Geistern, dachte der Erdensohn mit Ratio, der nichts von Geistern hielt, schaffte es sein Kollege, dermaßen viele Wörter aneinanderzureihen, ohne Luft zu holen und unter Ausschluss von Sinn und Verstand? Malo. Genau. Eine ganz einfache Lösung. Malo war ihm etwas schuldig. Nicht nur etwas. Sehr viel sogar, was ihn wiederum zu Madame Galabru brachte.

»Du kannst auf der Terrasse schlafen«, unterbrach Juste den Redefluss des Kollegen.

»Auf der Terrasse?« Malo verstand nicht, der innere Tyrann schon.

Das ist gut, Hohlnuss.

»Ja.«

»Aber … aber … warum darf ich nicht im Haus schlafen?«

»Bevor ich dich ins Haus lasse, musst du Madame Galabru aufsuchen.«

»Ich?«

»Ja.«

»Das kann ich nicht. Sie mag mich nicht und ich mag sie auch nicht. Sie ist eine Tratsche und ich will nicht mit ihr tratschen. Sie würde mein blaues Auge sehen, den Biss im Nacken und mich aushorchen, quälen und über mich reden. Das will ich wirklich nicht, Juste. Nein. Das will ich nicht.«

»Aber du willst im Haus schlafen?«

Jetzt hast du ihn endlich bei den Eiern, die er nicht hat.

»Wenn du mich so fragst «, tastete Malo sich vor. »Also, ich möchte schon gerne im Haus schlafen. Draußen sind Tiere, Käfer und nachts heulen Wölfe.«

»Hier leben keine Wölfe. Wenn etwas heult, dann ist es der Wind.«

»Den mag ich auch nicht.«

Hohlnuss, erzähle ihm was von Werwölfen, Reißzähnen und blutigen Augen in der Nacht und schon hast du ihn bei Madame Galabru.

Juste ging einfühlsamer an die Angelegenheit heran.

»Du begibst dich einfach zu Madame Galabru und fragst sie, welche Frau vor Kurzem Mutter geworden ist. Das ist nicht schwer.«

»Puh. Gott sei Dank, ich muss gar nicht zu der Tratsche. Das weiß ich auch so. Madame Nedieu und die Frau des Buchhändlers sind Mütter geworden. Kann ich jetzt drinnen schlafen?«

»Nein. Außer Madame Nedieu und Madame Potard?«

»Das ist unfair!«

»Malo, soll ich dir einmal erzählen, was wirklich unfair ist? Es hat mit Bordellen, Verrat und Zerstörung meines Lebens zu tun!«

»Das wollte ich nicht.«

Juste seufzte tief und ausgiebig.

»Wusstest du schon, dass des Nachts Werwölfe um mein Haus schleichen, die Reißzähne haben und blutige Augen?«

***

Keine Spezies auf Erden beherrscht die Fähigkeit des Denkens so ausnehmend gut wie der Mensch. Niemand anderes versteht sich feinsinniger auf das Streben nach Glück und schafft es gleichzeitig, damit viel Unheil über sich zu bringen. Manche Mikrobe ist besser dran als ein menschliches Individuum. Malo trottete in den Garten und dachte nach. Juste Simon schloss die Tür und empfahl sich das Gegenteil: jegliches Denken erneut komplett einzustellen. Schmerz und Ärger waren nicht spaßig. Er wollte einen Schlafsack aus dem Keller holen und ihn emotionslos auf die Terrasse werfen. Alles andere hätte nur Mitleid mit Malo aufkommen lassen, vielleicht sogar die religiöse Seite in ihm geweckt, und das wäre kontraproduktiv gewesen. Auch der Humanist in ihm musste schweigen. In diese Denkpause fiel ein Augenmerk. Juste Simon entdeckte auf dem Fußboden des Flurs ein Kuvert. Er blieb stehen. Das Kuvert hatte keine Normalgröße. Mehr die Ausmaße einer Visitenkarte mit Umschlag. Er fragte sich, wie es in den Flur gelangt sein mochte. Dünn genug, um es unter der Tür durchzuschieben, mit nachfolgendem Rutschen über die Kacheln. Irgendetwas hielt ihn fest. Regungslosigkeit. Minutenlang. Warum hob er das Briefchen nicht auf? Obwohl er anfing zu denken, fühlte er die Blanche-Seelenpein nicht, auch nicht den Schmerz im Fuß, die Malomalade oder die Einsamkeit. Was war ein Schlafsack? Lautlosigkeit zog ein. Kälte auch. Dabei lag dort nur Papier, mehr nicht. Geschaffenes aus Zellstoff und Füllstoff. Wenige Gramm. Möglicherweise viel Stoff für eine üble Vorahnung. *Fata viam invenient* – Das Schicksal findet seinen Weg. Der Buchhalter befahl sich, den Weg des persönlichen Schicksals aufzunehmen. Sein Credo: Nimm das Leben, wie es kommt, und glaube daran, dass alles gut wird. Kurz bevor er das Kuvert aufhob, schalt er sich, dass er langsam zu einem Hasenherz mutierte. Das Kuvert lag leicht in der Hand. Was sollte schon sein? Er drehte es um, klappte die Lasche auf und zog ein Kärtchen hervor. Der Moment streckte sich. Er las. Auch ein schweigendes Gesicht konnte Stimme und Worte haben. Dieses stieß einen Notruf aus. Auf dem Kärtchen stand nur ein einziges Wort. Eine Druckverstärkung. Der Buchhalter krümmte sich, nahm die Wand als Stütze und rutschte an ihr hinunter. Das Unglück hatte sich bei Juste Simon häuslich eingerichtet. Die Botschaft glitt ihm aus der Hand. Das Kuvert fiel zu Boden. Mit der Schrift nach oben lag das Kärtchen da. Ein Wort mit lieblicher Feder geschrieben: *Sadist.*

***

Wollust konnte unendlich anstrengend sein, wenn sie mit Hinterherlaufen verbunden war. Merlin war der weißen Perle nachgelaufen, hatte sie aus den Augen verloren, um sie alsbald von Weitem zu erspähen. Das dortige Ankommen brachte ein Nullergebnis. So ging es schon eine Zeit lang. Flink und verschlagen, eine spannende Kombination für ein Zuckerstückchen. Andererseits raubte es Kräfte, die er dringend für die Wollust benötigte. Merlin hechelte – vor Lust wäre ihm lieber gewesen. Mit einem Spähblick sondierte er den Hafen. Schiffe, unzählige. Hier konnte sie sich überall verstecken. Er durfte nicht locker lassen. Wenn er dies täte, wäre die Todsünde dahin. Alles Bedeutende im Strom des Lebens war durch Hartnäckigkeit entstanden. Merlins Augen wurden zu Sehschlitzen. Aufmerksamkeit erregte eine kleine Verschattung am Ende des hinteren Stegs. Dort musste sie sein. Merlin lief los. Der Schatten verschwand. Liebe wurde aus Glut gemacht. Er rannte. Gleich würde er sich als der Mächtigste aller mächtigen Adonisse präsentieren und ihr erklären, dass sein mattweißer Bart ein Samenspeicher für Königskinder war. Wollust kannte kein Reinheitsgebot. Merlin roch das Zuckerstückchen schon. Für diese Sinnlichkeit hatte er die Faulheit aufgegeben, was ihm leichtgefallen war. Die Clematis hatte recht. Der animalische Teil ihres Akts würde Feuersbrunst bedeuten. Merlin blieb stehen, sah sich um. Wo war sie geblieben? Da! Endlich. Er entdeckte sie an der nächsten Ecke zur Einmündung eines weiteren Stegs. Ein schmuckes Teilchen. Er riss die Augen auf. Große Augen zeigten Gier. *Schau her, mein Schnuppelchen. Ich warte nur auf dich!* Plötzlich schien die Luft federweich. Der Anblick der Perle lastete auf ihm als unerfülltes Versprechen. Der ausgefranste Himmel leuchtete in den Farben der Sehnsucht und sämtliche Geräusche traten in den Hintergrund. *Hallo, Schönheit, hier bin ich, der letzte Kater im Erdenkreis mit wilder Manneskraft.* Die weiße Perle sah Merlin kurz an, dann in die andere Richtung. Etwas an ihrem Blick erstaunte den letzten Adonis dieser Welt. Warum lechzte sie nicht? Kein Rollen? Nichts. Wieso schaute sie in die andere Richtung? Völliges Unverstehen. *Hier bin ich!* Es folgte ein belämmerter Blick der Schönheit, zu ihm als vermeintliches Zielobjekt. Merlin hätte sich etwas mehr Enthusiasmus gewünscht; er musste nicht gleich zum völligen Zusammenbruch führen, aber ein moderates Zittern aufgrund seiner phänomenalen Ausstrahlung wäre für die Paarung förderlich gewesen. Feuerwerk gab es nicht umsonst. Das

Zuckerstückchen sah nun gänzlich zur anderen Seite. *Was sollte das?* Auf irgendeine absonderliche Art und Weise gab es einen verschwommenen Punkt in ihrer Kommunikation. Er tippelte einige Schritte vorwärts. Die Liebesgöttin beeindruckte das nicht. Ihr Blick blieb woanders haften. Merlin schaute in die Richtung der Ablenkung. *Nein! Das durfte nicht wahr sein!* Auf der anderen Seite des einmündenden Holzstegs posierte ein knallschwarzer Kater vor dem Candy-Mäuschen. *Was für eine Unverschämtheit! Was glaubte denn der, wer er war? Ein Adonis oder was?* Die Sünde Wollust verwandelte sich in die Sündengeschwister Eifersucht und Missgunst. Was für ein Ärger – für einen Kater war der Wollust leicht nachzukommen, sie fiel quasi in den Schoß. Aber Eifersucht und Missgunst überfielen ihn unerwartet. Verbrecher, die Leiden verursachten. *Was tat der Möchtegern-Schönling? Bauch rein – Brust raus. Was für ein ekelhaftes Gebaren.* Merlin schüttelte sich, als hätten ihn feiste Flöhe überfallen. *Widerlicher Kerl!* Merlin fauchte. Das willenlose Weißfellchen tat einen hysterischen Hopser. Beide, das Weißfellchen und der Pechschwarze, sahen Merlin an. Schönling hatte noch nicht einmal den Anstand, ebenfalls zu fauchen. Gafften Kater heutzutage nur noch? Wo waren die alten Zeiten des Kampfes um ein Weib geblieben? Die Perle machte es kurz und entschied. Sie setzte sich in Bewegung, hin zum Pechschwarzen. Was für eine Niederlage. *Zu diesem Ekelpaket! Dem Blender! Unglaublich!* Die Sündengeschwister Eifersucht und Missgunst bohrten sich tief in Merlins Herz. Der zerbrochene Heiligenschein, der noch am Kinn hing, vibrierte. Ein Klingeln ertönte. Merlin interessierte das nicht mehr. Er sah nur den Räudigen und die Mätresse. Verzweifeltes Fauchen. Der Pechschwarze ließ sich herab und fauchte nun auch. Nur die Weiße, die nicht helle war, ließ das kalt. Sie schlängelte sich an den anderen Kater heran. Fell an Fell und verströmte dabei den verführerischsten Lockstoff, den ihr Körper hergab und lief davon. Und was tat der Schönling? Er rannte der Verräterin hinterher. *Meine Güte, was für ein Anpasser. Wer will denn so einen Typen? Sie hätte mich haben können!* Merlins Gehirnareale fluteten sich mit dem Doppellaster. Das Glöckchenklingeln tönte lauter. Gott schien sich wieder einmischen zu wollen. Ein Gott, der nicht verlieren konnte. Merlin spürte abrupt ein mächtiges Gefühl im Magen. Eines, das Ungutes verhieß. Er keuchte. Der Körper reagierte. Schwitzen. Von hinten schob sich eine Welle durch ihn hindurch. Der Mageninhalt suchte einen Ausgang. Merlin würgte und mit einem Schwall landete fast alles, was in ihm gewesen war, auf dem Holzboden. Sardinen mit Fellball. Das Klingeln verstummte. Wer reagierte schon eifersüchtig oder missgünstig, wenn er gerade tausend Tode starb? Merlin wankte theatralisch. Fellbälle auszukotzen gehörte nicht zu seinen Lieblingsbeschäftigungen. Die stinkende Brühe brachte ihn nochmals zum Würgen. Da lag offenbar doch noch eine Kleinigkeit im Magen. Eine neue Welle erfasste ihn. Keine Sünde mehr im Kopf. Göttliche Leere. Himmlischer Frieden. Der Heiligenschein rutschte an den Wangen hoch und schnellte wieder zusammen. Metallischer Lärm. *Klönk*! Mattweißes Leuchten des verhassten Kringels. Merlin aber hörte nichts, nahm noch nicht einmal wahr, dass er sämtliche bisherigen Sünden verloren hatte. Das Zentrum des Elends wütete noch in ihm. Und es würde auch noch dauern, bis alles draußen war. Genauso stand fest, dass, wenn es dem Adonis aller Adonisse besser ginge, er in aller Bescheidenheit voraussah, dass Candy-Mäuschen in Zukunft jeden Satz mit den Worten anfangen würde: Verdammt-noch-mal, ich habe die falsche Wahl getroffen.

***

Blanche Martin verschloss die Eingangstür zu ihrer Wohnung. Die Wirtin stand im Flur und lauschte. Nichts.

»Nadine!«, rief sie und es tat sich immer noch nichts. Sie stellte ihre Tasche ab, zog die Jacke aus und begann, sämtliche Räume zu inspizieren. Ihre Nichte war nicht da, obwohl sie eindeutig in der Wohnung gewesen sein musste. Kisten mit persönlichen Sachen aus dem Keller lagen auf dem Wohnzimmerfußboden. Ein ordentlicher Geist hätte es anders gemacht. Blanche nahm einige Teile hoch, legte sie zusammen und baute einen Stapel.

Warum war Nadine nicht da? Wo war sie? Noch spürte die Wirtin keinen Zornesfunken über die Abwesenheit in sich, sie verbuchte sie als Ärgernisbestandteil. Über den Punkt, dass Nadine wieder ins Midi musste, konnten sie sich auch noch später streiten. Eigentlich ganz gut, dass Nadine im Augenblick nicht da war. Es blieb nicht aus, auch ihr eigenes Leben bedurfte der Pflege. Die Wirtin sortierte. Im Grunde ihres Herzens wollte sie nicht an Juste denken. Eher an sich selbst und daran, wie sie die Angelegenheit verarbeiten konnte. Zuerst Ordnung schaffen im Äußeren, dann im Inneren. Nach dem dritten Stapel Bekleidung fand sie keinen Nachschub mehr. Was gab es in der Wohnung noch zu tun? Fensterputzen, Staub wischen, saugen. Verdrängung konnte in Arbeit ausarten. Blanche setzte sich aufs Sofa. Keine Verdrängung mehr. Reminiszenzen. Juste hier in der Wohnung und das erste gemeinsame Abendessen, Juste und der erste Kuss, Juste und die erste Nacht. Alles in Himmelblau und Rosarot. Die Gedanken erzeugten eine Stichwunde. Sie fühlte förmlich Justes Anwesenheit und nahm ein zärtliches Verlangen nach ihm wahr. Blanches Augen wurden faltig; wenn sie diesem Weg folgen würde, blieben Tränen nicht aus. Sie schüttelte den Kopf. Für heute hatte sie genug geweint. Schluss. Aus. Die Wirtin ging zur Reisetasche. Der Reißverschluss war mindestens ebenso widerborstig wie die Reißerin. Am Ende siegte Blanche, entnahm der Tasche eine Schachtel und setzte sich wieder. Sie schaute auf den flachen Karton mit Goldaufschrift. Für das, was er beinhaltete, war die Verpackung groß. Sehr groß. Pralinés. Die besten in Arnaud. Sogar die besten der ganzen Normandie. Die Hälfte davon Trüffel. Die mit der knackigen Umhüllung und dem zart schmelzenden Inhalt. Mindestens zehntausend Kalorien in einer Schachtel. Gefühlte zwanzigtausend. Egal. Wenn das Leben bitter wurde, musste mit Süßem gegengehalten werden. Blanche Martin legte sich hin, die Pralinenschachtel auf dem Bauch. Sie schob ein Kissen unter den Kopf. Sehenden Auges wollte sie den Untergang zelebrieren. Der Deckel wurde gelüpft. Kakaoduft stieg auf. Vanille, Himbeeren, Nuss und Espresso, ein Konglomerat aus den herrlichsten Aromen verlor sich in der Luft, umhüllte die Liegende und drang in ihren Mandelkern vor. Die Amygdala reagierte wohlig. Glück entstand beim Erschaffen der eigenen Welt; wie grausam es auch zur Figur sein mochte.

***

Jede Ehe sollte zeitlich begrenzt sein und nur bei Wohlgefallen verlängert werden. Warum banden sich Menschen für ein ganzes Leben und stellten mittendrin fest, dass sie nicht mehr die Gleichen waren, die einst geheiratet hatten? Menschen veränderten sich. Bernadette war eine andere geworden. Malo hatte mehrere Stunden auf Justes Terrasse mit selbst gebastelter Philosophie verbracht. Bei ehrlicher Selbstbetrachtung hatte auch er sich verändert. Die Terrassentür unterbrach das Vertiefen dieser Erkenntnis. Ein Schlafsack flog ihm entgegen. Das hatte ganz schön lange gedauert. Aber besser spät als nie. Der Schlafsack landete direkt vor Malos Füßen. Die Terrassentür schlug wieder zu. Danach entwickelte der Stadtangestellte Regeln, wie ein Eheleben anständig zu ordnen sei, damit der Kitzel niemals verschwand. Zunächst würde es Sinn ergeben, vor jeder Ehe mit mindestens zehn Frauen geschlafen zu haben. Die Anzahl war nach oben hin offen. Keiner sollte fliegen, bevor er Federn hatte, das führte nur zu Bruchlandungen. Alle zehn Liebesakte – ordentlich aufgelistet, notariell beglaubigt und mit Dienstsiegel versehen. Eine Paarungsqualifikationsbescheinigung. Als störend empfand er, dass die Bedingung für beide Ehepartner gelten musste. Die junge Bernadette und zehn Kerle, diese Vorstellung gefiel ihm nicht. Hierfür musste noch eine besondere Klausel ausgearbeitet werden. Eine Männerklausel. Doch damit nicht genug. Ein Eheseminar musste es auch noch geben. Beide Seiten sollten über das zu erwartende Grauen informiert werden. Ausführlich. In allen Einzelheiten. Bis hin zum prämenstruellen Syndrom, der Menstruation selbst und dem postmenstruellen Syndrom sowie stinkenden Männersocken. Anschließend würde eine Beziehungsbescheinigung ausgehändigt. Erst dann dürfte der Standesbeamte tätig werden und eine Eheurkunde mit Wirksamkeitsbeschränkung ausstellen. Je nach Wunsch, maximal für fünf Jahre. Alle Verheirateten wären glücklich und jeder müsste sich weiterhin um den anderen bemühen, schließlich konnte man nach fünf Jahren erneut heiraten. Ergo: Wohlverhalten. Es war so einfach. Stattdessen Scheidung und quälende Prozesse mit zwei Verlierern oder eine Verpuffung, die nicht funktionierte. Malo wiegte den Lockenkopf. Er hatte körperliche Schädigungen davongetragen, war ohne eigene Wohnung, hatte einen Freund weniger, Bernadette verloren und sollte nun draußen schlafen. Welcher Fehlschlag konnte ihn da noch beeindrucken? Madame Galabru. Er schluckte. Fast hätte er sie vergessen.

Die eheliche Grundlagenforschung hatte ihn zu stark eingenommen. *Merde!* Gegen die Tratsche half nichts, sie drängte sich sogar dann in den Vordergrund, wenn man sie dort nicht haben wollte. Alle Klatschweiber sollten auf eine Insel verbannt werden, auf dass sie anderen Menschen nichts anhaben könnten. Malo fand sich großzügig. Er hätte auch mit einer Stimmbandentfernung sympathisiert. Angstschweiß entwickelte sich unter Malos Achseln. Bei der Fischhändlerin kam niemand mit heiler Haut davon. Malo beugte sich nach vorn und nahm den Kopf in beide Hände. Auf dem Steinboden zeichnete er mit dem Fuß Kreise. Er mochte es, Kreise auf den Boden zu malen. Der Schuhabrieb hinterließ eine Spur. Eine ununterbrochene Linie, die dort begann, wo sie aufhörte. Anfang und Ende. Oder nur eine Schlange, die sich in den eigenen Schwanz biss? Ein Schutzkreis gar? Schutz wäre gut. Er könnte Mercier bitten, mitzukommen; schließlich war er Gendarm und musste dafür sorgen, dass keinem ein Haar gekrümmt wurde und die Seele heil blieb. Malo revidierte seine Ansicht. Mercier würde kaum mitmachen wollen, allein schon, weil er es auch nicht so mit der Galabru hatte. Außerdem müsste er Mercier beim Kaffeetrinken stören. Das mochte der nicht gerne. Malo verwarf Mercier. Er zeichnete den nächsten Kreis. *Wer bot noch Schutz?* Niemand fiel ihm ein, der es mit dem Drachen aufnehmen konnte. Er benötigte dringend ein spirituelles Licht oder ein Zeichen des Universums. Er starrte den Kreis an. Über Malos Himmel zog ein Vogel hinweg. *Wo war Schutz?* Der Rabe in luftiger Höhe ließ fallen, was in ihm war. Es fiel und fand den Endpunkt – den Kreis. Der Kreisstarrer starrte nicht mehr. Er schaute hoch. Dann wieder nach unten. Konnte frische Kacke Erkenntnis bringen? Vielleicht die: Lass dich vom Himmel tragen, mache dich leer und folge den Zeichen, denn sie sind eine Resonanz auf das, was dich beschäftigt. *Vogelkacke?! Was sollte die bedeuten? Madame Cabertin, die Hexe!*, wisperte der Suchende wie von selbst. Nadine hatte gesagt, dass sie eine Frau sei, die in schwierigen Liebessituationen hilfreich war. Er betrachtete seine Lebenssituation: Er durfte bei Juste erst dann im Haus schlafen, wenn er der Fischhändlerin eine junge Mutter aus den Rippen gequetscht hatte. Madame Cabertin konnte Bannflüche aussprechen oder ein Mutamulett herstellen. Oder beides. Die Galabru würde sich noch umgucken. Dann könnte Madame Cabertin auch gleich noch das Problem Bernadette lösen und einen kräftigen

Liebeszauber für Madeleine brauen. *Auf zu Madame Cabertin!* Malo Duc hatte den Lösungsweg gefunden. Ganz einfach, indem er leiser wurde, zuhörte, Zeichen erkannte und dem spirituellen Pfad folgte. Wie gingen die höheren Mächte damit um? Feierten sie eine Party? Frohlockten sie? Im Gegenteil. In Zeiten vagabundierender schwarzer Löcher und grüner Hühnereier konnte es schon zu Verzerrungen bei der Interpretation von Ausgesandten kommen. Nichts war so einfach, wie es schien. *Was für ein Unsinn,* dachte das Universum.

***

»Ich finde nicht, dass ich fette Schenkel habe!«, widersprach Madeleine mehr als deutlich ihrer Kontrahentin nach deren Feststellung, dass sie welche hätte.

»Hast du!«, wiederholte Lady Olga und stocherte auf einen Salat ein. Schwarzer Bademantel, frisch geduscht und mit nassen Haaren, so saß die Domina am Küchentisch. Kein Lack und Leder. Noch nicht.

»Habe ich nicht. Ich bin nur lecker – im Gegensatz zu deinem Klappergestell.«

»Fettes Huhn!«

»Olga, kann nicht mal ein Tag vergehen, an dem du keinen Streit anfängst?« Rowena ging dazwischen. »Madeleine will keine Diät machen und damit basta.«

»Siehst du, Rowena findet auch, dass du zu fett bist.«

»Olga«, zürnte Rowena, »das habe ich nicht gesagt.«

»Aber gemeint. Eine Hurre, die fürr das Büßen bezahlt wirrd, sagt es nurr nicht dirrekt. Sie ist ein fettes Huhn.« Rowena und Madeleine wollten gerade ihre Stimmen erheben, als Ninette mit Mathis den Raum betrat. Mathis war ruhig, frisch gebadet und hatte noch nasse Haare. Säugling und Domina hatten etwas gemeinsam – wann kam so etwas schon vor. »Wenn jetzt einerr sagt: Werr kommt denn da, dann würrge ich den Salat wiederr aus!«

»Dein Salat bleibt drin!«, erwiderte Rowena und winkte dem Säugling zu.

»Du solltest das Fach wechseln. Dominanz bringt mehr Kohle und du kannst dich so rrichtig ausleben. Von derr Büßerrin zur Domina.«

»Niemals.«

»Du müsstest nicht mehrr krriechen.«

»Ich krieche nicht. Ich performe.«

»Auch nicht mehrr winseln, du Wurrm.«

»Lass Rowena in Ruhe. Sie ist kein Wurm.« Madeleine rückte ihr rosa Babydoll zurecht. Kampfposition. Als Antwort ließ Lady Olga eine Cherrytomate zwischen ihren Zähnen zerknacken. Es spritzte.

»Ein Hühnchen in kauzigem Rrosa.«

»Könnten wir endlich damit aufhören und uns entspannen, bevor die Rushhour beginnt!«, forderte Rowena. Mathis lächelte und Ninette verstand es als Zeichen dafür, dass Mathis das Wort Rushhour toll fand.

»Guckt mal, er findet Rushhour schön.«

»Ein Huhn, eine Pflaume und ein Wurrm. Schöne Sammlung«, grummelte die Bademantelträgerin, die nunmehr eine Paprika zerknirschte.

»Ich bin keine Pflaume«, vermeldete Ninette. »Mathis mag Rushhour. Sieh hin: Rushhour, Rushhour, Rushhour.« Der Säugling grinste fortgesetzt und es war nicht zu verhehlen, dass das Wort Rushhour einen Glücksmoment freisetzte.

»Du weißt noch nicht einmal, was Rrushhourr ist, Pflaume.«

»Doch, das weiß ich.«

»Und …willst du uns nicht an deinerr Allwissenheit teilhaben lassen. Komm schon, erklärre es derr bösen Frau. Was ist Rrushhourr?«

»Olga«, knirschte Rowena zwischen den Zähnen heraus, »lass das!«

»Na los, Pflaume.« Ninette wiegte Mathis. Zog ihn von rechts nach links. *Rushhour. Rushhour. Rushhour.* Beide waren so ineinander versunken, dass es unmöglich schien, die Blondine weiter zu verärgern. *Rushhour. Tutzi-Tuz.* Mathis kiekste.

»Ihrre Festplatte ist kleinerr, als ich dachte.«

»Ist er nicht süß, wenn er so lächelt?«, sagte Ninette. Rowena ging auf die beiden zu, schaute auf den Säugling, der ein Madonnenlächeln erster Güte generierte, hielt ihm die kleine Hand und lächelte zurück.

»Ja, Ninette, mein Herzchen, er ist wirklich süß. Rushhour. Rushhour. Rushhour.« Fortgesetztes Lächeln und mit der anderen Hand zappelte er fröhlich.

»Na, wenigstens einerr, der glücklich ist, wenn Stoßzeit ist. Wenn sich das durrch sein Leben zieht, wirrd es teuerr.« Keiner antwortete darauf. Auch Madeleine war aufgestanden. *Rushhour. Rushhour. Rushhour.* Frisch gebadetes Glück in weichen Tüchern. Wer schaute nicht gerne einem Wesen zu, das vom Freudensturm ergriffen war, keine Not litt und sich an einer Kleinigkeit erfreuen konnte? Ein Zipfelchen Glück.

»Wenn er in Abbé Noëls neuen Kindergarten geht, dann wird er das fröhlichste Kind von allen werden.«

»Das wirrd nicht passierren, Huhn. So weit kommt es nicht. Madame Lazarr findet die Mutter und wenn nicht: Habt ihrr eine Geburrtsurrkunde? Ohne Papierre kein Kinderrgarrten. Spätestens dann fliegt ihrr auf.« Das Überlegen wurde fühlbar. Ein kleiner Schritt für die Menschheit, ein großer für ein Schmolllippchen.

»Stimmt das etwa, Rowena? Hat sie recht?«, fragte Ninette. Rowena schaute die Domina an.

»Musst du immer alles schlecht machen?«

»Warrum machst du immerr alles gut?«

»Rowena, stimmt das? Fliegen wir auf?«

»Herzchen, denk nicht so viel. Mathis ist jetzt bei uns.«

»Das ist nicht schwerr für den Blasebalg, sich das Denken zu verrkneifen.« Ninette zog alle Wut zusammen.

»Du bist eine blöde Kuh!«

»Sagt eine leerre Pflaume.«

»Wollt ihr wohl aufhören! Warum bündeln wir nicht unsere Energie und suchen einen Ausweg. Beim Putzen hat es doch auch geklappt.« Rowena schaute einzeln zu den Damen und intensiv zu Olga. Stille. Ein spektakulärer Ersterfolg.

»Strreik«, sagte Lady Olga. »Ihrr müsst strreiken.«

»Streik?«, fragte Ninette.

»Streik?«, ergründete Madeleine.

»Streik!«, wiederholte Rowena. »Madame Lazar muss aufhören, die Mutter zu suchen. Genau. Dafür streiken wir.« Lady Olga legte die Gabel auf dem leeren Salatteller ab.

»Ich strreike nicht mit. Ein Kind gehörrt nicht in ein Borrdell. Außerrdem brrüllt es und kackt. Warrum helfe ich euch Spatzenhirrnen eigentlich?«

»Streik bedeutet doch ›kein Geld‹? Oder? Ich kann das nicht. Ich brauche das Geld«, flüsterte Ninette. Madeleine nickte.

»Ich auch.« Rowena stöhnte. Im Mutterland der Revolution gab es keine Mütter mehr, die für ihr Kind streiken würden. War das wirklich so?

»Ihr wollt gar kein Kind. Ihr wollt ein Maskottchen. Schämt euch!«, zischte Rowena und setzte sich zu Lady Olga an den Küchentisch.

Etwas Bekanntes geschah. Schleichend änderte sich die Atmosphäre. Die Geruchsrezeptoren der Frauen nahmen den Hauch der Wandlung augenblicklich wahr. Konnten ihn sogar deuten: *Chanel N°5*. Der Blumenakkord mutete heute etwas herber an als sonst. Madame Lazar trug den ewigen Winter auf der Haut. Weißes Kleid, unnahbarer Duft und dazu eine frostige Gedankenwelt. Eiseskälte, die Seele fraß. Das Parfum unterstrich den Charakter der Trägerin, statt ihn zu verändern. Es hatte eine ganz eigene Radikalität. Frische stob hoch. Selbst das Pandabärchen an Ninettes Beckenrand erzitterte.

»Madame Lazar«, flüsterte Rowena. Die Tür sprang auf. Chanel N°5 fegte durch den Raum, nahm alles wahr, ordnete ein und brachte die Trägerin zur Erkenntnis, dass Ansprache nötig war.

»Meine Damen, es ist Zeit.« Das weiße Kleid der Trägerin, welches sie für den Abend gewählt hatte, war ein schulterfreies, mit tief angesetztem Rücken. Es endete im Meerjungfrauen-Stil mit fließendem Gehbereich. Keine Spitze. Keine Verzierung. Keine Knöpfe. Nur Kleid und Form. Wie immer. Die Frauen bewegten sich nicht. War das alles, was Madame Lazar wollte? Dass sie die Zeit beachteten? Die Asche der Revolution glimmte noch in den Köpfen der Angesprochenen. Madame Lazar fragte nichts. Schaute nur. Auch sie nahm einen veränderten Modus wahr. An Ninette mit dem Säugling blieb ihr Fokus haften. Flüchtiges Beachten des Kindes. Ausführlicher Ninette. Das Schmolllippchen schluckte und hielt es nicht mehr aus. Der Eisblick musste unterbrochen werden.

»Mathis hat ein neues Wort gelernt, das ihn glücklich macht: Rushhour«, plapperte sie los. Ergebnis: Der Eisblick wurde zu Permafrost. Wie viel Kälte vertrug das Odeur von Maiglöckchen? Der Frost überzog nun auch alle anderen Frauen. Keine Revolution mehr, auch die Asche des Aufstands zerstob. Madame Lazar klatschte in die Hände.

»Speisekarte!« Die Damen sprangen auf. Ninette legte Mathis auf den Küchentisch, klatschte sich auf die Wangen, spannte ihren Fadenslip und schob die Brüste hoch. Rowena schüttelte ihre dunkle Mähne und Madeleine zog das Rosarote etwas tiefer, in Tateinheit mit dem Befeuchten der Lippen. Gehorsamkeit als Kniefall vor der Macht. Nur Lady Olga verließ wortlos den Raum. Sie hatte einen festen Termin zum Schlagen. Später. Madame Lazar klatschte nochmals in die Hände.

»Der Herr wartet nicht gerne.« Die Speisekarte mit den drei Gerichten setzte sich in Bewegung. Fette Schenkel, leere Pflaume und ein Wurm. Wonach dem Herrn wohl der Sinn stand?

Die Herrin des Hauses blieb allein zurück. Die Küche wirkte verlassen. Kein Gerede. Niemand stritt. Ohne Leben. Bis auf Mathis, der mittig auf dem Küchentisch lag und damit begann, seine rechte Faust zu besabbern. Die Weißgewandete ging ruhig auf den Tisch zu. Blieb stehen. Nur der Kopf neigte sich etwas. Majestätisches Betrachten. Mathis kümmerte es nicht. Weder Gehorsamkeit, Angst oder Ehrfurcht überfielen ihn. Viel zu beglückend, das Durchfeuchten der Hand. Madame Lazar beobachtete das Studienobjekt. Kaum etwas entging ihr. Mathis grummelte und gluckste. Und was tat Madame Lazar? Es schien, dass sie der Musik des eigenen Lebens nachlauschte. Ein Blick in die Vergangenheit. Wissen um die Lücken ihres Lebens. Häutungen der Psyche. Die Hurenmutter beugte sich zu Mathis hinunter, ganz dicht am Ohr verharrte sie.

»Rushhour«, flüsterte der aufsteigende Permafrost dem Winzling zu.

***

Blubbern. Dampf. Malo schaute auf den Kupferkessel, in dem eine grüne Brühe gluckerte. Sie stank entsetzlich und hinterließ einen modrigen Geruch in der Nase. Der Kupferkessel hing in einem offenen Kamin, an einer rostigen Kette aus Eisen. Fast alles sah so aus, wie er sich das in Albträumen vorgestellt hatte. Hexenkessel, ledergebundene Bücher auf einem Eichentisch, Phiolen, Flaschen mit Essenzen unbestimmbaren Inhalts. Nur eine schwarze Katze lief nicht herum und der obligatorische Rabe fehlte. Dafür lag eine Machete auf dem Tisch, was nicht passte, und davor stand eine brennende Kerze. Die schwarze Kerze war stimmig. Malo fühlte sich nicht gut. Warum tat er das? Sein Magen meldete, dass er den verkehrten Weg ging. Im Hintergrund raschelte Madame Cabertin. Notfall, hatte er behauptet, um Einlass zu bekommen. Dringend, um sofort behandelt zu werden. Und jetzt? Das mulmige Gefühl breitete sich weiter aus. Hinterher war man immer klüger. Gehen wäre vielleicht besser. Malo fühlte sich hin- und hergerissen. Der Geist wollte fort, die Seele bleiben. Endlich frei sein von Problemen. Von allen weiblichen Problemen: Madame Galabru, Bernadette und Madeleine.

»Hinsetzen!«, krächzte es aus dem Nebenraum und Malo setzte sich. ›Notfall‹ und ›dringend‹ sollten besonnen eingesetzt werden; waren diese beiden Wörter erst einmal dem Mund entsprungen, wurden sie nimmer wieder eingeholt. Unter Umständen fatal. Malo besah sich den Kupferkessel näher. Wenn er von der blubbernden Brühe etwas trinken müsste, würde er vermutlich tot vom Hocker fallen. Blutleer, geistig umnachtet und würgend im Himmel anzukommen, mutete nicht als wünschenswerte Perspektive an. Malo rieb sich die schweißnassen Hände. Was würde gleich auf ihn zukommen? Hexentanz? Ommm-Brummen auf einem Sitzkissen? Musste er nackt dafür sein? Mit Körperbemalung? Einem Kreis um das beste Stück? Nichts gegen Kreise, aber an der Stelle wollte er lieber keinen. Über Hexenrituale hatte er schon eine Menge gehört, allerdings nichts von einer Machete. Wozu mochte sie dienen? Malo zog die Hände als Suspensorium vors Gemächt. Es war sicherer, sich zu ängstigen, als nur oberflächlich sicher zu sein. Der Vorhang zum Nebenraum öffnete sich. Madame Cabertin. Klein und gebeugt vom Leben. Keine Schlange um den Hals und keine wirren Haare. Ohne Warzen im Gesicht. Ein flotter Seniorenkurzhaarschnitt vom hiesigen Friseur mit einer Blondierung. Aschblond. Der Kessel blubberte.

»Wie kann ich helfen?«, hustete sie aus. Das Suspensorium fiel zugunsten des Gestikulierens seiner Probleme.

»Ich … ich … ich …«

»Ja?«

»Ich weiß … also ich … b-bin …«

»Ich verstehe. Ein Elixier gegen Stottern. Kein Problem.«

»Nein!«, widersprach Malo. Er brauchte keine Stotterbrühe. Er wollte einen mächtigen Zauber gegen seine ureigenen Schwierigkeiten. Wenn er schon Angst leiden musste, wollte er wenigstens das Ziel erreichen. »Ich will, dass meine Ehefrau Bernadette sich auflöst, dass mich Madeleine liebt und dass Madame Galabru kein Problem ist. Das will ich und alles muss sehr schnell passieren, weil, wenn es das nicht tut, dann muss ich lange leiden und das will ich nicht mehr. Ich will glücklich sein. Egal wie. Ich tanze auch nackt dafür.«

»Madame Galabru.« Die Alte zog den Kopf nach hinten und musterte die Decke. »Das wird schwierig.« Malo folgte ihrem Blick. Gemeinsame Zimmerdeckenbetrachtung.

»Das andere ist nicht schwierig?«, fragte der Deckengucker.

»Nein.«

Malo Duc riss sich von der Decke los.

»Echt jetzt? Nicht schwierig? Bernadette und Madeleine sind einfach?«

»Ja!« Die Sicht der Hexenalten klebte immer noch in himmlischer Höhe. Malos Kopf hob sich wieder. Kontemplation. Gemeinsame Betrachtung. Madame Galabru war offenkundig ein Deckenproblem. »Für die Galabru muss etwas Härteres her«, sagte Madame Cabertin flüsternd. Die Tonlage verursachte Schauer auf Malos Haut. Er senkte den Blick. Tisch. Machete. Härteres. Seine Hände schoben sich vorsichtig wieder nach unten.

***

Die Luft schmeckte süß und der Mond schien silbrig. Ein Meisterwerk an Schönheit – so zeigte sich das nächtliche Arnaud. Juste Simon wanderte zum Hafen. Eine Sternschnuppe fiel in den Nachthimmel ein und zog einen langen Schweif hinter sich her. Ein Strich in der Dunkelheit. Der Gassengeher hatte keinen Blick dafür. Dabei hätte er einen Wunsch frei gehabt. Welcher wäre das wohl gewesen? Sicherlich Blanche Martin. Der Buchhalter hatte das Denken wieder aufgenommen. Alkohol war keine dauerhafte Lösung. Derzeit tobte ein Wirbelsturm wilder Gedanken ungezügelt. Er stellte sich selbst eine Aufgabe und löste sie, er hob zu einem Monolog an und erledigte danach die Widerrede. In der Hand hielt er dabei eine kleine Papiertüte. Sobald er den Hafen erreicht hatte, blieb er stehen. Normalerweise tat er das nicht, nachts durch Arnaud wandern und stehenbleiben. Der Alltag trieb ihn zum Ziel, das Ziel lockte ihn mit Aufgaben. Und was blieb liegen? All die Dinge am Wegesrand, für die sich keiner interessierte, die aber den Rahmen des Lebens bildeten und die Welt wieder in einem anderen Licht erscheinen ließen. Arnaud war wunderschön. Der Hafen bei Nacht mit all den Lichtern, das Geplätscher des Wassers, das schon zu Urzeiten diesen Dienst versah und die Ruhe, die sich als sanftes Tuch über die Kleinstadt legte. So lief jeder Abend ab, nur besann sich kaum einer darauf. Die Stille um Juste herum und die Stille in ihm verbanden sich miteinander. Minutenlang blieb er stehen. Gottes Atem war spürbar. Des Glaubens Kern, fallen lassen und vertrauen. Stille. Wer so empfand, wusste, dass der Weg zu Großem nur durch die Dunkelheit zum Licht führte. *Was wäre, wenn es heute meine persönliche letzte Nacht auf Erden wäre?* Juste fiel diese Frage unvermittelt zu und er antwortete sogleich. Es fiel ihm ganz leicht. Er dachte an Blanche. Wie sollte es auch anders sein? Der Buchhalter löste sich vom Anblick Arnauds, von der inneren Antwort, von der Schönheit des Anblicks und bedankte sich. Das Geschenk bestand aus Klarheit der Gedanken und Zielbestimmung. Juste marschierte in Richtung Bistro. Mit jedem Schritt überlegte er sich, was er gleich sagen wollte. Wohl gegliedert nach Relevanz. Die Wortwahl sollte den Kummer des Herzens darlegen und die Ehrlichkeit seines Handelns. Es würde schwierig werden, das begreiflich zu machen; besonders der Frau, die ihn mit einem Rosenstrauß fast erschlagen hatte. Er war voll von Dingen, die er noch anmerken und verdeutlichen wollte. Dann erreichte er den Zielort. Das Bistro. Kein Licht. Geschlossen. Viel zu früh und passte überhaupt nicht. Meistens blieb das Bistro noch eine Stunde länger geöffnet. Juste stand unter der Straßenlaterne und schaute nur. Das konnte Blanche doch nicht machen. So einfach nicht da sein. Alle Hoffnung flog dahin. Voller Enttäuschung zogen ihn seine Gedanken zu einstmaligen Dingen. Zu einer liebenden, friedfertigen und verständigen Blanche. Fricdfertigkeit dahin. Liebe auch. Sie war noch nicht einmal zugegen. Einfach ungerecht, sie musste doch da sein und verstehen! Juste näherte sich dem Eingang. Völlige Leere. Dunkelheit. Gespenstische Einsamkeit. Der Tresen war gewischt, alles am Platze und die Stühle hochgestellt. Wenige Pünktchen als Lichtquellen. Die Tür verschlossen wie das Herz, das normalerweise darin arbeitete.

Wenigstens für ihn. Juste Simon nahm die Papiertüte, in der zwischen Seidenpapier die Rosen lagen, die Blanche als Waffe verwendet hatte. Von jeder zerstörten Blume hatte er vorsichtig die dicken Köpfchen abgeschnitten. Kurz hinter dem abgenickten Stiel. Dann die Dornen entfernt und Blätter abgezogen. Alles zusammen in Seidenpapier. Was hatte er zu Blanche gesagt? Er würde warten, bis sie so weit sei für eine engere Bindung. Bis er sie heiraten durfte. Egal wie lange. *Inter folia fructus* – Zwischen den Blättern hängen die Früchte als Wahlspruch. Juste Simon nahm eine Rosenblüte und legte sie auf den Fußboden vor dem Bistro. Ein zartblumiger Duft durchströmte die Handlung. Es folgten alle anderen geretteten Blüten, darauf verteilte der Buchhalter die Blätter. Der ursprüngliche Plan: Vor seiner Rede, von Angesicht zu Angesicht, hatte er die roten Rosen auf den Tresen legen wollen, bedeckt mit den Blättern als sichtbaren Beweis für seine Sehnsucht und das ungebrochene Versprechen. Was auch immer passierte, wie das Schicksal sich drehte oder die Welt versuchte, immer verrückter zu werden: Blanche blieb die Eine. Juste begutachtete sein Werk. Es gefiel ihm, nur eines fehlte noch. Er suchte nach einem Stein, der weich und gleichzeitig porös genug wirkte, um die Kraft der Worte zu transportieren. Ein einsamer Mann, im Lichte der Straßenlaterne, schrieb auf den Boden: *Zwischen den Blättern hängen die Früchte.* Einmal, zweimal, dreimal. Er hörte nicht auf. Bis zur Kaimauer, akkurat untereinander. Beim letzten Satz hielt er beim Wort ›Zwischen‹ ein. Eine Aussparung in der Mauer verhinderte die Vollendung des Satzes. Aufgeben? Niemals. Unvollkommenheit ziemte sich nicht für einen Perfektionisten. Bäuchlings legte er sich hin. Schrieb weiter die Mauer entlang, hinab in die Tiefe des Wassers. Das Wort ›Früchte‹ wurde vom Meer umspült, bis es sich wieder zurückzog. Der Buchhalter beobachtete das Spiel. Überspülte Früchte, lesbare Früchte, überspülte Früchte, lesbare … Über ihm das Firmament. Noch eine Sternschnuppe zog über Arnaud hinweg. Eine segensreiche Nacht. Justes Sicht lag auf einem anderen Schauspiel der Natur. Dem Wellenspiel. Wer den Wellen zuschaute, entdeckte ein Meer voller Möglichkeiten. Blanche musste einfach zu ihm zurückkehren. So wie auf die Ebbe Flut folgte. Blanche und er, das war Bestimmung. Reden, erklären und lieben. Mehr nicht. All das musste er ihr sagen. Persönlich. Bald. Sehr bald. Morgen. In der Frühe. Eine klare Entscheidung. Juste stand auf und bewertete sie als eine reife, männliche und von Logik geprägte Lösung. Und was meinte Arnauds Firmament dazu? Es funkelte, freute sich, schickte noch etwas verglühenden Sternenstaub auf die Reise und tat Weisheit kund: *Recht so, Juste Simon. Was Liebe kann, das wagt sie auch zu versuchen.*

***

Die Luft war immer noch süß und der Mond schien auch noch silbrig. Direkt vor dem Bordell stand eine Laterne in voller Helle. Motten umschwärmten das Licht. Fünf oder mehr Motten? Der flattrige Augenschein ließ keine genaue Zählung zu. Ein neues Exemplar kam herangeschwebt. Wenn der hellste Punkt der Nacht nicht mehr der Mond war, wurde es für Insekten schwer, den richtigen Weg zu finden. Die frisch dazugekommene Motte wirkte aufgeregter als die anderen. Sie war bunter gezeichnet, jung und erregt. Tanz der Narren um das falsche Licht? Dabei war es leicht, reine Liebe zu erkennen. Schaltete man alle Laternen aus, würde Nektar sichtbar werden. Wirklich so einfach? Gewohnheit gegen klare Sicht. Sehen musste erlernt werden. Ging die Laterne aus, schalteten wir sie wieder an. Was bedeutete schon der Mond? Das Grelle schien doch perfekt.

***

Blut kriecht, wo es nicht spritzen kann.

Auf Madame Lazars weißem Seidenkleid kroch die rote Flüssigkeit Faser für Faser voran. Fast unbewegt saß die Herrscherin des besonderen Hauses an ihrem Schreibtisch im Nebenzimmer zum Reinraum. Sie hielt einen Füllfederhalter in der Hand. Auch hier war fast alles weiß, was weiß sein konnte. Selbst das Schreibwerkzeug, das darauf wartete, den nächsten Satz zu vollenden. Doch er würde nicht mehr vollendet werden.

Nur ein kurzer Schmerz. Ein Stich in den Rücken, der den Atem nahm. Das Ausmaß ihrer Verletzung wurde Madame Lazar zunächst nicht bewusst. Es lag einfach nicht im Rahmen des Denkbaren. Bis die Lungen nach Atem schrien, Schmerz sich in den Vordergrund drängte und warmes Blut im Mund zu schmecken war. Sie konnte sich nicht mehr bewegen. Angststarre. Nur ein Absenken des Kopfes, als Verneigung vor dem Tod, war Madame Lazar noch möglich. Aus dieser Perspektive sah sie eine metallene Spitze dicht am Sternum herausragen und das sich ausbreitende Blut. Eine Perspektive, die keine mehr bot. Mehr Wissen war nicht nötig. So viele Ziele noch, so viel Verlangen. Wünsche zerstoben. Sogar die Angst verflog. Ihr Dufthabitus verband sich mit dem Geruch rinnenden Lebenssafts. Warm, pulsierend, ein Schlussakkord. Ihre Lider senkten sich. Schwärze. Nur ein einziges Wort blieb stehen, bevor die Schönheit in eine Stille sank, die ewig währen sollte.

Warum?

***

Kapitel 6

Kluge Menschen begrüßen jeden Morgen so, als ob er der Beginn eines neuen Lebens wäre. Den anderen ist es nicht vergönnt, die Süße einer Wiedergeburt zu erleben. Eine Flurbegegnung im Hause Martin am frühen Morgen – und schon war die Chance dahin.

»Wo warst du? Warum bist du hier?«, blaffte Blanche ihre Nichte an.

»Ich wünsche dir auch einen guten Morgen, Tante Blanche!«

»Ich bin gegen ein Uhr nachts eingeschlafen. Und du bist nicht da gewesen. Wo warst du, zum Donner?« Unverkennbar, es gab Unstimmigkeiten und die waren im Begriff, noch lauter zu werden.

»Das geht dich nichts an!«

»Du lebst in meiner Wohnung. Hast mich nicht gefragt, ob ich damit einverstanden bin, dass du hier wohnst. In den letzten Monaten habe ich nichts von dir gehört und nun fällst du in mein Leben, so mir nichts dir nichts, wieder ein. Bis jetzt hast du es noch nicht einmal für nötig befunden, im Bistro vorbeizuschauen. Es geht mich sehr wohl etwas an, wer sich in meiner Wohnung aufhält, was hier wann passiert«, sagte die Wirtin mit erhobener Stimme. Nadine Pascal hatte sich in der vergangenen Nacht zum Schlafzimmer geschlichen, nachdem sie ihre Tante auf der Wohnzimmercouch schlafend gesehen hatte. Nach ein paar Stunden Schlaf war sie leise aufgestanden und hatte sich ins Badezimmer begeben. Dort pfiff sie kaum hörbar ein Lied vor sich hin. Ein Lied über die Freiheit. Sie zog sich an und bürstete die Haare. Ihre gesamte Bekleidung der Nacht steckte sie in die Waschmaschine, die sie hernach anschaltete. Die laufleise Maschine spülte alles Rot davon. Nadine sah dabei zu und fühlte sich erleichtert. So frei, dass das alte Leben wieder beginnen konnte. Geschickt musste sie nur noch einiges richten und genau das tat sie.

»Tante Blanche, da bin ich nun. Es tut mir leid, dass ich mich nicht gemeldet habe. Darf ich in deiner Wohnung wohnen? Nur für kurze Zeit.«

»Was?! Willst du mich hochnehmen? Ich will Antworten.«

Nichte Nadine drehte sich sprachlich in einen seidenen Wind.

»Liebes Tantchen. Ich bin jung und rebellisch. Das weißt du doch. Reicht das nicht als Entschuldigung?« Die Wirtin pustete und sagte sich, dass sie auch mal jung und rebellisch gewesen war und zu schlechtem Geschick geneigt hatte. Nadine nahm ihr den Wind aus den Segeln. »Tantchen, sei doch nicht so.« Nadine ging auf sie zu und streichelte ihren Arm.

»Du musst wieder gehen«, sagte Blanche. Nadine hob den Kopf.

»Nein.«

»Ich habe nicht darum gebeten. Du wirst gehen.«

»Nein.«

»Das mit dir und Lucien funktioniert nicht. Er will keine Frauen mehr. Dich auch nicht.« Wer den Pfeil der Wahrheit abschießt, sollte die Spitze vorher in Honig getaucht haben. Die Folge der Unterlassung war ein gebrülltes:

»Das geht dich nichts an! Ich mache, was ich will!«

»Nadine, hör auf damit, es ist nicht gut. Für keinen.« Die Wirtin nahm ihre Nichte spontan in den Arm, für beide überraschend. Blanches Schulter wurde mit feuerrotem Haar übergossen. Wortlos standen sie da. Die starke Fassade der Rothaarigen bekam Risse. Sie kämpfte mit den Tränen, schluckte und bekam sich wieder in den Griff. Die Frauen lösten sich voneinander. Die Wirtin sah das gerötete Gesicht. »Meine Kleine, manchmal funktioniert etwas nicht so, wie man will. Egal, wie hartnäckig du es verfolgst. Es gibt noch viele nette Männer auf der Erde. Lucien ist nicht der einzige. Du bist jung, hübsch. Die Welt steht dir offen.« Nadine hob den Kopf. Blasse Haut. Rotgefleckt. Trotziger Blick.

»Lucien ist der Einzige, den ich will, für den ich alles gegeben habe, für den ich alles geben werde und ich bekomme ihn. Der Preis dafür ist egal.« Sie ging in den Flur, zog ihre Jacke über.

»Nadine, bleib hier. Lass uns das besprechen.«

»Bis nachher, Tante Blanche. Ich habe noch etwas zu erledigen. Später räume ich auch die Waschmaschine aus. Kümmer dich nicht darum.« Als sie die Jacke verschloss, schaute sie noch einmal zu ihrer Tante. »Mach dir keine Sorgen. Alles wird gut. Bestimmt. Niemand steht mir im Weg zum Glück und ich bekomme, was ich will.« Blanche Martin stand nur da. Die Tür fiel ins Schloss.

»Gott steh ihr bei«, murmelte sie. Das Krisenkind brachte die bekennende Atheistin zu Wünschen, die sie nie zuvor geäußert hätte. Religion lebte nur, damit niemand an der Wahrheit zugrunde ging.

***

Eine Nacht ohne Schlaf für Juste Simon. Während er im Hafen die Worte ›Zwischen den Blättern liegen die Früchte‹ an die Kaimauer geschrieben hatte, war unbemerkt Seewasser in seine Schuhe gelaufen, hatte die Socken durchfeuchtet und war bis unter das Metallband des verstauchten Zehs gekrochen. Alles juckte. Selbst eine Promilleauffüllung mit Rotwein half nicht. Zwar hatte er versucht, das Metallband zu entfernen, aber es klebte wie der Leibhaftige. Niedere Instinkte mussten her: Einfaches Kratzen reichte vor Mitternacht, nach Mitternacht nur noch unter Zuhilfenahme einer Gabel. Und in den Morgenstunden hatte er den Fuß in einen Eimer mit Eiswasser gesteckt. Docteur Janfleur musste helfen. Juste Simon hatte früh das Haus verlassen und war kurz nach sieben Uhr in der Praxis angekommen. Leider nicht als erster Patient. Die Sprechstundenhilfe verwies ihn ins Wartezimmer. Dort wartete er zusammen mit zwei Frauen und einem Kind. Zehn Minuten waren inzwischen vergangen und er fragte sich: *Warum ging das nicht schneller?* Das Jucken stimmte ihn gallig. Er beobachtete das Fenster. Langsam wurde es draußen hell. Die Frau, die ihm gegenüber saß, röchelte. Hustete. Bellendes Husten. Auswurf. Juste schluckte. Er fragte sich, ob er das Warten im Wartezimmer überleben würde. Ablenkung musste her. Kopfrechnen. Vorwärts zählte er alle Primzahlen bis einhunderteins auf. Dann rückwärts. Röcheln, Bellen, Auswurf. Wie viele Buchstaben hatte Tuberkulose? Er zählte, kam bis zum fünften Buchstaben und die Frau mit der Fieberstirn und dem Röcheln tat das, was sie offensichtlich versuchte zu kultivieren. Röcheln, Bellen, Auswurf. Wie viele Buchstaben hatte Lungenpest? Das Fenster wurde sonnig gelb beschienen. Husten. Lungenpest bestand aus zehn Buchstaben, wenn man die mit den Buchstaben vom Todeskampf addierte, kam die Zahl Zwanzig heraus. Warum dauerte es nur so lange? Juste schaute zu der anderen Frau, die ein Kind bei sich hatte. Einen Jungen. Die Dame wirkte benommen. Vom Alter her war sie vermutlich die Großmutter. Das Kind spielte nicht. Es lag mit dem Kopf an die Großmutter angelehnt, döste und hatte Pickel im Gesicht. Die Dame kratzte sich am Bauch. Juste ordnete beides nicht als Kleinigkeit ein. Kind – Windpocken und bei der Großmutter schmerzte bereits die Gürtelrose unter der Bluse. Windpocken – zehn Buchstaben. Gürtelrose auch. Er hatte vierzig Gründe zusammen, aufzustehen und zu gehen. Wäre das unhöflich? Der Buchhalter entschied und stand auf. Lieber unhöflich als dem Tode geweiht. Im Flur blieb er stehen. Er stellte sich an die Wand. Die Sprechstundenhilfe hob eine Augenbraue.

»Bitte im Wartezimmer warten, Monsieur Simon.«

»Ich bleibe lieber hier.« Das hübsche Helferlein reagierte ungehalten.

»Im Wartezimmer wird gewartet.« Juste sah keinen anderen Ausweg, als formell zu antworten. Wer nicht akzeptierte, dass er gute Gründe hatte, der musste mit der Keule des Gesetzes bestraft werden.

»Wer sagt das? Unter welchem Paragrafen ist das verankert? Und wenn ja, wie kann ich Rechtsmittel dagegen einlegen?« Das Helferlein zeigte in die Richtung des Wartezimmers. Kein juristischer Verstand vorhanden. Juste nahm das zur Kenntnis und blieb trotzdem stehen. Die Sprechstundenhilfe stand auf. »Nur zur Erklärung: Ich gehe nicht wieder in das Wartezimmer!«

»Wieso nicht?« Helferlein hörte sich nicht nett an. Juste vermutete, wenn er ihr irgendetwas über die errechnete Vierzig sagen würde, wäre das ebenfalls in den Wind geschossen. Mathematischen Verstand roch er keinen. Logischen auch nicht. Emotionalen vielleicht?

»Vierzig!«, schrie er emotional angereichert. Das Weißkittelchen fuhr zusammen. Böser Blick. Sie schien sicher zu sein, dass ›Vierzig‹ auch keinen Grund darstellte, im Flur zu stehen. Der unbarmherzige Finger zeigte ins Zimmer der Todgeweihten. Juste Simon legte nach. »Die eine Frau hat Lungenpest, das sind zehn Buchstaben. Das Kind Windpocken, auch zehn Buchstaben und die zugehörige Großmutter kratzt gerade ihre Gürtelrose auf, das sind nochmals zehn Buchstaben. Macht vierzig.«

»Nein«, antwortete das Weißkittelchen. »Das sind erst dreißig.« Was für ein kluges Kind. Es konnte rechnen. Juste Simon erfasste das Feuer des Glücks.

»Ich vergaß: Todeskampf.«

»Welcher Todeskampf?«

»Zehn Buchstaben. Die fehlenden zehn, zu den anderen dreißig. Nun sind es vierzig.« Die Sprechstundenhilfe bemaß die Lage plötzlich anders. Doch Juste hatte sein Pulver noch nicht verschossen. »Fluchttür sind nur neun Buchstaben. Die musste ich nehmen, um *nicht dem Tod anheimzufallen*. Das sind siebenundzwanzig Buchstaben. Wenn man Vierzig mit neun Buchstaben multipliziert, ergibt es dreihundertsechzig minus dem Wunsch, *nicht-dem-Tod-anheimzufallen*. Es wird gerechnet: Dreihundertundsechzig minus siebenundzwanzig. Ergebnis: Dreihundertdreiunddreißig. Meine Pein wiegt doppelt schwer. Summe: Sechshundertsechsundsechzig. Das ist die Zahl des Tieres.« Weißkittelchen schien die Dramatik noch nicht in Gänze erfasst zu haben. Juste Simon flüsterte daher weiter. »Es ist Ihnen doch klar, dass das die Zahl des Antichristen ist. Das wollen Sie doch nicht, oder?« Der unbarmherzige Finger wies plötzlich auf den Stuhl direkt vor der Tür zu Docteur Janfleurs Sprechzimmer. Juste setzte sich und lächelte die Helferin an. Was für ein kluges Geschöpf. Mathematischer Verstand und Logik, gepaart in einem hübschen Kopf. Warum trug sie nur ein Namensschild am Revers und nicht die Fields-Medaille? Fields-Medaille. Vierzehn Buchstaben, abzüglich … Die Tür zum Sprechzimmer öffnete sich.

***

Merlin hatte den Morgen damit begonnen, zum Friedhof zu traben. Hin zu Gott-Sohn-Hände. Merlin wollte sich beschweren, mehr noch, er wollte ihn anklagen. Alles musste endlich ein Ende haben. Es nervte. Notfalls würde er selbst die Sache in die Pfote nehmen. Als Happen gegen den Hunger hatte er eine fade Maus verdrückt. In der Not schmeckte jedes Futter, auch flaues mit Fell. Die Wollustniederlage und das Fellballerbrechen vom gestrigen Tag steckten ihm noch in den Knochen. Wieso interessierten ihn überhaupt noch weiße Perlen. *Pah!* Der Adonis aller Adonisse schüttelte sich. Wozu Energie verbrauchen? Wer mit einem schwarzen Kater sympathisierte, war nichts anderes als eine Räudige. Eine Willige für jedermann. Keine mit gutem Geschmack. Wer wollte das schon? Sah sie denn nicht, dass er etwas Besonderes war? Bei ihm läge sie richtig. Nicht bei so einem Angeber. Unbewusst rutschte Merlin in den Hochmut. Eine ehrlich gemeinte Todsünde, ganz nebenbei. Er blieb stehen. Noch war er am Gott-Sohn-Hände Grab nicht angekommen. Merlin miaute gen Himmel. Kein Wunder, dass die weiße Perle ihn verschmähte, der konkurrierende Schwarze trug keinen weißen Scheinwerfer über dem Kopf oder an den Wangen. Er schon. Sein Maunzen brachte keine Resonanz. Er lief weiter. Gleich, direkt am Grab, würde er eine förmliche Beschwerde einreichen. Er wollte wissen, warum Gott auf seinen heiligen Stand so erpicht war. Warum ausgerechnet er?

Gott-Sohn-Hände waren an ihrem Platz. Die Statue stand in der Morgensonne und sonnte sich. Regungslos. Grün. Ohne Anschein, dass sie je mehr gewesen war als nur eine Statue. Perfekte Tarnung. Kater Merlin rannte die letzten Schritte. Zum Stehen gekommen, fing er an, sich zu beschweren. Die ganze lange Liste. All das, was sein Leben beeinträchtigte. Er machte einen Riesenbaum daraus. Wenn das nicht reichte, was dann? Pause. Baumrauschen, Vogelgezwitscher. *Mehr nicht?* Das grüne Ding bewegte sich keinen Deut. Auch nicht die Hände. Kein überirdisches Zischen oder sonstige Absonderlichkeiten. Einfach nichts außer den normalen Friedhofsgeräuschen. War das wirklich alles? Konnte der Höchste ihn vergessen haben? Stand Katern mit Heiligenschein nicht ein Sonderrecht auf schnelle Bearbeitung zu? Verdammter Laden! So beeindruckend war die Religion der Menschen nun auch wieder nicht. Aber es musste doch eine Antwort geben. Stille. Baumrauschen, Vogelgezwitscher. Merlin nieste. Schickte der Gott etwa das Niesen wie vorher schon die Libellen und den Fellball? Merlin nieste erneut. Es schien ein normales Alltagsniesen zu sein, bei dem keine Göttlichkeit ihre Hände im Spiel hatte. Selbst darüber wurde Merlin böse. *So. Jetzt ist Schluss mit lustig.* Merlin keifte in den höchsten Tönen. Die ganze Liste noch einmal von vorn. Hielt sich der Herr in himmlischer Höhe die Ohren zu? Er lauschte. Baumrauschen. Vogelgezwitscher. *Merde!* Er würde schwerere Geschütze auffahren müssen.

***

Juste Simon war an der Reihe bei Docteur Janfleur, doch er blieb wie angewurzelt auf dem Stuhl vor dem Sprechzimmer sitzen. Die Sprechstundenhilfe räusperte sich.

»Monsieur Simon, Sie sind jetzt dran.« Der Buchhalter starrte auf die Tür. Sie war verschlossen. Die Patientin vor ihm hatte sie zugezogen, als sie ging. Vorher hatte sie den gesamten Inhalt ihrer Nasennebenhöhlen lautstark in ein Taschentuch geschnäuzt. Das prallvoll Gefüllte sabschte anschließend genau in der Hand, mit der sie die Tür schloss. Juste schaute die Klinke an. Wie viel Rebellion war das eigene Leben wert? »Monsieur Simon, bitte.« Die Frau hinter dem Tresen zeigte mit dem unbarmherzigen Finger auf die Tür. »Docteur Janfleur wartet nicht gerne.« Juste wog ab. Sein oder Nichtsein, das war hier die Frage. Er kratzte Mut aus allen Ecken zusammen. Kein leichtes Unterfangen, wenn ein braver Patient der gefährlichen Nasenseuche – neun Buchstaben, gefühlte zehn – entkommen wollte.

»Würden sie so freundlich sein und mir eine Flasche mit Desinfektionsmittel zur Verfügung stellen?« Das Weißkittelchen brauchte einen Moment der Kontemplation.

»Wie-so?«

Justes empfand diese Frage als Angriff. Sie klang so gepresst. Sozusagen beklemmend in der Form. Das Widerstandsrecht war das Nitroglyzerin einer jeden Rechtsordnung und alle Bürger Frankreichs hatten den ureigenen Anspruch, es zu verwenden, wann immer es nötig schien. Auch Juste Simon. Er formierte seinen Widerstand gegen die Ignoranz der Sprechstundenhilfe.

»Für die Tür! Das geht sonst nicht!« Das intelligente Kind mit dem mathematischen Verstand ohne Fields-Medaille erwiderte nichts. Sie zeigte nur auf den bazillösen Eingang.

»Wenn ich keine Flasche bekommen kann«, hakte Juste nach, »dann würde ich mich auch mit einem getränkten Tuch zufriedengeben.« Alles in der Welt war verhandelbar, auch das. Das Kittelchen stand langsam auf. Das bedeutete: Nicht alles in der Welt war verhandelbar. Justes Schnauzer wackelte. Er strich über das beunruhigte Barthaar. Bei Verhandlungen immer klare Kante zeigen und wenn nötig, unter dem Radar fliegen. »Ein Tropfen Desinfektionsmittelchen in die Hand?« Ein ›Nein!‹ röhrte durch den Eingangsbereich. Kittelchen not amused. Vielleicht sollte er etwas mehr auf ihren rechnerischen Verstand vertrauen. »Ich könnte unser Problem auch in eine mathematische Gleichung bringen.« Der unbarmherzige Finger fing an zu zittern. Das verzerrte Gesicht wurde laut: »Rein da, und zwar in Nullkommanichts!«

Juste zischte vom Sitz hoch. Warum mussten Frauen immer so kompromisslos sein?

Der Buchhalter trat einen Schritt vor, starrte die Türklinke an und verharrte. Es ging ums nackte Überleben. Er schaute zurück. Böses Kittelchen im Nacken. Elendes Siechtum voraus. Ganz ruhig bleiben, befahl er sich. Seit Menschengedenken waren Männer Stress ausgesetzt und wozu hatte es geführt? Sie hatten bis hierher überlebt. Er war der sichtbare Beweis dafür. Juste Simon zog einen Hemdsärmel tiefer und öffnete die Tür unter Zuhilfenahme des Stoffs. Er musste nur hinterher daran denken, das Hemd so schnell wie möglich auszukochen. Die Tür schwang auf und knallte gegen die Wand. Docteur Janfleur sprang vom Sessel. Kein guter Auftritt, dafür bazillenfrei.

»Ich habe ein Problem«, sagte Juste Simon, noch im Türrahmen stehend. Die Brille des Mediziners rutschte.

»Das wäre mir fast entgangen, Monsieur Simon. Nehmen Sie Platz.« Er wies auf den Stuhl. Für einen kurzen Augenblick überlegte der Buchhalter, ob auch der Stuhl desinfiziert werden müsse, doch er entschied sich, keine Umstände zu machen. Aufrechtes Sitzen, nichts anfassen sollte genügen. Er setzte sich. »Was kann ich für Sie tun?«

»Mein Fuß«, sagte Juste, entledigte sich des Schuhs und zog an der Socke.

»Der mit dem gestauchten Zeh?«

»Ja.«

»Ich hatte ihn doch bandagiert …« Docteur Janfleur schaute auf den Fuß. Sah das Metallband und seufzte. »Monsieur Simon …« Es folgte eine Blut-, Schweiß- und Tränenrede des Arztes, in der es um Vertrauen des Patienten zu seinem Arzt ging. Juste Simon entnahm der Ansprache, dass der Arzt irgendwann eine Blutsbrüderschaft mit ihm eingegangen sein musste, ohne dass er sich daran erinnern konnte, angesichts der hohen Erwartungen, die er an ihn stellte. Insbesondere wurde Docteur Janfleur langatmig, als es um medizinische Verordnungen ging, entsetzliche Selbstmedikation, Heilungserfolge, eigenwilliges Handeln und persönliche Absprachen. Gekrönt von Worten über echtes Vertrauen, die innige Basis zu seinem Heiler. Die Rede hätte legendär werden können, wenn Juste den Arzt nicht mit den Worten »Es juckt« unterbrochen hätte. Docteur Janfleur erinnerte sich an seine Zeit als Offizier in der Fremdenlegion, erfasste einen Zipfel Metallband und riss das Tape mit Verve herunter. Juste schrie infernalisch. Sah so ein Vertrauensbeweis aus? Eine innige Basis? Sternenlicht tanzte vor den Augen des Buchhalters. Noch sah er keinen beleuchteten Tunnel, aber er hielt sich am bakteriellen Stuhl fest, was einen lebensmüden Charakter hatte. Das Helferchen stand wie von Zauberhand plötzlich im Türrahmen und hielt einen Baseballschläger in der Hand. War das etwa Teil eines Heilungserfolges? Oder eine persönliche Absprache? Hatte er jemals nach einem Baseballschläger verlangt? Juste Simon wimmerte.

***

Was der da oben kann, kann ich schon lange!, wütete Merlin vor der Statue, die nichts anderes tat, als eine Statue zu sein. Er meinte ohnehin den Menschengott und weniger seinen Sohn damit. Klug war das nicht. Jemanden so weit oben zu erzürnen, bedeutete, noch tiefer zu sinken. Das leichte Schliddern in den Hochmut geriet zu einem Hineinrauschen. *Was der Menschengott und Isis können, das ist mehr als leicht!*, brummelte der Kater und nahm geradewegs den Weg zur Verderbnis. *Nichts, absolut nichts und ganz und gar nichts – das kann ich auch. Am besten, ich rufe eine eigene Religion aus! Den Katerismus! Wer braucht schon den Menschengott mit der langen Leitung oder eine radikalfeministische Katzengöttin, die aufrechte Kater den Kötern zum Fraß vorwirft?* Der Bausatz des Katerismus bekam eine Präambel. *Wer brauchte schon einen anderen Gott, wenn Merlin da war.* Merlins Köpfchen schnellte hoch. Die Wimpern taten dazu einen samtigen Aufschlag. Bejahung der Präambel. Gleich würde er das erste Gesetz herausgeben. War ja nicht so schwer. Die Augenbrauen der Statue zogen sich zusammen, aber der künftige Gott Merlin bemerkte es nicht. Kateristische Allwissenheit musste noch wachsen. Katzen hatten sieben Leben, der Menschengott sieben Todsünden, stellte der Neugott sachlich fest. Somit war es nur ein Akt der Schönheit von Gleichförmigkeit, dass Katzen, die dem Katerismus huldigten, sieben Gesetze zu befolgen hatten. Mehr als sieben wären Bürokratie. Weniger Vernachlässigung der Anhänger. Die Gesetze mussten kurz und knackig formuliert sein. Kein Geschwafel. Nichts Unverständliches. Somit kam das Erste und Wichtigste zuerst heraus. Es sicherte Merlins Posten: *Gott Merlin ist Alleinherrscher. Niemand soll Götter haben neben ihm.* Das war kurz und deutlich. Merlin fand sich genial. Damit war alles gesagt. Pfoten weg von der Konkurrenz. Nur ich bin dein Gott. Als Nächstes musste er dafür sorgen, dass er allzeit im Gedächtnis der Gläubigen blieb. Das brachte das zweite Gesetz ein, welches nur so herauspurzelte: *Mindestens einmal am Tag soll der Name ›Merlin‹ gepriesen werden.* Er schnurrte. War das gut oder schon göttlich? Tausende Katzen würden jeden Tag niederknien und ›Merlin‹ jaulen. Was für ein schöner Gedanke. *Merlin … Merlin … Merlin …* Er fühlte die Wellen der Huldigung schon. Gott sein war sehr angenehm. Jetzt brauchte er noch etwas für den Spaß. Drittens: *Jeder Kater soll sieben Kätzinnen haben.* Die Zahl Sieben schien passend. Natürlich ebenfalls im Sinne der Schönheit von Symmetrie. Siebenundsiebzig wären zu viele. Null Komma sieben schlecht machbar. Also, genau sieben. Genies brachten Geniales hervor. Merlin lechzte. Sieben! Das Herzchen hüpfte vor Freude. Sollte er nicht einen Unterpassus hinzufügen? Gott Merlin selbst durfte alle Kätzinnen haben, die er wollte. Er fühlte schon den Spaß. Unterpassus hinzugefügt. Abgehakt. Es folgte das Vierte: *Das Wort eines jeden Katers ist bedeutsam und schwerwiegend. Alles klar? Gab es daran etwas zu deuteln?* Die Stirn der Statue warf Falten und von weit her grollte es. Hochmut. Todsündenhochmut. Die Statue reagierte. Endlich tat sich etwas, aber Gott Merlin bemerkte es noch immer nicht. Ein Gewitter? Wen interessierte das? Irgendwann würde er über das Wetter herrschen. Gewitter mochte er nicht, ergo würde er sie streichen. Gesetz fünf: *Kätzinnen sollten immer lieblich sowie folgsam sein und sich nicht nach anderen Katern umschauen.* Das würde besonders gut bei seinen Geschlechtsgenossen ankommen. Lieblich, folgsam, treu – was für ein Paradies, und das schon auf Erden. Das sechste Gesetz: *Wasser ist zum Trinken da und keinesfalls zum Waschen.* Jeder Mensch war abzustrafen für den Fall, dass er die Krone der Schöpfung baden wollte. Siebentes Gesetz: *Hunde und laute Menschen müssen gemieden werden.* Wer die Gesetze nicht befolgte, für den würde die Strafe fürchterlich werden. Eine näher definierte Strafe fiel Merlin momentan nicht ein, aber es erzeugte ohnehin mehr Angst, wenn das Strafmaß nebulös blieb. Unbekanntes wirkte immer unheimlich. Gott Merlin atmete auf. *Es ist vollbracht!* Ein kräftiger Donnerschlag folgte. *War ich das?*, fragte sich der Neugott. Wie konnte er Donner herstellen, ohne ihn zu mögen und zu wissen, wie man Donner herstellte? Vermutlich Anfängerglück. Merlin sah sich als Erschaffer. *Es werde Licht!* Blitze folgten. *Meine Güte, war das einfach!* Man sagte etwas und es geschah. Blitz und Donner als Licht und Applaus. Wer brauchte da noch eine Katzengöttin Isis? Oder den Menschengott?

Es rumpelte mächtig im Himmel. Gott-Sohn-Hände zischten. Auch Isis blieb nicht taub. Emanzen konnten sehr gut hören, wenn das Männer-Gen Dummes schwätzte. Der dämonische Duschkopf, eigens von Isis für Merlin kreiert, erschien über dem Heiligenschein und der Menschengott schickte eiskaltes Wasser hindurch. Ein Teamwork der besonderen Art. Merlin wurde vom kalten Nass völlig überrascht. Es brach in Sturzbächen über ihn herein. Dabei hatte er die Ursache noch nicht einmal entdeckt. Dazu hätte er nach oben blicken müssen, doch das war unmöglich, da die Wassergewalt alles Sichtbare versperrte. Merlins Mutmaßungen kreisten um das sechste Gesetz. *Wasser ist zum Trinken da und keinesfalls zum Waschen? Wer gehorchte denn da nicht? Musste er etwa zornig werden? Sich gar eine Strafe ausdenken?* Er tat einen Schritt nach vorn, der Duschkopf folgte. Er rannte, das Ding kam hinterher. Doch nun er konnte es erkennen. Nur kurz. Isis' dämonischer Duschkopf! Das war kein Applaus, sondern Vergeltung. Abermals Donnern und Blitze. Rechtzeitige Kapitulation hatte noch niemandem geschadet. Angesichts der Übermacht blieb nicht viel übrig: *Ich-will-ein-lieber-Kater-sein. Ich-will-ein-lieber-Kater-sein.* Genügte das? Sollte er etwas Demut drauflegen? Sicher. Trotzdem würde er für eine Weile duschen.

***

Diente es dem Patientenwohl, ein massives Metallband vom lebendigen Leib eines Schwerkranken zu reißen? Juste Simon hatte die Praxis verlassen und bewertete das Verhalten des Arztes immer noch. Er humpelte den Weg zum Bistro. Hin zu Blanche und dem Gang nach Canossa. *Primum non nocere* – das ärztliche Schadensvermeidungsprinzip, grummelte er. Das Band ohne Betäubung vom Zeh zu entfernen, unter Einsetzung von Kräften, die nur Kriegsveteranen und Schlachter aufbringen konnten, war ein barbarischer Akt gewesen. Überdies, gehörte es etwa zur allbekannten medizinischen Fürsorgepflicht, eine aufgebrachte Sprechstundenhilfe mit einem Baseballschläger auszustatten? Unfassbar. Wo blieb sein Selbstbestimmungsrecht als Leidender? Sterne sehen, schreien und vor Schmerz vom Stuhl fallen – das hatte er nicht bestimmt. Niemand hatte ihn gefragt *Monsieur Simon, möchten Sie gern Sterne sehen und vom Stuhl kippen? Oder gar: Monsieur Simon, würde es Ihr Wohlgefallen streifen, wenn Sie einer blutlechzenden Furie mit Schlagwerkzeug begegnen würden, die Patientenprügellust verspürt?* Was für eine verrohte Welt. Wo hatte sich der hippokratische Eid versteckt? Kranke vor Schaden, willkürlichem Unrecht zu schützen und keine Werke der Wollust an Leibern von Frauen, Männern, Freien und Sklaven vorzunehmen. Juste stockte. Sollte er eher dankbar dafür sein, dass Docteur Janfleur ihm nur das Band abgerissen hatte? Justes Fuß schmerzte. Der Arzt hatte ihm ein paar Tabletten aus seinem Schrank gegeben. Immerhin. Dann hatte er ihm auf die Schulter geklopft und gesagt, dass es Momente im Leben gäbe, in denen ein Mann einfach ein Mann sein müsse. Es folgte die Dosierungsanweisung. Zwei Tabletten pro Tag mit viel Wasser einnehmen. Nicht mehr. Eine morgens, eine abends. Bald würde es ihm besser gehen. Was für ein elender Hypokrit. Vermutlich der größte Heuchler unter der Sonne. Hätte er ihn nicht gefoltert, dann bräuchte er nicht Mann zu sein und keine Tabletten zu nehmen. Widersprach sich das nicht ohnehin? Mann sein und Tabletten nehmen? Egal. Vor der Tür warf Juste sich schnell drei von den weißen Dingern ein. Ohne Wasser. Wo hätte er das auch hernehmen sollen? Regenpfützen präferierte er nicht.

Dem Tablettenschlucker fiel ein, dass er sich gleich entschuldigen und Blanche seine uneingeschränkte Liebe erklären wollte. Er stockte. Oder lieber umgekehrt? Liebe erklären und sich dann entschuldigen? Dann fehlte noch die Erklärung der Geschehnisse. Also: Erklärung, Entschuldigung, Liebe. Nein. Falsch. *Captatio Benevolentiae* – Erheischen des Wohlwollens in der Eröffnung. Ergebnis: Liebe zuerst. Das war fasslich, auch für eine Frau. Zunächst sollte sie dahinschmelzen. Und danach? Erklärung, Entschuldigung. An welchem Punkt genau konnte er die Sache mit den Früchten unterbringen? Gestern hatte er noch einen Plan geschmiedet, aber der schien jetzt mit dem dicken Quast der Pharmazie weggewischt. Ein bisschen duselig war ihm zumute. Kein Problem für den Mann, der er war. War das die richtige Interpretation? Dann … das blaue Licht. Es war schön blau. Wundervoll blau. Putzig blau. Bewirkte Blau nicht die Beruhigung nervös bedingter Verkrampfungen? Ein tiefes Meeresblau spiegelte sich an den Häusern, vielleicht ein magisches Himmelsblau. In jedem Fall blinkte es. Juste assoziierte Frieden und Innerlichkeit. Suchte er das nicht? Der Buchhalter strebte dem Licht entgegen. Manche Häuser schienen kobaltblau, andere ultramarin, azur oder grünblau. Je nach der Unterfarbe des Gebäudes. Justes Schnauzer machte einen Freudenruckler. *Ach, ist das aber nett.* Totale Harmonie ergriff ihn. Auf dem Marktplatz angekommen, blieb er stehen. Admiralsblau. Eindeutig. Der Marktplatz sah bezaubernd aus in blinkendem Admiralsblau. Mit dieser Farbgebung hatte er den Marktplatz noch nie gesehen. Vor dem Bordell hatte sich eine Menschentraube gebildet. Juste lächelte. Alles Blaufans. *Wie erfreulich!* Er humpelte zum Fanklub. Der Fischer stand schon da, er gehörte also zu ihnen.

»Salut, Lucien.«

»Salut.« Der Fischer drehte sich nur kurz um. Das Bordell hielt er im Blick.

»Magst du Blau auch so gerne?«, flüsterte Juste dem Fischer von hinten ins Ohr. Der Fischer hielt den Atem an und drehte sich um. Er griente Juste an.

»Was hast du gesagt?«

»Magst du Blau auch so gerne?«

»Nicht dieses Blau.«

»Es ist doch ein schönes Admiralsblau. Oder würdest du es als Ägäisblau bezeichnen?«

»Juste.« Er ließ seinen Freund nicht aus den Augen. »Wir sehen Polizeiblau.«

»Ich wusste gar nicht, dass Beamte so etwas Schönes erschaffen können. Leuchtet es nicht friedlich? Irgendwie innerlich. Gar nicht beamtisch.«

»Hast du getrunken?«

»Nein, ich will zu Blanche. Ihr sagen, dass ich sie liebe und mich erklären. Dann entschuldigen. Ich kenne die Reihenfolge nicht mehr genau. Es kann auch erklären, entschuldigen und dann das mit dem Obst sein. Lucien, ich mag keine Äpfel. Ist das in Ordnung?«

»Juste?«

»Jaaa.«

»Dort drüben stehen zwei Polizeiwagen mit eingeschaltetem Blaulicht vor dem Bordell. Es hat einen Mord gegeben. Madame Lazar ist tot.«

»Tot?« Juste schien nichts mit dem Begriff anfangen zu können. »Sie ist doch noch jung. Das kann nicht sein. Eine Erkältung bringt einen nicht um oder hatte sie Wasser in den Beinen? Was meinst du mit tot?« Die violetten Augen des Fischers nahmen einen fragenden Ausdruck an. Er schob seine dunklen Haare beiseite und krauste die Stirn. Trotzdem strahlte er ein gewisses Lächeln aus. Der Knoten musste gelöst werden, am besten mit einfachen Angaben.

»Tot im Sinne von ermordet. Ich habe gehört, dass sie mit einem Messer erstochen wurde.«

»Ein Messer. Soso. Kann man es denn nicht mehr rausziehen? Da muss doch was zu machen sein?« Der Fischer keuchte. Das ging nicht mehr. Der Mann neben ihm war nicht Juste Simon. Irgendjemand anderes, aber nicht die Person, die er kannte.

»Was ist los mit dir? Du bist nicht klar bei Kopf.« Justes Kopf lehnte sich an Luciens Schulter.

»Dafür habe ich einen Fuß.«

»Was ist mit deinem Fuß?« Der Fischer versuchte, ihn mit Zucken von seiner Schulter zu schubsen. Justes Kopf hob sich.

»Im Dschungelkampf mit Baseballschläger gefallen.«

»Juste, hast du etwas genommen, das du nicht kennst?« Der Buchhalter nickte. »Drei.«

»Drei was?«

»Dinger.«

»Woher hast du die Dinger?«

»Lucien?«

»Ja.«

»Ich trinke nicht aus Pfützen.«

»Wer hat dir die drei Dinger gegeben? Sag schon.«

»Janfleur und die Bestie.«

»Du warst beim Docteur und hast Tabletten bekommen. Ah, ja. Ich verstehe. Gegen die Schmerzen im Fuß. Wie viele solltest du nehmen?«

»Eine morgens. Abends auch. «

»Und du hast drei davon geschluckt, auf einmal.« Lucien zog Juste aus der Menschenmenge. »Ich bringe dich nach Hause und da schläfst du dich erst mal aus.«

»Blanche. Ich muss zu Blanche.« Der Fischer schüttelte den Kopf.

»Schlechte Idee, mein Lieber. Nicht heute. Morgen.«

»Aber sie braucht Obst.«

»Morgen, Juste. Sie hat heute ihren obstfreien Tag.« Zeitgleich mit den Worten des Fischers trat Malo Duc aus dem Bordell, verlor sich in der Menschenmenge und näherte sich Juste und Lucien. Er entdeckte die beiden und winkte. Dabei hüpfte er, um aus der Menge hervorzustechen.

»Juhu! Wartet. Ich bin es! Malo!« Er kämpfte sich durch den Pulk weiter vor. Lucien und Juste blieben stehen. »Wisst ihr das Neuste?«, rief er schon von Weitem. Der Fischer ließ ihn auf sich zukommen und sagte ruhig:

»Ich weiß, Madame Lazar ist tot.«

»Ja, tatsächlich«, sagte Malo verwundert. »Du kennst die?«

»Jeder in Arnaud kennt ihren Namen und fast jeder weiß nun auch, dass sie tot ist.«

»Sie ist ermordet worden. Einfach so. Mercier meint, sie wurde erstochen. Mit einem Messer. Das ist normal. Ich denke, man wird meistens mit einem Messer erstochen. Ein Schraubendreher würde auch gehen oder eine Hutnadel. Aber wer hat schon eine Hutnadel bei sich. Messer ist üblich unter Menschen, die Menschen töten wollen. Mercier sagt, alles ist voller Blut und das in einem weißen Raum. Sie hatte nur weiße Räume. Irre, was? Weiß und Blut. Findest du nicht, dass Weiß mit Blutrot eklig aussieht? Es springt direkt ins Auge. Ekliger als Schwarz und Blutrot, das sieht man nicht so. Oder Dunkelblau und Blutrot.«

Der Fischer erkannte, dass er nicht nur einen Problemfall zu erledigen hatte, sondern zwei und sie hatten es beide mit Farben. Die obligate Nuss in der Wange des Fischers bildete sich. Er schaute Malo an, als würde er sein persönliches Kreuz entdecken.

»Malo«, seufzte er, »was hast du da auf der Stirn?« Problemfall Nummer zwei schmunzelte.

»Ein Hennatattoo von Madame Cabertin, der Hexe. Mit mächtiger Wirkung. Erst musste ich grüne Brühe trinken, dann Beschwörungsformeln nachsprechen und an mehr kann ich mich nicht erinnern. Heute Morgen bin ich bei ihr im Zauberraum aufgewacht und ich sah im Spiegel das Tattoo – ein Schutzzeichen gegen die Galabru, ein Liebeszeichen für Madeleine und ein Bannfluch gegen Bernadette. Drei in einem. Es war auch nicht teuer. Nadine hatte recht, Madame Cabertin ist gut.« Der Fischer knackte die Nuss. Der Unterkiefer zermahlte sie. Malo faselte weiter. »Gleich danach bin ich ins Bordell gegangen. Ich wollte Madeleine sagen, dass ich sie liebe und Kinder mit ihr haben will; nachdem wir geheiratet haben, natürlich. Mit dem Mut-Tattoo muss es doch klappen. Das mit Bernadette soll das Tattoo auch hinkriegen. Nur weinten im Bordell alle. Auch Madeleine. Die Polizei war da. Ich konnte Madeleine gar nicht meine Liebe erklären, weil alle fürchterlich aufgeregt waren, wegen des Messers in Madame Lazars Rücken. Sogar das Baby weinte. Aber Nadine hat wirklich recht. Es funktioniert. Ich muss nicht mehr zur Galabru, weil Madame Lazar tot ist und außer ihr wollte keiner wissen, wer die Mutter des Säuglings ist. Also haben mein Tattoo und der Zaubertrank gewirkt.«

Juste nahm die Ausführungen in Bandwurmlänge teilnahmslos hin.

»Admiralsblau«, stellte er blubbernd fest. Malo sah ihn an.

»Was ist mit Juste?«

»Es geht ihm nicht gut«, sagte der Fischer. »Von welchem Baby sprichst du? Wieso lebt ein Kind im Bordell?«

»Ach, das ist kompliziert, Lucien. So kompliziert. Ich hoffe, du verstehst das überhaupt. Das Baby ist vor der Kirchentür ausgesetzt worden und eine der Frauen hat es gefunden. Madame Lazar wollte es nicht im Bordell haben, die Frauen schon. Deshalb hat Madame Lazar Juste gebeten, die Mutter zu finden, weil das Kind zur Mutter sollte. Es gibt aber keine neue Mutter in Arnaud, außer Madame Nedieu und die Frau des Buchhändlers mit den schreienden Zwillingen. Und ich sollte die Galabru fragen, ob sie nicht eine andere Mutter kennt. Ausgerechnet das alte Lästermaul. Aber das muss ich jetzt nicht mehr, weil Madame Lazar ein Messer im Rücken hat. Nun darf ich bei Juste drinnen schlafen anstatt draußen.« Malo holte Luft. Der Fischer auch. Zu viel Information. »Ist das nicht toll?«, schloss der Stadtangestellte mit den wippenden Locken. Lucien Forest blieb ruhig und ergrübelte eine Richtung, die der Verstand noch nicht annahm.

»Wer ist die Mutter des Kindes?«, fragte sich der Fischer laut.

»Jetzt fängst du auch schon so an. Das ist doch egal. Die Polizei wird das Baby dem Sozialdienst übergeben. Ich denke, sie werden die Mutter suchen, aber ich nicht mehr. Ich darf drinnen schlafen. Meinetwegen kann der Sozialdienst draußen schlafen. Aber ich nicht. Nicht wahr, Juste? Ich darf doch endlich drinnen schlafen?«

»Azurpfützen. Admiralsblau an Wand ist eins. Azur nur zwei. Macht drei. Drei Dinger geschluckt ist null.« Juste Simon hob den Zeigefinger. »Drei!« Er legte wieder den Kopf auf die Schulter des Fischers, der die Augen nach oben drehte.

»Malo, frag ihn nichts mehr. Juste ist nicht hier.«

»Aber er ist doch hier.«

»Ja, aber nicht da.« Kryptomanen unter sich verstanden einander.

»Ach so«, maulte Malo. »Ich gehe jetzt erst mal zu Bernadette. Wenn das mit der Galabru funktioniert hat, ist Bernadette leicht. Ich will die Scheidung. Das sage ich ihr und dieses Mal wird es auch klappen. Nicht so wie bei den letzten Malen. Ich werde endlich frei sein. Wenn ich das erledigt habe, besuche ich Madeleine. Nachmittags. Sie wird am Nachmittag nicht mehr weinen und das braucht sie auch nicht. Nie mehr. Wegen des Kindes muss sie sowieso nicht weinen, weil wir schnell eigene machen. Um Madame Lazar braucht sie auch nicht mehr traurig zu sein, denn dort darf sie nicht mehr arbeiten. Wenn unsere Kinder da sind, wünsche ich mir, dass die Mutter zu Hause ist. Wer sollte die Kinder sonst stillen? Ich habe keine Brüste.« Malo war glücklich. Er strahlte. Absolutes Strahlen. Zweihundert Watt.

An den beiden Polizeiwagen flackerte immer noch das Blaulicht. Die Menschenmenge erhielt weiter Zulauf. Dastehen, reden, konspirativer Tratsch und Mutmaßungen. Sozialer Kitt einer Kleinstadt. Auch die Galabru befand sich unter ihnen. Gendarm Mercier kam aus dem Haus. Er ging zum ersten Wagen und schaltete das Blaulicht aus, dann zum anderen Wagen und löschte dessen Licht ebenfalls. Kein Admiralsblau mehr. Arnaud wurde wieder normalfarblich, dafür ging dem Fischer

Lucien Forest ein Licht auf und das, was er zu verstehen begann, ließ ihn schaudern.

***

Ein unscheinbarer Wagen fuhr auf den Marktplatz. Dem Fahrer schien die Menschenmenge vor dem Bordell nichts auszumachen. Er folgte zunächst dem Straßenverlauf, um dann die Straße zu verlassen und in Schrittgeschwindigkeit durch den Menschenauflauf zu fahren. Der Wagen hielt. Synchron gingen Fahrer- und Beifahrertür auf. Nur kurz schaute der Mann von der Fahrerseite sich um. Die Augen fanden, was der Auftrag benötigte – die Staatsmacht vor Ort. Gendarm Mercier wollte gerade wieder das Bordell betreten, als ihn der Fahrer des Wagens aufhielt.

»Auf ein Wort, Gendarm!«

Mercier zuckte. Der stramme Bauch gleichfalls. Kein Wort der Begrüßung? Wer wagte so etwas?

Er drehte sich zu dem Mann um.

»Wir sind vom Sozialdienst. Ein Kind muss abgeholt werden«, knarzte der Mann, der eine spindeldürre Frau im Schlepptau hatte. Hässliche Sekunden verstrichen.

»Ich wünsche Ihnen auch ein freundliches Bonjour«, sagte Gendarm Mercier und setzte damit ein Ausrufezeichen hinter die eigene Amtsstellung. Keiner, aber auch wirklich keiner, sollte sich jemals trauen, ein Wort an ihn zu richten ohne eine angemessene Begrüßung. *Wo kommen wir denn da hin?* – fragte er sich. Sodom und Gomorrha würde es in Arnaud nicht geben. Zumindest nicht, solange er Gendarm war. Mercier schaute den Mann missbilligend an. Die Spindeldürre an der Seite des Mannes wirkte klüger.

»Bonjour, Monsieur Gendarm«, sagte die Sozialarbeiterin mit aufgeregter Stimme und einem Unterton des Respekts. Das klang schon besser, befand Mercier. Sehr viel besser. Respekt und Zittern in seiner Gegenwart schienen angemessen und bedurften einer Resonanz.

»Bonjour, Madame.«

Der Sozialarbeiter bemerkte, was sich gerade abspielte, sah die Lage nüchterner und wollte offensichtlich auf einer Rasierklinge reiten.

»Wo ist das Kind?«, zischte er.

Merciers Zähne rieben aufeinander. Warum in aller Welt schlugen Dreist-Naseweis-und-Pampig immer bei ihm auf? Und warum lag der Kerl nicht auf dem Boden im Staub als gefesseltes Paket? Mercier holte tief Luft und versuchte, sachlich zu bleiben.

»Wir sollten es ruhig angehen lassen«, antwortete er gemächlich. »Die Frauen lieben das Baby. Herzlos, es ihnen sofort wegzunehmen. Schließlich ist ihre Welt gerade zusammengebrochen. Die Bordellmutter tot, Polizei in den Räumen. Und nun entreißt man ihnen das Kind. Das wäre nicht klug. Frauen sind in solchen Dingen sehr emotional. Sie können zu Löwinnen werden. Wir sollten zuerst mit ihnen sprechen. Erklären, dass die Familie des Kindes gesucht und es dem Kind besser gehen wird. Dann lassen wir den Jungen noch eine Nacht im Bordell. Reden wieder ein wenig und bringen ihn anschließend in die neue Obhut. Sanft und sicher. Verstehen braucht eine Entwicklungsphase.«

Gendarm Mercier schüttete das gewachsene Wissen an Menschenverständnis direkt vor die Füße des Sozialarbeiters. Dem Kübel der Klugheit wurde ein Tritt versetzt.

»Es ist ein Bordell. Kein Ort für ein Kind.«

»Viele nette Frauen kümmern sich liebevoll um ein kleines Wesen. Was ist falsch daran?«

Der Mann antwortete nicht. Er ging hautnah an Mercier vorbei. Das Ziel: Bordell. Der Auftrag: Kind ergreifen. Glasklar ohne Empathie. Fürs Heulen gab es Taschentücher und gegen Hysterie Tabletten. Die Spindeldürre stolperte ihm hinterher.

»Madame!?«

Die Frau hielt ein, drehte sich um. Lächelte nervös. Mercier ging ein paar Schritte auf sie zu.

»Bleiben Sie hinter Ihrem Kollegen«, raunte er ihr zu. »Immer dicht am Ausgang. Reden Sie nicht und rennen Sie, was das Zeug hält, wenn es windig wird.«

Mercier nickte ihr zu. Die Spindeldürre nickte ebenfalls. Die Welt der Frauen glich nicht der Welt der Männer; sie war sensibel, weiser und cleverer, wenn es ums nackte Überleben ging.

Mercier atmete durch. Pfiff ein munteres Lied und dachte an Blut und Erbrechen. Er spazierte in aller Gemütsruhe zu den Einsatzwagen, schaltete das Blaulicht wieder an. Blaulicht war wichtig, wenn es um Gewaltdelikte mit schwerer Körperverletzung ging. Er lehnte sich an ein Fahrzeug und klemmte die Daumen in die Gürtelschlaufen. Zeit war ein wunderbares Ding, das man durchaus genießen konnte. Das Gemüt des Gendarmen hellte sich auf.

Jäh gellten Schreie über den Marktplatz. Alle Menschen, die sich noch vor dem Bordell aufhielten, bewegten ihre Köpfe in Richtung des Hauses. Ein Stuhl flog durch die Fensterscheibe. Entmenschtes Kreischen. Eine dünne Frau lief aus dem Haus. Mercier grinste. Genusssucht pur – nur noch ein wenig warten auf die liebliche Freude. Er genoss, dass Zeit eine milde Gabe war. Auch für die Frauen, die noch eine Nacht mit dem Baby geschenkt bekommen würden.

***

Woher weiß der Mensch, wenn er einen Stein in die Hand nimmt, dieser entgleitet, zu Boden fällt, dass er nicht die Erde durchschlägt, beim Weiterflug Planeten touchiert, einen Bogen fliegt und zuletzt Luna die Nase eindellt? Die Antwort ist leicht – das Ergebnis aller Erfahrungen, das in Sicherheit wiegen lässt. Das Kinderspiel Bauklötze aufzustapeln und beim Einsturz deren Fall zu beobachten, ist eine Voraussetzung des festen Glaubens daran, dass ein fallender Stein kein schweres Unheil auf dem Mond anrichten wird. Doch wer vermag vorherzusagen, dass das in jedem Fall, zu jeder Zeit, immer so sein wird?

Malo Duc lief die Treppenstufen zu seiner Wohnung hinauf. Freudig, obwohl er gleich Bernadette gegenüber stehen und ihr die Trennung verkünden würde. Mit dem Tattoo würde es eine Leichtigkeit sein, man sah dem Treppenläufer seine Gewissheit an. Madame Cabertin hatte nur die Galabru kompliziert gefunden. Bernadette und Madeleine nicht. Malo war dermaßen aufgeregt, dass er kaum das Schlüsselloch traf. Doch der Durchbruch kam. Jetzt oder nie. Er riss die Tür auf. Jeanne d'Arc gegen die Engländer. Napoleon bei Austerlitz. Die Kette der Erfolge würde neue Namen tragen. Malo gegen Bernadette. Diesmal würde er siegen. Ganz bestimmt.

»Bernadette?«, rief er. Bernadette antwortete nicht. In der Nähe des Mut-Tattoos brach ihre Feigheit wohl schon weit vor dem Anblick aus. Die Hexe Cabertin war keine Hexe, sie war eine Heilige. »Bernadette?« Malos Stimme erscholl männlich markant. Aus Maus wurde Mann. Ein seltener Umstand. Kraft und Jagdinstinkt. Malo hob den Kopf. Hernach schwang er den Arm in die Höhe und schlug mit einer Fantasiepeitsche mächtig auf den Boden. Er hörte förmlich das Zischen und den anschließenden Knall. Genau jetzt sollte Bernadette auftauchen. Ihn erblicken. Erschrecken beim Anblick seiner Größe. Zu Boden sinken und nur noch den Worten des Minimusmaximus lauschen. *Scheidung*, würde er sagen und mit bebenden Lippen voller Angst würde Bernadette ein ›Ja‹ hauchen. Malo fühlte sich prächtig. Auf dem Gipfel des Lebens. Jeder Mensch sollte seine persönlichen fünfzehn Minuten des Ruhms bekommen, die ihm zustanden. Sie sollten dabei triumphal, glorreich, erhaben und monumental sein. Leider blieb es vollkommen still in der Wohnung. Bernadette meldete sich einfach nicht. »Bernadette?« Malo riss die Tür zum Wohnzimmer auf – nichts. Schlafzimmer – leer. Nirgendwo Triumph. Malo ließ die Schultern fallen. Er wollte seine fünfzehn Minuten! Waren die etwa schon vorbei? Nein, erst elf Minuten und drei Sekunden. Er ging ins Wohnzimmer. Die Uhr tickte. Schlechte Luft im Raum. Er öffnete ein Fenster. Die Andeutung eines Geräuschs ließ ihn aufmerken. Kein Knall einer Peitsche. Ein Zettel flog vom Tisch. Er segelte zu Boden. Malo Duc machte zwei Schritte und hob ihn auf, darauf stand: ›*Reiche die Scheidung ein. Bin bei meiner Schwester. Bernadette.*‹

Der kleine Stadtangestellte verstand zuerst nicht. Er las den Text noch einmal. Die Aufnahme des Gelesenen rutschte langsam in seinen Verstand. Malo griente. Was für ein Wahnsinnstattoo! Er musste noch nicht einmal etwas für den Sieg tun. Er war frei. Ein kostenloser Triumph. Endlich frei für Madeleine. Madame Cabertin musste wahrlich eine Heilige sein. Später würde er ihr eine Flasche Champagner vorbeibringen und einen Präsentkorb mit Leckereien. Selbst das wäre noch zu wenig. Am besten einen Lastwagen voller Delikatessen. Er summte, ohne sich dessen bewusst zu sein, eine Ode an die Freude. Erst zart, dann überschwänglich, ekstatisch. Malo tanzte. Vierzehn Minuten waren verronnen.

Eine Mischung aus Discomove, Hip-Hop und Verrenkungen, die die Welt nicht verstehen würde. Er genoss es. Schwebte. Fühlte sich im Himmel. Fünfzehn Minuten vorbei. Game over. Ruhm verblasste schneller, als man annehmen sollte, und das Grauen hatte immer einen Hinterhalt parat: Das Telefon meldete sich. Malo blieb stehen, sein Summen erstarb. Er befürchtete, zu wissen, wer am anderen Ende der Leitung stand. Entnervendes Geklingel. Hilfesuchend strich er über die Stirn. Das Tattoo brannte. Bestimmt war jemand anderes am Apparat. Vielleicht brauchte Madeleine Hilfe. Oder Juste. Oder Lucien. Oder Blanche. Malo nahm den Hörer ab.

»Ja?« Die andere Seite übernahm das Reden.

»Wenn du meinst, Bernadette«, sagte Malo. Kakofonie aus dem Hörer. »Du hast überlegt«, sagte die geschwächte Stimme des Minimusmaximus, die gerade zum Minimus simplex schrumpfte. »Wir werden es noch einmal miteinander versuchen. Wie du es willst, Bernadette.«

Die gesamte Menschheit, all diejenigen, die jemals Angst vor einem fallenden Stein peinigte, konnten in dieser Sekunde erleichtert aufatmen. Auch beim tausendsten und abertausendsten Mal würde ein Stein zu Boden fallen, dort liegen bleiben und keinesfalls ein Desaster im Weltall anrichten. Abgesehen von der kleinen Unsicherheit, vom Krümelchen an Fraglichkeit, die sich aus der Wahrscheinlichkeitsrechnung ergab. Die Möglichkeit, dass ein unwahrscheinliches Ereignis eintrat, obwohl es nach aller Logik kaum jemals eintreten könnte, fing jedes Mal wieder neu an.

***

Angesichts der Geschehnisse, die Arnaud am Vormittag erdulden musste, schien es wie ein Wunder, dass am späten Nachmittag bedächtige Stille herrschte. Beruhigender Lavendelduft mit einer Untermischung von Kamille zog durch den Ort. Kaum jemand war auf der Straße. Der Fischer hatte Juste am Morgen nach Hause gebracht und ihn auf das Sofa gesetzt. Umkippen und sofortiges Schnarchen sagten ihm, dass es eine Weile dauern würde, bis er wieder als zurechnungsfähig gelten konnte. Vermutlich erst am späten Nachmittag.

Zum Hafen gehen, das Schiff starten und hinausfahren blieb zu dieser Stunde die einzige Rettung für den Fischer. Es fehlten noch ein paar Bausteine in seinen Befürchtungen. Seeluft. Einsamkeit. Nur das Meer würde ihm, wie immer, die Zwiesprache schenken, die er benötigte. Er bekäme auch noch etwas anderes geschenkt: Klarheit darüber, was genau passiert war und was geschehen würde. Wahre Erkenntnis machte bescheiden und mit Bedauern stellte der Seemann fest, dass es schneller Nachmittag wurde, als ihm lieb war. Emotionslos lief er wieder an der Arnaudtapete vorbei, hin zu Justes Haus. Er betätigte die Klingel. Es schellte. *Was für ein entsetzliches Geräusch*, dachte der Mann, der gefasst wirkte und seine Schuld errechnet hatte. Die Tür wurde geöffnet. Juste stand im Rahmen. Er sah so aus, als ob er nicht nur geschlafen hatte, sondern dass ein Strafgericht der besonderen Art getagt hätte.

»Salut«, grüßte der Fischer. »Geht es dir besser?« Juste nickte.

»Ich habe noch Kopfschmerzen.«

»Das kann ich mir denken«, brummte Lucien. Juste sah ihn an.

»Madame Lazar ist tot. Das stimmt doch so, Lucien?« Der Fischer nickte.

»Du hast mehr mitbekommen, als ich dachte.«

»Sie war eine wundervolle, intelligente Frau von außerordentlicher Schönheit. Auch wenn wir nicht der gleichen Ansicht waren, das hätte nicht passieren dürfen.« Juste schüttelte den Kopf.

»Wir müssen uns unterhalten«, sagte der Fischer. Juste gab die Tür frei. Schweigsamkeit im Flur. Im Wohnzimmer zeigte er auf das Sofa und der Engländer setzte sich. Er knetete seine Hände. Offensichtlich lag ein Schleier über dem Herzen.

»Juste, woher wusstest du es?«, fragte der Fischer gerade heraus.

»Was meinst du?«

»Du weißt genau, was ich meine. Dass Nadine die Mörderin ist. Bürgermeister Laval – der Polizeiermittler – Madame Lazar.« Es gab keine Umwege mehr, keine Nebenstraßen. Der Stachel in Lucien Forests Herzen war scharf geschliffen. Juste brauchte Minuten für die nächsten Worte. Er schickte seine Erinnerung zurück in die Zeit, in der es noch möglich gewesen wäre, wenigstens den letzten Mord zu verhindern.

»Ich wusste nicht, dass Nadine wieder in Arnaud wohnt und ich wusste auch nicht, dass sie Mutter geworden ist. Ich hätte etwas getan. Bestimmt.«

»Ich habe dich gefragt: Woher wusstest du das mit Nadine?«

»Du wirst es mir nicht glauben, aber Gott hat es mir gesagt.« Der Fischer lachte verächtlich.

»Du hast recht, das glaube ich dir nicht. Dass die Haushälterin des Pfarrers die Morde verübt haben sollte, war eine bewusste Finte von dir. Nicht wahr?« Juste nickte. »Und gleichzeitig mein größter Fehler. Madame Lazar hätte nicht sterben müssen, wenn ich damals die Polizei informiert hätte.« Der Fischer zuckte noch nicht einmal mit der Wimper.

»Und du?« Vorsichtig stellte Juste Simon eine Vermutung in den Raum.

»Ich wusste es nicht. Ich hatte einen Verdacht.«

»*Qui sine peccato est vestrum, primus lapidem mittat* – Wer unter euch ohne Sünde ist, der werfe den ersten Stein.«

»Wer ist der Vater des Kindes, Juste?«

»Ich vermute, es stammt von Laval.«

Der Fischer schloss die Augen.

»Nadine konnte ihn nicht leiden. Es war mit absoluter Sicherheit nicht freiwillig.«

»Das denke ich auch. Für Laval das Todesurteil. Ich hatte bisher angenommen, weil er sie entlassen hat. Aber dass er sie …«

»Er war ein Schwein«, ergänzte Lucien, dessen Fingerknöchel die Farbe Weiß angenommen hatten. Unbeirrt drang er vor: »Und der Mord am Ermittler aus Paris?«

»Ein neugieriges Schwein, wenn du so willst. Er war Nadine zu dicht auf den Fersen. Etwas mehr Zeit und er wäre hinter den Mord an Laval gekommen. Es war folgerichtig ihn zu töten. Man kann Nadine nachsagen, was man will, ihr Handeln ist grausam, aber logisch.«

»Warum der Mord an der Hurenmutter?«

»Ich denke, das weiß ich genau. Madame Lazar wollte das Kind nicht mehr im Bordell behalten. Das war auch der Grund, warum ich nach der Mutter suchen sollte. Hätte ich die Mutter, sprich Nadine, gefunden, wäre alles aufgeflogen. Stück für Stück wäre alles freigelegt worden. Das, was Laval ihr angetan hatte, der daraus resultierende Mord an Laval, das Kind von ihm, der Mord am Ermittler – einfach alles. Das Kartenhaus wäre zusammengefallen. Madame Lazar musste sterben, um mein Suchen zu unterbrechen. Letztlich kann ich froh sein, dass Nadine nicht auch mich ermordet hat. Es war nur eine Frage der Zeit, wann ich ihr

Geheimnis gelüftet hätte. Mein lieber Lucien, das alles nur für einen bestimmten Weg.«

»Welchen Weg?«

»Das weißt du doch! Den Weg zu dir, Lucien. Im Grunde alles ganz simpel, wenn man es genau beleuchtet. Sie liebt dich unendlich und sie wollte ein neues Leben mit dir.« Lucien schwieg – wie immer. Manche Männer waren ein offenes Buch, andere verwendeten Schweigen als Schutzhülle.

»Du wirst Mercier informieren?«

»Ja. Es ist meine Pflicht. Sie ist eine Mörderin und ich will nicht, dass noch mehr passiert. Was auch immer das sein mag.«

»Gib mir noch etwas Zeit.« Es folgte die Schutzhülle: Schweigen. Diesmal ein bittendes Schweigen.

»Bis zum Abend?«, fragte Juste und er klang unendlich matt und ermüdet. Der Fischer blickte seinen alten Freund an.

»Bis morgen früh. Schenk mir die Nacht. Für Nadine. Für Blanche. Und für mich. Ich fahre mit ihr hinaus aufs Meer. Dort ist man sich selbst am nächsten, sieht das eigene Handeln klarer und kann sich dem stellen, was unvermeidlich ist. Wie immer um die gleiche Zeit werde ich wieder in den Hafen einlaufen.« Wünschendes Schweigen schloss sich an.

Juste Simon saß da. Etwas Zeit, wen sollte das stören? Nur eine Nacht. Was sollte schon schiefgehen? Die Ruhe käme auch ihm zugute. Morgen früh würde er Blanche alles erzählen und er zog in Betracht, dass seine Herzensfrau ihn für sein Handeln hassen würde. Tante einer Mörderin. Lebenslanges Gefängnis. Keine leichte Erkenntnis. Trotzdem, seine Verhaltensweise war richtig. Er hoffte, dass Blanche ihn verstehen würde. Juste nickte dem Fischer zu. Heute war ein sonderbarer Tag. Einer, an dem Nächte verschenkt wurden.

***

Zwischen den Blättern hängen die Früchte. Der Fischer blieb vor dem Bistro stehen und warf einen Blick auf das Geschriebene. Die Nachmittagssonne ließ das Rot der Buchstaben noch kräftiger erscheinen. Er ging hinein. Auf dem Tresen lagen die abgeschnittenen Rosen. Blanche Martin zog eine leere Tortenplatte aus der Kühlung und brachte sie in die Küche. Fast der gesamte Kuchen war abverkauft worden.

»Salut, Lucien«, sagte sie in die eigene Geschäftigkeit hinein. Der Fischer erwiderte den Gruß schwach und setzte sich auf einen Hocker.

»Zwischen den Blättern hängen die Früchte. Was bedeutet der Satz?« Die Wirtin kam wieder aus der Küche und wischte sich die Hände in einem Tuch ab.

»Es ist von Juste.«

»Das dachte ich mir.«

»Es bedeutet, dass er auf mich warten will, bis ich soweit bin, ihn zu heiraten. Normalerweise sagt er es auf Latein, aber er weiß, dass ich das nicht mag.« Die Wirtin zeigte auf die Rosen. »Die sind auch von ihm.« Der Mann, der sich einen wärmenden Pullover übergezogen hatte, sah zu den Rosen.

»Nur die Köpfe?«

»Der Rest der Rosen ist zerstört. Ich habe sie dem Bordellisten um die Ohren gehauen.«

Der Fischer lachte verhalten. Sorgenfalten auf gebräunter Haut.

»Was ist, Lucien? Wo warst du heute Morgen? Ich habe dich vermisst.«

»Ich war auf dem Marktplatz.«

»Ah ja. Der Mord. Ich habe davon gehört.«

»Blanche, ich brauche einen doppelten Pastis. Am besten einen Dreifachen.«

»Was ist los?«

»Nichts.«

»Nichts?! Dann ist etwas los.« Die Wirtin nahm ein Glas, ließ einen Eiswürfel hineinfallen und goss ein. Ein zeitlos schönes Ritual. Immer wieder gern. Der Pastis verfärbte sich und versprach Entspannung. »Sag schon. Was ist?« Lucien Forest ergriff das Glas, hielt es hoch und drehte es im Licht. Trübe Aussichten. Ahnendes Schweigen. Er trank. Wenn er geahnt hätte, dass das Schicksal schon sehr nahe war, hätte er den dreifachen Pastis mit einem Schluck genommen.

»Blanche, versprichst du mir etwas?«

Ein Rotschopf wurde draußen sichtbar. Die gläserne Front des Bistros zeigte eine Frau, die sich für diesen Augenblick zurechtgemacht hatte.

All die bösen Spuren der letzten Tage unter Puder und Lack. Die Natur zeigte, was möglich war. Der Fischer erblickte Nadine.

»Meine Güte, sag mir endlich, was los ist. Du machst es ja spannend.«

»Das ist los!« Er zeigte auf ihre Nichte.

»Nadine?«, fragte die Wirtin fast ohne Gegenwehr in der Stimme. »Lucien, ich verstehe nicht? Irgendwann wird sie wieder gehen. Auch, wenn sie jetzt etwas anderes sagt. Sie liebt dich halt.«

»Bleib ruhig, Blanche. Es ist alles in Ordnung, wie es ist; und wie es sein wird, so ist es auch gut.«

»Lucien!?«

»Ich habe eine Bitte: Gib Juste eine Chance«, sagt er tonlos.

»Aber Lucien, ich … Was soll das jetzt?«

»Egal, was passiert. Er hat eine Chance verdient. Er ist ein guter Mann. Versprich mir das!«

»Lucien, du machst mir Angst.«

»Blanche, wenn du den Boden einer Flasche siehst, ist es unnütz, noch zu sparen. Werde glücklich mit ihm.«

»Zum Teufel, was meinst du damit? Ich …«

»Tu es einfach.« Der Fischer stand auf und bewegte sich in Richtung Nadine. Blieb kurz stehen. Er sah klar, was ihm bevorstand. Drehte sich um und ging noch einmal zu Blanche. Die Wirtin überwarf ihn mit fragender Miene. Der Fischer langte über die Theke. Schnappte die Flasche Pastis. Klare Flüssigkeit. Nur noch zu einem Drittel voll. »Das passt«, sagte er, ging gemächlich hinaus und hinterließ eine völlig überraschte Wirtin. Erst recht, als Lucien vor Nadine stehen blieb, die Hand hob und ihre Wange streichelte. Eine ungewohnt zärtliche Geste. Nadine gegenüber, überhaupt einer Frau gegenüber. Von Lucien hatte sie so etwas schon lange nicht mehr gesehen. Die Wirtin schluckte. Es folgte ein Kuss, der so voller Leidenschaft war, dass Blanche Martin sich von dieser intimen Glut abwendete.

***

Kater Merlin wurde den dämonischen Duschkopf der beiden Gottheiten erst los, als er gänzlich abschwor, den Katerismus in die Welt zu setzen. Beide Götter waren sich erstaunlicherweise einig. Keine weitere Religion. Außerdem musste Merlin bereuen. Ausführlich. Isis jubilierte genussvoll über den Macho und der Menschengott nahm die Reue in Würde hin, ohne Beifallsorkan. Aus dem Stand klappte es bei Merlin nicht ganz mit der Wiedergutmachung. Bedauern wollte gelernt sein. Ein zusätzliches Problem ergab sich, denn er musste seine Reue auch noch ehrlich meinen. Merlin bedauerte zunächst halbherzig, längere Zeit dreiviertel ehrlich und nachdem er völlig durchnässt und verfroren war, bereute er aus vollem Herzen. Der dämonische Duschkopf verschwand, der Heiligenschein blieb.

Wie ging es ihm damit? Bis auf Weiteres schlecht. Mittlerweiler war er ein trockener Kater geworden, der wieder einmal gewaltigen Hunger verspürte, sich müde fühlte, traurig dahinvegetierte und dem fortgesetzt eine Leuchtbirne gehörte. Merlin schlich durch die Gegend. Maus- und libellenlos. Alsbald erkor er den Hafen zum Zielgebiet. Eine logische Entscheidung. Etwas musste dort aufzutreiben sein. Am besten beim Fischer. Sein Notfallprogramm hatte bestimmt Futter für ihn. Merlin lief auf die Boote zu. Hoffentlich werkelte der Fischer auf seinem Sardinenschiff. Hungerkater Merlin sah den Fischer schon von Weitem und bekam Angst. Der Herrscher über die Sardinen schien mit dem Sardinenschiff gerade ablegen zu wollen. *Nein!* Die Müdigkeit raste dahin und Merlin rannte. *Nur ein kleines Stückchen Sardine. Bitte. Nur ein Mini-Häppchen.* Kein Gedanke mehr an Vergangenes. Auch nicht an die verschnupften Götter. Die beiden Herrscher des Himmels herrschten ohnehin nicht über die Sardinen. Der Fischer allein war der Sardinengott und niemand anderes. Hatte er jemals von Isis Sardinen bekommen? Nein! Gab es beim Menschengott Sardinen? Nein! Immer nur Liebe. Ganz schön, aber wenn der Magen knurrte, war Liebe kein geeignetes Füllmaterial. Merlin sah die Kisten mit dem Fisch schon. *Kisten! Ganze Kisten, um diese Zeit?* Normalerweise lagen nur noch wenige Wassertiere auf dem Schiffsboden. Aber jetzt volle Kisten. *Ein Wunder!* Merlin wurde gierig. Lucien Forest enttäute gerade das Schiff, als er den weißen Kater bemerkte.

»Salut, Grobian, was machst du denn hier?«

Merlin betrat den Steg, setzte sich auf und starrte den Fischer magisch an. Dann leckte er sich über das Schnäuzchen; in aller Ruhe, als wäre er nicht rappelig hungrig, sondern, als hätte er in Erhabenheit und Anstand hoheitsvoll einen Fisch entgegenzunehmen. Der Fischer schien amüsiert. Er ließ das letzte Tau noch am Poller und ging zu der einer der Kisten. Merlin trappelte mit den Vorderfüßen. Hoheitsvoll war das nicht, aber das machte es mit ihm. *Gleich. Ein Stückchen. Herrlich.* Der Fischer tat das, worüber sich der Kater am meisten freute. Er warf ihm eine Sardine zu. Ende der Zurückhaltung. Merlin versank in der Sardine. Inhalierte sie und blieb dabei nicht mehr Kater seiner Sinne. Er schmatzte, durchkostete und genoss. Der Fischer hielt sich an der Kajüte fest, die See bewegte das Schiff. Er sah genau zu.

»Ach, Grobian, Mensch und Tier, so weit sind wir wohl nicht auseinander«, sagte er zu Merlin, der am Ende seiner Fressorgie angelangt war, sich die Pfoten abschleckte und dessen Kurzbefriedigung eine Aura der Glückseligkeit ausstrahlte. Der Fischer schmunzelte, wickelte das letzte Tau vom Poller und warf es auf den Schiffsboden. Das Schiff war frei. Es schaukelte. Merlins Kopf schnellte hoch. *Das konnte doch nicht sein! Er durfte nicht mit den vollen Kisten wegfahren!* Es war noch so viel Hunger in seinem Körper. Eine läppische Sardine reichte nicht, um satt zu werden. Höchstens, um weniger zu jammern. Aber mehr auch nicht. Das Schiff hatte schon einige Zentimeter Abstand vom Steg genommen, gleich würde der Fischer den Motor starten und es gewänne an Fahrt. Jetzt bot sich die letzte Möglichkeit, in der er noch handeln konnte. Merlin sprang über das Wasser, ohne an die Risiken zu denken. Was, wenn er hineinfallen würde? Wo war das Gesetz Nummer sechs – *Wasser ist nur zum Trinken da? Keinesfalls zum Baden.* Hatte er Angst? Niemals, nie und nimmer, unmöglich, ausgeschlossen, wenn es um Sardinen ging.

Merlin landete unsanft auf dem Schiffsboden und es erschien ein Rotschopf aus der Kajüte. Pech kam selten allein. Die Frau holte Luft und atmete die Meeresbrise ein. Samt Dieselgeruch, den sie nicht wahrnahm. Nadine Pascal hatte den Winkel des Sehens verändert, nur Gutes blieb bestehen. Kunststück, in Gegenwart ihres einzigen Wollens. Sie betrachtete Lucien. Ihren Traum. Zupackend, beherrscht und so voller Kraft, dass sie für zwei reichen würde. Jemand, der auch noch in der Gegenwart die Männlichkeit alter Zeiten ausstrahlte, ohne nur eine Rolle zu spielen.

Nadines altes Leben streifte sich langsam von ihr ab. Lucien. Sie sehnte sich nach seiner Berührung, dem Körper und danach, dass sie sich aneinanderschmiegen konnten, als hätte es das Davor nie gegeben.

»Grobian, willst du wohl von Bord verschwinden!« Lucien scheuchte den hartnäckigen Kater. Nadine lächelte, als Lucien sich den weißen Kater griff. Er nahm schon Schwung, um ihn auf den Steg zu werfen. Mit Entsetzen erkannte Merlin, dass ausgerechnet die Verrückte an Bord war, die ihm schon einmal nach dem Leben getrachtet und ein anderes Mal im Arm gewiegt hatte.

»Nicht, Lucien! Nein! Lass ihn. Er hat doch nur Hunger.«

Merlin hing im Arm des Fischers und der Blick des Katers sagte, dass das Menschweibchen recht hatte, egal wie irre es sein mochte. *Hunger!* Lucien streichelte über Merlins Kopf.

»Du hast Glück, Grobian. Heute bin ich Wunscherfüller.«

Der Rotschopf lächelte und Habgier loderte nicht nur in Merlin, der auf dem Schiffsboden abgesetzt wurde. Lucien! Nadines Lebenstraum rollte durch sie hindurch. Sie war ihrem Ziel so nah. Vor ihrem Auge entstand die Zukunft: Hochzeit, Kinder, frisch gewaschene Wäsche auf einer Leine im Garten, ein Hund spielte um ihre Beine. Glückswellen für den Rotschopf. Nadines Herz trug so viel und alles drehte sich um Lucien. Der Fischer öffnete die oberste Kiste. Unzählige Sardinen des gestrigen Fangs lagen kreuz und quer in dem Behälter. Nicht abgeladen. Von den Ereignissen des Tages mit der Strafe des Vergessens belegt. *Sardinen,* schien Merlins Herz zu schreien. *Alle meine! Absolut alle!* Der Heiligenschein wurde matter als matt. Das Schiff schwankte. Wollte es, dass der Motor in Gang gesetzt wurde? Nadine schmiegte sich an den Fischer. Beide beobachten den Kater, als er auf die Kiste zusprang, sich vor Freude drehte und den Kopf in die Kiste hielt. Im Beuterausch verspachtelte er alles, was vor ihm lag. Lucien schaute auf Nadine. Nadine schaute glücklich zurück. Es war fast zu zuckrig. Trotzdem kostete der Seemann vom Glücksempfinden, das an Nadine haftete. Er strich über ihr Gesicht und hob das Kinn. Küssen. Erst zärtlich. Berührung, seidige Lippen, Wärme, Schließen der Augen. Ein Gefühl, das als Sog durch den Körper strömte. Dann forderte er mehr ein. Lucien folgte einem längst vergessenen Gefühl. Sie zerflossen ineinander. Pulsierende Hitze und das Verlangen nach einer Nacht, die diesem Kuss glich, brannte in ihnen.

»Werden wir draußen ankern?«, flüsterte sie Lucien ins Ohr und hörte dabei die Ungeduld in der eigenen Stimme.

»Wir werden bald da sein und lange ankern«, brachte die sandige Stimme des Fischers hervor. Er küsste ihren Hals, bis er an der Pulsschlagader anlangte. Das Küssen erhöhte die Taktzahl der Herzen und brachte die Begierde in Aufruhr. Leichter Regen setzte ein. Er überzog das Liebespaar mit Feuchte.

»Geh schon in die Kajüte. Ich fahre das Schiff hinaus und komme dann zu dir.« Nadine löste sich.

»Versprochen?« Lucien Forest nickte und besiegelte das Versprechen, indem er ihr feuriges Haar streichelte, das ein Netz aus Wassertröpfchen trug. Eine Geste voll unendlicher Zärtlichkeit, Besitzanspruch und gleichzeitig eine Szene des Verfalls, dem der Regen Glanz verlieh. Der Fischer startete den Motor. Das Schiff spuckte sich frei. Lucien sah Nadine hinterher. Wie lange hatte er versucht, Frauen zu meiden? Die zarten Harten, die am Ende stets Trümmer aus seinem Herzen gemacht hatten. Auch Nadine war nicht anders. Er wusste es. Diesmal würde er aber anders herangehen. Der Preis dafür: Noch einmal die warme Haut einer Frau zwischen kühlen Laken spüren. Was war schon dabei? Sie würden es beide genießen, bevor es am Morgen endete. Das Schiff tuckerte den üblichen Kurs entlang der Küste. Nadine blieb in der Kajüte und Merlin machte unermüdlich Sardinen nieder. Jeder bekam, was er wollte. Wurde dies nicht gemeinhin als Glück bezeichnet? Und war es das auch?

Der Regen blieb nur kurz; weiter draußen auf dem Wasser ließ er nach und hörte schließlich auf. Wolken versperrten weiterhin den Blick auf einen sich verdunkelnden Himmel. Irgendwann kam der Schiffsmotor zum Ruhen. Vielfraß Merlins Kraftakt bestand inzwischen darin, die aufgenommenen Köstlichkeiten bei sich zu behalten, etwas zu schlafen und sich auf den nächsten Exzess zu freuen. Es lagen noch so viele Wassertiere da und sie gehörten alle ihm. Merlins Bäuchlein war zu einem echten Bauch herangewachsen. Eine weiße Kugel des Wohlstands. Völlerei – Merlin hatte die volle Punktzahl bei dem Vergehen erreicht. Bei Habgier auch – einhundert Prozent. Arglos rollte er sich zusammen. Weder der Sardinengott noch das irre Weibchen waren im Moment zu sehen. Hätte Kater Merlin gewusst, was sich in der Kajüte abspielte, wäre auch noch männlicher Neid hinzugekommen. Ebenfalls zu einhundert Prozent.

Der Himmel breitete ein schwarzes Tuch über das einsame Schiff. Orte, die sich an die Küste krallten, spendeten einen hellen Saum aus tausend Lichtern. So wiegte das Schiff, welches einst auf den Namen ›Siréne‹ getauft worden war, die drei in die Nacht. Merlin hatte das große Los gezogen, das himmlische Strafgericht tagte zwar, aber es fühlte sich wohl aufgrund der Doppelsünde derart beeindruckt, dass nicht einmal Blitz und Donner erfolgten. Eine stille Entheiligung begann. Der Heiligenschein bekam Risse, kleine Teile lösten sich ab und er zerbrach schließlich in winzige Stückchen, die auf die Planken fielen und ein wenig nachglimmten. Mit einem Mal funktionierte alles ganz leicht. Schade nur, dass Merlin schlief. Lauthalses Schnarchen. Tiefes Knurren. So laut, wie es sich eben für einen Ich-will-ein-böser-Kater-sein geziemte. Was hätte er für einen Freudentanz aufgeführt, wenn er die endgültige Befreiung bewusst erlebt hätte. Doch was nicht war, würde vielleicht bald sein.

***

Der Morgen graute schon, als Lucien Forest den Motor startete. Das Meer blieb ruhig, ein paar Möwen zogen ihre Kreise. Der Fischer hatte Jeans und Pullover übergestreift. Keine Schuhe. Noch niemals hatte er ohne Schuhe an Deck gestanden. Heute schon. Die Möwen hörten auf zu kreischen und verzogen sich. Lucien stand einsam am Ruder. Himmel und Meer berührten einander und trugen fast die gleiche Farbe. Milchig grau. So stand der Fischer, das Ruder fest in der Hand, für eine Zeit lang da. Arnauds Hafen kam in der Ferne in Sicht. Bald würde es zu Ende sein. Nur noch die letzten Momente auskosten. Fahrtwind spüren, Meeresgeruch einatmen. Er dachte an Juste und Mercier, die wohl schon am Hafen warteten. Nur noch eine Weile geradeaus fahren. Vielleicht zwanzig Minuten. Lucien ließ das Gefühl zu, an der Schwelle zu einer anderen Welt zu stehen. Er hakte das Ruder der ›Siréne‹ am Seil fest. Das Schiff fuhr gradlinig in den letzten Frieden. Der Seemann kam in Bewegung, schnell und zielgerichtet. Neben den Fischkisten standen zwei grüne

Kanister. Lucien packte einen von ihnen und öffnete den Verschluss. Er schüttete den Inhalt aus. Eine stark riechende Flüssigkeit ergoss sich über den Boden. Auch den zweiten Behälter öffnete er und ließ den Deckel einfach fallen, bevor er in die Kajüte ging. Nadine schlief noch. Ein samthäutiger Körper in weißen Laken. Für eine Sekunde hielt Lucien Andacht vor der wohlgeformten Silhouette. Er setzte sich auf den Rand des Betts und stellte den Kanister ab. Nadine bewegte sich.

»Schlaf ein wenig. Wir sind noch nicht da«, beruhigte Lucien die Zarthäutige. Sanft strich er über ihren Rücken. Was war das größte Geschenk? Beistand in den letzten Minuten. Er küsste ihren Nacken. Was wäre, wenn alles bleiben könnte wie in diesem Augenblick? Das würde niemals funktionieren. Lucien zog ein Feuerzeug aus der Hosentasche. Die Flamme stand bereit. Der Kanister auch. Er vereinte beides.

Juste und Gendarm Mercier standen am Pier. Sahen die ›Siréne‹. Nur der rote Faden, der bei ihnen wartete, wusste schon, was geschehen würde. Anspannung. Zittern. Plötzlich eine gewaltige Detonation. Ohrenbetäubend. Ein Riss durch die Ruhe des Morgens. Juste und Mercier fuhren zusammen. Schreck in allen Gliedern. Mercier keuchte und griff sich an die Brust. Entsetzen im Gesicht. Unfassbares nicht fassen könnend. Die ›Siréne‹ zerbarst in tausend Stücke, ein Feuerball formte sich. Rauch stieg auf. Trümmer des Schiffes flogen auseinander. Ganz Arnaud erstarrte und ein schmächtig gewordener Faden zerriss, fiel samt Knäuel ins Meer und würde dort so lange ruhen, bis die Kräfte des Meeres ihn auflösten.

***

So heiß und stumm, so trübe
und sternenlos war die Nacht.
So ganz wie unsere Liebe,
aus Tränen nur gemacht.

Und als ich entschied zu scheiden
und eine gute Nacht dir bot,
wünschte ich uns beiden
einen gnadenvollen Tod.

Frei nach Nikolaus Lenau,
österreichischer Dichter (1802–1850)

Foto: © Studioline

Wolfgang A. Gogolin, Jahrgang 1957 und von Beruf Rechtspfleger, lebt mit Ehefrau in seiner Heimatstadt Hamburg.
Neben einigen Dutzend Veröffentlichungen in Zeitschriften/Anthologien bisher zwölf Bücher. Im Sommer 2010 erschien ein Kurzgeschichtenband unter dem Titel ›Geist der Venus‹, Anfang 2011 der Roman ›Schlafen bei Licht‹.
Ende 2013 wurde der Parisroman ›Dunkles Licht in heller Nacht‹ veröffentlicht, im September 2014 kam es zu einer Neuveröffentlichung vom ›Geist der Venus‹.
Die Novelle ›Rotblaue Nelken‹ erschien Mitte 2017, gefolgt vom Roman ›Das Vermächtnis der verlorenen Zeit‹ im April 2018.
2020 wurde der Roman ›Leben mal sieben‹, Teil 1 der Trilogie ›Französisch von unten‹, erschienen 2019 im Karina-Verlag, mit dem Award ›Best Author‹ prämiert. Ebenfalls 2020 erschien Teil 2 der Trilogie ›Siebenmal geplagt.‹
Als überzeugter Gourmet schreibt Gogolin gelegentlich Kochbuchbesprechungen für Verlage sowie Restaurantkritiken auf genussgenie.de.

Weiters im Karina-Verlag erschienen:

Leben mal sieben

Siebenmal geplagt

www.karinaverlag.at
Karina Publishing
Vienna